COMO EU ESCREVI AS GUERRAS ZUMBI

COMO EU ESCREVI AS GUERRAS ZUMBI

ALEKSANDAR HEMON

TRADUÇÃO DE
MAIRA PARULA

Rocco

Título original
THE MAKING OF ZOMBIE WARS

Copyright © 2015 by Aleksandar Hemon
Todos os direitos reservados.

Direitos para a língua portuguesa reservados
com exclusividade para o Brasil à
EDITORA ROCCO LTDA.
Av. Presidente Wilson, 231 – 8º andar
20030-021 – Rio de Janeiro – RJ
Tel.: (21) 3525-2000 – Fax: (21) 3525-2001
rocco@rocco.com.br|www.rocco.com.br

Printed in Brazil/Impresso no Brasil

CIP-Brasil. Catalogação na fonte.
Sindicato Nacional dos Editores de Livros, RJ.

H43c	Hemon, Aleksandar
	Como eu escrevi as guerras zumbi / Aleksandar Hemon; tradução de Maira Parula. – 1ª ed. – Rio de Janeiro: Rocco, 2019.
	Tradução de: The making of zombie wars
	ISBN 978-85-325-3145-2
	ISBN 978-85-8122-771-9 (e-book)
	1. Romance americano. I. Parula, Maira. II. Título.
19-57269	CDD-813
	CDU-82-31(73)

Vanessa Mafra Xavier Salgado – Bibliotecária – CRB-7/6644

O texto deste livro obedece às normas do
Acordo Ortográfico da Língua Portuguesa.

A mente não pode imaginar nada, nem se recordar de coisas passadas, senão enquanto dura o corpo.

– BARUCH DE SPINOZA

Na época em que cresci, era um mundo perigoso e sabíamos exatamente quem eles eram. Éramos nós contra eles e estava claro quem eram esses eles. Hoje não temos tanta certeza de quem são, mas sabemos que existem.

– GEORGE W. BUSH

Ideia de roteiro 2: *Um velho assassino de aluguel com problemas cardíacos é obrigado a se aposentar após fracassar em sua última missão. Foi seu único erro, então, quando tem a chance de consertá-lo e restaurar seu currículo perfeito, ele não pode dizer não, mesmo com o risco de ter um enfarte. Mas aí ele se apaixona pela filha adolescente do alvo.* Título: O último coração

Ideia de roteiro 7: *Um cego e uma cega, atraídos um pelo outro através do faro. Em seu primeiro encontro, eles estão em uma cena de crime e captam o cheiro muito particular do assassino. Ninguém acredita nos dois, e o assassino perfumado agora está na cola deles.* Título: Aonde vamos depois do nada

Ideia de roteiro 12: *O DJ Spinoza é um desajustado incompreendido: por seus colegas de escola, por seus amigos, por seus professores. Seu único sonho é ser DJ na noite do seu baile de formatura e detonar com todos esses babacas. Mas depois que sua performance radical e desastrosa nos pratos estraga uma festa na casa da garota (Rise) com quem pretende ficar, ele acaba sendo castigado. O que fazer para que todos dancem e Rise se apaixone por ele?* Título: Espiral fora de controle

Então, o que eu poderia fazer com o garoto?, Joshua se perguntou. Todos os sentimentos humanos originam-se do prazer, da dor e do desejo – ou, o mais importante, Spin poderia dizer a Rise, eles têm origem no beat. E se o garoto não dissesse nada? E se fizesse o gênero forte e caladão? Por que isso e não aquilo? Escrever não é nada, se não se carrega o fardo desesperado e exaustivo das decisões sem consequências.

A tarde na Coffee Shoppe virou noite, assim como o nível de cafeinação de Joshua atingiu as alturas das *plantations* ruandesas de onde a bebida se originou. Daí que ele estava louco para surfar na rede até Ruanda, aprender alguns fatos interessantes sobre outras culturas e permitir que seus atuais dilemas de criação se resolvessem sozinhos. Em outros tempos, antes da worldwideweb da tentação, costumava haver uma coisa chamada inspiração. Depois, o espírito foi sendo perpetuamente deslocado para trivialidades e a busca da vaidade. Felizmente, não havia acesso à internet na Coffee Shoppe.

Joshua então abriu um arquivo com outro roteiro em desenvolvimento perpétuo (Título: *Snakeman Blues*), no qual um apaixonado por HQs e um super-herói aposentado (o Snakeman), agora professor de inglês mal pago numa escola pública, se unem para combater o prefeito do mal de Chicago. Joshua era incapaz de decidir se o Snakeman iria morrer no final ou viver para voltar a lecionar – uma atividade verdadeiramente heroica na cidade de Chicago – e, se assim fosse, ele faria isso em sua forma humana ou como cobra? Um final feliz seria sentimentaloide, mas a morte seria deprimente, e Joshua não conseguia pensar em nenhuma solução intermediária. Além disso, como exatamente um réptil lutaria contra todo o Departamento de Polícia de Chicago e um prefeito diabólico?

Hipoglicêmico demais para digitar uma única palavra que pudesse levá-lo à próxima, ele só conseguia ver o espaço em branco embaixo do que tinha escrito por último. (Snakeman: Não! Vamos cuidar do chefe primeiro.) Baruch estava certo: o infinito exaure toda a realidade. Mas a finitude também, quase. Joshua ficou olhando para a rua lá fora onde nada acontecia, até que encontrou um pouco de conforto em inventar piadinhas para um público imaginário em algum jantar futuro: qual a diferença entre uma *shoppe* e uma loja? Será que a Mulher de Bath bebe chai lattes com leite de soja? Os baristas falantes de inglês medieval são atacados pela peste negra? E assim por diante.

Ele estava prestes a abrir um novo arquivo para registrar todas as piadas de cafeteria quando um grupo de cadetes do ROTC apareceu no horizonte da Olive Street em inescapável câmera lenta, o que fez com que ele se lembrasse daquela longa tomada em *Lawrence da Arábia*, onde, num deserto plano, uma mancha transforma-se na figura de um cavaleiro. Os cadetes atravessaram a rua fingindo socar uns aos outros, dando tapas nos pescoços raspados, sem outra preocupação na vida exceto o medo de serem expulsos da matilha. E então ele os imaginou no deserto, cobertos de poeira, as línguas sedentas penduradas, a caminho de uma batalha onde amadureceriam e/ou morreriam heroicamente, os nefastos nativos lhes oferecendo água morna contaminada de urina em canecas de lata amassadas. Os cadetes não podiam começar a conceber seu futuro de tempestade de areia, não podiam se autocompadecer de antemão. Na verdade, eles só podiam ver um pouco além de sua refeição iminente, um pouco além de seu teatro de macheza infantil, um pouco além das cenas de combate corpo a corpo na hora do almoço. Os que têm a mente capaz de coisas grandiosas, têm um corpo cuja maior parte é eterna, escreveu Baruch. E dessa triste insensatez dos cadetes, surge em sua memória a cena de *O despertar dos mortos,* em que zumbis hesitam em círculos diante de um shopping vazio, incapazes de esquecer da vida que tiveram antes da morte, seus cérebros infectos ainda mantendo os resquícios de suas lembranças de Natal felizes. Um cadete gordinho sentiu a intensidade do olhar vidrado de inspiração de Joshua e, enquanto o resto dos soldados entrava na lanchonete ao lado, ele parou e sorriu para Joshua do outro lado da vidraça. Seu rosto era largo, as faces coradas, os dentes da frente de tamanhos irregulares como a linha do horizonte, os olhos acesos com a arrogante inocência da juventude. E, de repente, bastou um bem-aventurado piscar de olhos para Joshua ver a paisagem narrativa organizar-se bem à sua frente: todas as possibilidades infinitas, todas as tomadas abertas e os plongées, todas as graciosas trajetórias dos personagens resplandecendo no firmamento espetacular, toda essa vastidão propícia a um interesse amoroso – tudo o que Joshua tinha de fazer era passar por essa simetria edênica e descrevê-la. Desta vez, ele estava determinado, sua visão não apodreceria na memória do computador com os esqueletos de suas outras ideias; ele abriu, ali mesmo, um novo arquivo de Rascunho Final, criou a folha de rosto e ficou olhando para ela:

Guerras zumbi
de Joshua Levin
Chicago, 31 de março de 2003

* * *

Infelizmente, a menos que você seja Deus em pessoa, a criação não pode ser apenas um ato de vontade: Joshua precisava comer alguma coisa antes de embarcar na sua história, e, assim, estava na fila atrás de um imbecil supertatuado que não sabia decidir entre pão de banana e pão de abóbora, enquanto o barista com uma boina de Che Guevara (talvez fluente na porra do inglês medieval) olhava a tudo com indiferença. O impasse permitiu a Joshua imaginar um zumbi mordendo as tatuagens do pescoço do imbecil, o sangue espirrando nos lattes prontos, tornando-os cor-de-rosa, o zumbi alheio aos chiados histéricos da máquina de espresso. O barista chauceriano revolucionário, em artístico combate pela espuma perfeita, levou uma eternidade vaporizando o leite para o cappuccino de Joshua, o que deu tempo suficiente para que o apocalipse zumbi exaurisse suavemente sua cataclísmica realidade e afundasse na mente de Joshua. De volta à sua mesa bamba, ele se sentou mastigando um pão de cenoura até alcançar um nível zen de entorpecimento pela queda de cafeína. Ele fechou o arquivo, fechou o programa e, depois de fechar o computador, colocou-o na bolsa para dormir.

Partes substanciais da vida de Joshua tinham sido desperdiçadas antes, sem deixar qualquer traço de trauma ou arrependimento. Mas o problema urgente nesta segunda-feira em particular era que ele precisava entregar algumas páginas para o seu workshop(pe?) de Roteiro II, que pela primeira vez seria realizado naquela noite na casa de Graham. Os imbecis de sandálias Birkenstock do Film Collective eram sanguessugas também, segundo Graham, embolsando na caradura boa parte da taxa do curso sem se preocupar em fornecer papel higiênico suficiente. Graham estava pagando por isso do próprio bolso, até que decidiu que seus fiéis pupilos poderiam muito bem limpar a bunda em sua humilde morada, enquanto ele ficaria com todo o dinheiro para si mesmo.

E assim, um Joshua despaginado, equipado somente com as lembranças mais vagas de zumbis, acomodou-se em um pufe roxo no chão da sala de estar de Graham. Pretzels e uma garrafa espaçosa de Diet Coke já sem gás abarrotavam a mesinha de centro. Com os testículos espremidos pela cueca torcida, Joshua evitou todo contato visual com o escorregadio Dillon, que descrevia umas ideias dele afundado num futon desbotado. Bega também estava lá, curvado sobre a mesa com uma camiseta do Motörhead, contemplando a iluminação esplendorosa do estádio Wrigley Field pela janela de Graham. A multidão de torcedores de beisebol rugiu com um *home-run* e Bega grunhiu melancólico, seu cabelo grisalho mal repartido combinando com a sombra de um arbusto no seu rosto. Graham interrompeu as divagações de Dillon para fazer um comentário retirado de uma parte pertinente do roteiro que ele próprio tinha acabado de finalizar.

– "Abençoados sejam os amadores!"– Graham falou com a voz insuflada de um de seus personagens de papelão. – "Os que tentam, os que fracassam, os que quebram a cara! Louvemos os que sonham alto e não conseguem nada, os destemidos frente à impossibilidade, os aprisionados pelas possibilidades! Eles são os besouros de estrume do Sonho Americano, os pequenos fertilizantes anônimos do solo americano."

Graham esfregou pensativamente o polegar na covinha do queixo, enquanto olhava a plateia para ver sua reação: Dillon estava com um caderno aberto no colo, escrevendo algo furiosamente; Bega assentia, mastigando sua caneta Bic em pedaços; Joshua olhava fixo para Graham, mas só porque suas bolas estavam inchando e doendo de tão apertadas. Resolver o problema exigia que se levantasse e enfiasse a mão por dentro da calça para libertar os testículos das garras da cueca. Ele não estava pronto para tal incumbência, então suportou. A mente não pode imaginar nada senão enquanto dura o corpo.

– Só para lhes dar uma pista do que acontece – Graham continuou –, meu garoto continua batalhando para se dar bem. Ele vai ao fundo do poço no final do Segundo Ato, mas volta no Terceiro Ato, faturando o Globo de Ouro.

Joshua tentou pegar sua mochila, mas a dor na virilha o fez ofegar e sentar-se. A sala de Graham era coberta de livros – nas prateleiras, no chão, nas janelas –, todos empoeirados e dedicados à magia do cinema e à ciência do roteiro. A única parede sem livros tinha um pôster gigantesco de *O Poderoso Chefão: Parte II*, Al Pacino pairando sobre todos como Cristo no altar.

– Tudo se baseia numa história real, senhores. Figurões do cinema fizeram fila em Hollywood Hills para beber comigo, mas eu não ia deixar que eles me fodessem! Não mesmo! – Graham mostrou seu dedo médio para a veterana fila de figurões. – Fiquem à vontade para se foderem sozinhos, seu bando de Weinsteins!

Graham se balançava para a frente e para trás enquanto falava, imitando um judeu hassídico, sua careca se avermelhando aqui e ali como uma lâmpada de lava. Bega parecia divertir-se com aquela conversa, porque parou de mastigar a Bic para dar uma risada. Enquanto isso, Joshua saiu rolando do pufe para levantar-se, fazendo uma careta de dor que neutralizou as insinuações antissemitas de Graham.

– A questão é – Graham continuou – que vocês estão dispostos a aprender e isso, sem dúvida, é muito bom. Portanto, Dillon, para ser perfeitamente franco com você, de uma forma produtiva, isso está longe de ser a ideia mais inteligente que já ouvi. Mas vamos trabalhar nisso o dia inteiro e fazer com que fique bom.

Dillon escreveu algo e depois virou a folha para escrever um pouco mais. Joshua finalmente abaixou as calças para liberar suas bolas, no processo seu umbigo se revelou para todos no meio de um tufo de pelos.

– Que diabos você está fazendo? – perguntou Graham.

– Uma inadvertida puxada de cueca – Joshua explicou.

Graham bateu palmas, surpreendendo Dillon. – Você ouviu isso, Dillon? Inadvertida puxada de cueca! Anote aí! É isso que você quer que seus personagens digam, não uma besteira anódina sobre ganância corporativa.

O prazer de soltar suas bolas veio combinado com o elogio de Graham, então Joshua sentiu-se autorizado a fazer Dillon se afastar para poder sentar-se no futon. Examinou a noite lá fora: o brilho do jogo de beisebol por toda Wrigleyville; o trem iluminado lutando ao longo da curva de Sheridan; os arranha-céus de Lake Shore no horizonte; a escuridão infinita mais além. Bega esfregou o cabelo sobre a mesa, como se tentasse tirar alguma coisa. Seriam piolhos?

Joshua tinha feito o Roteiro I com Bega. Eles nunca conversaram muito além da troca de comentários sobre seus roteiros rudimentares. Bega projetava sempre um ar de superioridade ao zombar dos enredos frívolos dos outros participantes do workshop. Seus enredos não eram muito melhores, mas ele se protegia omitindo suas resoluções, alegando que queria manter os outros participantes interessados.

– E existe uma puxada de cueca "advertida"? – perguntou Dillon.

– Há todos os tipos de puxadas de cueca. Que mil flores desabrochem – Graham disse. – O que acontece depois?

Dillon consultou seu caderno. Não havia nada escrito nas páginas, Joshua percebeu, apenas rabiscos, desenhos.

— Eles estão tipo no deserto — disse Dillon —, e acontece um bando de coisas. Ele tipo para na cabine do medo e uns caras meio que perguntam pra ele quais são os seus medos e ele diz, de tubarões e ondas, e aí os caras aparecem tipo vestidos como seus piores temores e começam a segui-lo por toda parte. Depois, ele come cogumelos com a garota gótica e eles entram na viagem mais fantástica de sua vida, e então ele decide não ir pra Los Angeles procurar emprego, ele vai viver com a garota gótica numa comunidade no deserto.

Graham observou-o atentamente, conceitualizando a cabine do medo e os indivíduos vestidos como tubarões e ondas. — Isso vai custar muito dinheiro — disse ele.

Evidentemente, o dinheiro nunca passara pela cabeça de Dillon — ele escreveu *dinheiro* em um espaço vazio entre um rabisco e outro, depois sublinhou a palavra duas vezes.

— Fato: você não precisa de dinheiro para escrever um roteiro, mas vai precisar de um mooonte para fazer um filme. Fato: você terá que implorar por dinheiro, ossos do ofício. — Graham começou a se balançar novamente. — E os Weinsteins vão usar seus vinte e dois anos de pura enganação para passar os olhos no trabalho da sua vida em uma tarde preguiçosa. Depois vão te atirar umas merrecas que gastam mensalmente para depilar o peito e esperar que você rale com isso. Você precisa saber que não é nada para eles! Você é um zero! A porra de um nada absoluto! Zero!

Bega riu de novo — o ódio de Graham pelos Weinsteins parecia diverti-lo por nada. O peito de Joshua se contraiu com um arquejo de culpa — ele deveria contra-atacar aquele menosprezo, mas não podia. Dillon piscou com o que parecia pânico diante das manchas flutuando no crânio de Graham. Depois, ele voltou para a segurança dos seus desenhos: em velocidade fenomenal, ele agora estava transformando espirais em tornados que, no alto da página, encontravam-se biblicamente com a escuridão. Na página oposta, sem tornados, havia uma cena de bonecos palito com balões de diálogo sobre suas cabeças redondas, um deles segurando uma prancha de surfe oval. *Guerras zumbi*, pensou Joshua. Aonde vamos depois do nada?

– A boa notícia é que se você pudesse conseguir um astro bonitão para o papel de surfista, você seria capaz de descolar uma grana – disse Graham, parando de balançar. – Talvez, quem sabe aquele... qual é o nome dele mesmo?... Hartnett?

– Eu acho que você deve fazer esse cara parecer mais como pessoa real – disse Bega. Era surpreendente ouvi-lo falar, ele ficara rindo a noite toda. – Ele deve ser normal, ter um pouco de filósofo, talvez de fracassado. Como Josh aqui.

No Roteiro I, Bega tinha espirituosa e merecidamente, pensou Joshua, criticado o esboço de roteiro de um peruano que falava de deuses incas lutando com monstros marinhos. Desta vez Joshua disse: – Eu? Como eu entrei nisso?

De uma certa distância, todos examinaram Joshua, o sobrevivente de uma inadvertida puxada de cueca: o corpo de um peso--leve que parou de lutar após o ensino médio; os olhos caídos que, numa luz mais lisonjeira, podiam parecer contemplativamente tristes; a sobremordida moderada que muitas vezes o fazia parecer indevidamente perplexo.

– Para ser perfeitamente franco, encontrar beleza em Joshua é um desafio – disse Graham. – Brincadeirinha.

Dillon riu, aliviado que Graham estivesse de costas, e começou a desenhar casas com chaminés fumegantes. Crematórios? Seria uma forma subliminar – ou, foda-se, liminar mesmo – de Dillon se alinhar com o antissemitismo latente de Graham? Mesmo antes da cena dos crematórios, Joshua acreditava firmemente que a gordura de Dillon nasceu da devoção às obscuras bandas dos anos 1990, o que exigia um uniforme: camisa de flanela, óculos Costello, bonés caros de caminhoneiro. E quem vem de Los Angeles para ter aulas de roteiro em Chicago? Ele provavelmente desabou aqui para *tipo viver* de graça com a avó. A Sra. Alzheimer, née Cheia da Nota.

– Agora que ele te colocou na reta, Josh – Graham diz –, o que você trouxe? Algo de novo e surpreendente? Uma montanha-russa de violência e sexo?

Bega inclinou-se para a frente para ouvir Joshua, o grisalho de suas sobrancelhas brilhando agora sob a luz da mesa.

– Eu não tenho nada escrito. Mas acho que tenho uma ideia nova – disse Joshua. – O título do trabalho é *Guerras zumbi*.

– O que aconteceu com o DJ Spinoza? – perguntou Graham.

– Eu preciso solucionar algumas coisas. Ainda não consigo achar o tom.

– E o seu professor super-herói?

– Ele pode esperar sua vez – disse Joshua. – O mundo está cheio de super-heróis.

– Claro que está – disse Graham –, e já estamos quase sem zumbis.

Dillon riu. Joshua imaginou sentar-lhe um tapa com as costas da mão. Esse garoto seria um lanche apetitoso para um zumbi. Bega assentiu, como se aprovasse a visão de Joshua.

– Tudo bem – disse Graham, com paciência exagerada –, vamos fingir que você não muda de ideia toda semana. Vamos fingir que a gente está cagando pra isso. Tudo bem. O que importa é se você é bom para vender a sua ideia do filme. Então, manda ver! Eu sou o seu gordo Weinstein. Faça eu me apaixonar por você e pela sua história! Convença-me a comprar *Guerras zumbi*! Eu tenho o que você precisa! Eu não tenho cérebro, mas tenho dinheiro pra caralho!

Joshua respirou fundo. Ele imaginou um Weinstein gordo atrás de uma mesa intimidante, olhando-o com expressão furiosa; também considerou a possibilidade de levantar-se e ir embora, nunca mais ver Graham ou suportar sua intolerância irrefletida, nunca mais escrever uma linha de diálogo. Havia razões sólidas para uma carreira de roteirista inteiramente organizada fora do âmbito dos Weinsteins, bem como para uma vida organizada em torno da ausência de esperança e ambição. Mas Bega estava olhando para Joshua como se louco para ouvir o que ele tinha a dizer, e Joshua soltou o ar dos pulmões. Qualquer coisa pode ser a causa acidental da esperança ou do medo.

– Está bem, está bem. O governo americano tem um programa secreto para transformar imigrantes em escravos – improvisou. – O governo cria um vírus para transformá-los em zumbis que trabalham em fábricas, acorrentados à linha de produção.

Agora todos o observavam com aparente interesse. Dillon parou de desenhar; as manchas na testa de Graham se fundiram em um sólido vermelhão; Bega assentiu de novo para Joshua, aprovando o aspecto imigrante. Era difícil fazer as coisas estando no centro das atenções, mas ele havia pulado e agora não tinha outra escolha a não ser cair.

– As coisas dão errado – disse Joshua. – Dão terrivelmente errado.

– Só podem dar – disse Graham.

– O vírus se espalha? – Bega perguntou. – Não são apenas os imigrantes que são infectados?

– Sim – disse Joshua. – O vírus definitivamente se espalha. Qualquer um pode ficar infectado.

– Quem vai ficar vivo? – perguntou Graham. – Algumas mulheres?
– Não sei ainda – disse Joshua. – Talvez. Mais ideias surgirão durante o trabalho.
– O vírus se espalha, depois acontece o quê? – Dillon perguntou.
– Bem – Joshua disse, fazendo uma pausa, aguardando o momento propício. – Bem, o governo envia os militares. Para dizimar todos eles. Os soldados do exército atiram neles só na cabeça, para vê-las explodindo e se divertirem. Seria um banho de sangue, se os zumbis realmente sangrassem. Mas há tantos imigrantes mortos-vivos que os soldados se transformam em zumbis também e começam a matar todos, não apenas os estrangeiros. As coisas ficam fora de controle, assassinos e zumbis por toda parte, um caos, ninguém em quem confiar, nenhum lugar para ir. É um pesadelo.
Tudo saiu de roldão, sem precisar esforçar-se ou pensar. Era como se estivesse mentindo, só que melhor, porque ele não podia ser pego, e não podia ser pego simplesmente porque não havia nada para conferir. Imersos naquele fluxo de besteiras, eles não tinham motivo, nem tempo, para deixar de acreditar nele.
– Mas há um médico do exército, o major Klopstock, que acredita poder vencer o vírus. O major Klopstock trabalha com uma vacina...
– Espere um minuto – disse Graham. – Que tipo de nome é esse? Major Klopstock? Tá de sacanagem comigo? Poderia também chamá-lo de major Crapshit.
– Eu realmente gosto do nome Klopstock – disse Joshua. – Klopstock poderia ser o herói principal. Por que não?
– Você acha mesmo que Bruce Willis concordaria em ser chamado de Klopstock? Você nunca conseguiria pagar a ele o suficiente para isso. Pense em outra coisa.

Esta era uma oportunidade para Joshua confrontar Graham e defender a judeidade implícita do major Klopstock. Por outro lado, o personagem ainda não estava muito vivo, nem Joshua fechara com esse nome; e, estritamente falando, Graham não tinha mencionado realmente sua judeidade. Não era a hora nem o lugar.

– Ok, o major Fulano aplica a vacina em si mesmo – Joshua continuou. – No início, não sabemos se ele vai fazer isso ou transformar-se também em uma espécie de zumbi.

– E depois? – perguntou Dillon.

– Depois a luta começa – disse Joshua. – A história é sobre isso. A luta do major.

– A luta é uma boa. Tirando o problema do nome, é um começo – disse Graham. – Talvez o exército também possa lutar contra alguns, hum, zumbis terroristas, explodindo como loucos. É um bom momento para se pensar nisso tudo, já que estamos prestes a abrir um novo buraco no cu do Iraque.

– Eu na verdade não pensei nisso – disse Joshua.

– Pode ser divertido, acredite. Soltamos o exército de zumbis naqueles enrabadores de camelos e, em seguida, tudo voa pelos ares e nossos rapazes mortos-vivos voltam para se alimentar de nossa carne. Acho que é muito bom. Você não acha que é bom? Deixe-me dar um tapinha nas costas!

Graham deu um tapinha nas próprias costas.

– Eu não sei – disse Joshua. – Eu não quero que seja muito político.

– Por que não? – perguntou Bega. – Olhe situação de agora. Inimigos muçulmanos em todo lugar, todo filme, tudo na televisão, todo mundo feliz em invadir. Todo mundo é político. Tudo é política.

– Ei, eles derrubaram nossas torres – disse Graham. – A vingança é um prato que se serve com bombardeio.

– Saddam não teve nada a ver com torres – disse Bega. – Nenhuma conexão.

– As pessoas dizem que fomos nós mesmos que fizemos isso – disse Dillon – para podermos tipo atacar o Iraque e pegar o petróleo deles.

A mancha vermelha se acendeu na testa de Graham, mas ele resolveu não dizer nada e a mancha se desintegrou.

– Eu adoraria viver de papo furado, meus amigos – ele disse em vez disso –, mas neste exato momento vocês estão me pagando uma grana para ajudá-los com seus roteiros. Você tem dez minutos, Vega, se quiser falar sobre suas coisas.

– Eu só comentei – disse Dillon.

– *Bega* – disse Bega. – Eu sou Bega. Como sempre fui.

– Tanto faz. *Vega. Bega.* Por mim você pode até se chamar Klopstock. Que mil flores desabrochem – Graham disse. – O que você fez? Páginas?

– Nenhuma. Eu escrevo quando sei tudo.

Bega esfregou o rosto vigorosamente com ambas as mãos e depois coçou a cabeça, balançando os cabelos, possivelmente liberando piolhos. Ele sorriu como se experimentasse um espasmo. Algo estava sempre acontecendo em seu rosto, algum fluxo de complexos estados mentais sempre visíveis.

– É basicamente uma história de amor – disse Bega. – Um homem de Sarajevo. Ele estava feliz lá. Era jovem, tinha banda de rock, tinha mulheres. Começa guerra. Ele é um refugiado agora. Vai para Alemanha. Eles são nazistas lá. Ele trabalha como segurança numa discoteca, toca sua guitarra só para alimentar sua alma. Ele bebe, lembra de Sarajevo, compõe uns blues. Começa 1997, nazistas expulsam ele de lá. Ele volta para Sarajevo, mas não é mesma coisa. Decepção.

– Sim, sim... Nós ouvimos isso da última vez. Tem algo além disso?

– Posso fumar? – perguntou Bega.
– Se você pode fumar? *Fumar?* Claro que não, porra! – Graham disse. – Com todo o respeito.
– Tudo bem – Bega disse, lambendo os lábios. – Homem não tem mais amigos em Sarajevo. Metade dos homens da banda morreu, outra metade se espalhou por tudo quanto é lugar. Mulheres têm maridos. Todo mundo fala da guerra tempo todo. Ele diz Foda-se! e vai para América, país de Dylan, do Nirvana e do melhor basquete. Mas ele perdeu sua alma. E mulheres americanas são todas feministas...
– E não é verdade? – disse Graham.
– ... e ele trabalha em loja que vende guitarras. Um dia, mãe e filha entram. Mãe é bonita, mas filha é fantástica. Ele toca para elas uma bela canção de Sarajevo. Filha se apaixona por ele. É como em romances de amor, mas mãe chama polícia. Ele é assediador, diz ela, porque está com ciúmes.
– Que idade tem a filha? – perguntou Dillon.

Bega não conseguiu ouvi-lo. Em algum momento, seu olhar se dirigiu para o pôster de *O Poderoso Chefão: Parte II* e ele falou como se vendesse a sua história para o próprio são Pacino.
– Mas então mãe morre de comprimidos para depressão. Filha acha que ele matou. Polícia também acha que foi ele. Jornais acham que foi ele. Ele tem que provar que não foi ele. Ele é apenas imigrante, mas sua fotografia está em toda parte. Toda América odeia ele. Ele está encrencado.
– Existe um assassino?– Joshua perguntou, devolvendo o favor da atenção.
– Talvez o marido – disse Bega. – Talvez não.
– Isso é muito bom – disse Graham. – Um detetive imigrante, isso é muito legal. Tipo, você é ilegal, mas tem que sair pelo mundo para descobrir as coisas. Eu teria cuidado com os clichês de detetive, no entanto. E também com a gramática.

– Talvez a filha possa ajudar a limpar seu nome – disse Joshua.
– Estou um pouco preocupado com o final.
– Filmes americanos sempre têm final feliz – disse Bega. – Vida é tragédia: você nasce, você vive, você morre.
– Isso poderia ser como um filme de arte europeu. O que seria bom porque você poderia mostrar peitos – disse Graham, parando para imaginar os seios. – De qualquer forma, temos que ir. Da próxima vez, eu gostaria de ver algumas páginas. As coisas mudam quando você tem o texto. Tudo se torna real.
– Real é muito bom – disse Dillon.

Joshua saiu para a densa escuridão da Grace Street e estava prestes a destrancar a bicicleta quando, num gesto meio noir, Bega acendeu um cigarro e o chamou, exalando a fumaça nas sombras: – Vamos beber cerveja? Eu te dou carona. – Joshua procurou na sua mente uma desculpa para declinar. Uma visão acidental de Bega torcendo o seu braço atrás das costas cruzou seus olhos, mas ele não queria ter medo nem parecer assustado. Bega olhou para ele com um sorriso que poderia ter sido irônico, ou apenas uma longa expressão de expectativa. Dillon saiu e parou na frente deles, com um sorriso irradiando amizade. Ambos o ignoraram. – Tenham uma boa noite, rapazes – Dillon finalmente disse, e entrou no seu carro comido pela ferrugem e mantido de pé por adesivos expressando pensamentos alheios: *Se você quer a paz, trabalhe para a justiça*, coisas deste tipo. Se Joshua tivesse que colocar um adesivo em seu carro (o que ele não tinha), seria: *Tudo o que existe, existe em si mesmo ou em outra coisa.* Quem na rua entenderia o significado dessa frase? Era exatamente por isso que era legal.
– Tudo bem, vamos beber – disse ele.

* * *

Bega se sentia em casa no Westmoreland, disse a Joshua com orgulho; ele praticamente morava lá, todos o conheciam. Mas não havia ninguém que o conhecesse hoje à noite, pois o Westmoreland estava uma desolação: uma jukebox esquecida no canto; a TV no alto do bar passando um jogo do Chicago Cubs; um casal bêbado babujando palavras um para o outro numa mesa distante. Era um daqueles buracos de Chicago que ostentavam orgulhosamente o símbolo do desleixo em suas mangas esfarrapadas fedendo a serragem e levedura. Ali no Westmoreland, fígados foram destruídos, casamentos foram desfeitos, tripas foram vomitadas. Joshua sentou na banqueta ao lado de Bega, que rearrumava um grupo de garrafas de cerveja no balcão como se estivesse solucionando um problema de xadrez. O barman aproximou-se mudo (Bega: "E aí, Paco!"), enfiou os dedos nos gargalhos rearrumados e acenou com a cabeça, quase imperceptivelmente, para indicar que estava disponível para os pedidos.

– Uísque – disse Bega. – E Bud.

– Que tipo de vinho você tem?– Joshua perguntou.

– Tinto – disse Paco. – Branco.

– Eu gostaria de um copo de tinto – disse Joshua. O rosto de Paco não expressava nada, mas Joshua tinha certeza de que podia detectar o desprezo nos olhos dele por seu excesso de conversa inconveniente.

– Eu estava pensando, Josh – disse Bega. – Por que América precisa ter super-heróis agora? Por que não se pode ter heróis normais? John Wayne não era bom suficiente que agora precisamos ter Batman? O que você acha?

– Na verdade, Batman não é um super-herói, estritamente falando – disse Joshua. – Ele é uma espécie de capitalista insano cheio de tecnices. Ele não tem superpoderes, só trabalha feito um louco.

Paco trouxe as bebidas: o vinho tinto de Joshua estava em um copo de martíni. Pedir vinho naquele lugar não era diferente de pedir leite – ele teve sorte de não haver homens reais (ou algum) no bar para zombar de sua frescura. Se você quer paz, peça uma Budweiser. Ele olhou para o vinho; teria que beber agora, mesmo que esperasse vinagre.

– John Wayne iria distribuir socos, quebrar móveis vagabundos e resolver confusão no argumento moral – Bega continuou, dando um gole no uísque entre *argumento* e *moral*. – Hoje em dia não se pode fazer nada sem efeitos especiais.

Os Cubs estavam perdendo por dez *runs* no oitavo *inning*, mas Paco estava petrificado, sua cabeça tão inclinada para trás que parecia que poderia quebrar e cair no chão. Era difícil dizer se ele estava esperando um milagre ou se tinha entrado em algum tipo de transe onde a diferença entre vitória e derrota era nula. No lado do pescoço, ele tinha um bócio perfeito que brilhava sob as luzes fracas como um comercial para o câncer. Em *Paixão dos Fortes*, Henry Fonda pergunta a um barman: "Você já se apaixonou?". E o cara responde: "Eu sempre fui barman."

– Em Sarajevo, eu conheci um garoto gordo – disse Bega, complementando o uísque com um gole de cerveja e pedindo a Paco outra dose. – Crianças gordas eram raras, não como aqui, então garotos brigões adoravam ele, gostavam de bater nele. Certa vez, ele veio com história maluca de que tinha visto nave espacial na janela dele no meio da noite e que alienígenas deram pra ele superpoderes. Depois disso, ele disse, ele podia levantar carros e destruir edifícios, então garotos brigões criaram organização secreta contra ele. Ficavam atrás dele, sempre prontos para atacar. Teve um dia que ele apontou para edifício e disse pra gente: Eles estão me observando agora. Olhamos e não vimos nada. Mas ele não tem mais medo.

– Essa é uma ótima história – disse Josh. – Daria um excelente roteiro. – Bega dispensou o elogio com um movimento da mão. Além do cheiro de cigarro e água-de-colônia, ele exalava um desprezo amorfo pela fraqueza. Era bem possível que tivesse sido um garoto gordo que passou a atormentar outras crianças, ou um brigão que ficou gordo – sua circunferência ainda era impressionante.

Os Cubs finalmente perderam o jogo por doze *runs*. Todos os jogadores pareciam absurdamente ineptos, como se tivessem sido convocados só para serem humilhados, empreendedores da indústria do fracasso. Paco coçou o seu bócio e ele balançou um pouco sob a pele, como um feto maduro. **Ideia de roteiro 11**: *Um arremessador gay vende a alma ao diabo para jogar na World Series. O preço: ele tem de virar hétero. Título:* A Pegada. Joshua tomou um gole do vinho e ele o queimou por dentro. Era pior do que vinagre, era salmoura pura, o gosto da autenticidade mais áspera: entendo realidade e perfeição como a mesma coisa. Paco apontou o controle remoto para a televisão e mudou para um canal de notícias: George W. Bush falando para a câmera, seu rosto tão forçadamente sério que era óbvio que estava mentindo, os olhos matreiros com um subterfúgio amadorístico. Só homens verdadeiramente grandes sabem mentir descaradamente, pensou Joshua. Esse cara estava se esforçando tanto que uma hora ia explodir.

– Diga por que isso – disse Bega. – Últimos oito presidentes têm nomes simples: Johnson, Nixon, Ford, Carter, Reagan, Clinton, dois com Bush. Antes costumávamos ter Washington, Roosevelt e Eisenhower, e então algo aconteceu. Não se pode mais eleger presidente com nome complicado. Eleitores idiotas têm que ser capazes de soletrar merda do nome.

Joshua pensou na hipótese, mas o vinho autêntico interferiu impiedosamente no pensamento que acabou se dissolvendo como um corpo em ácido. Bega virou o uísque de uma talagada, depois lavou-o com cerveja. O que Joshua não conseguia entender era por que Bega se importava. Por que ele se incomodaria em analisar essas questões americanas? O próprio Joshua não se importava. Os americanos jamais se preocupariam com os nomes dos presidentes de outros países. Isso é o que tem de bom neste país. Bega já era suficientemente americano agora para cagar para essas coisas.
— Dukakis — disse Joshua.
— Exato — disse Bega. — Sem chance.
Na TV, um general aposentado, com forma de Humpty Dumpty, estava apontando — com um indicador real — no mapa do Iraque. Estava claro que ele pensava que tudo aquilo era fácil, seu indicador voando por todo o mapa, como se estivesse lhe dando uma surra de vara.
— Rumsfeld, sem menor chance — disse Joshua.
— Não sei não — disse Bega. — Só duas sílabas. Ele conseguiria.
— Tem razão.
Bega ofereceu sua cerveja para outro tim-tim, como se para confirmar o entendimento mútuo alcançado, e Joshua levantou seu copo de martíni com salmoura para encontrá-la.

Os homens pensam, bebem, formam laços. Constroem longos solilóquios com convicções improvisadas, frases incompletas. Pegam nos bíceps de seus camaradas, batem carinhosamente no ombro dele; algumas contusões — por que não? —, as marcas da masculinidade compartilhada, da circulação aumentada pelo álcool. Os homens contam segredos, expressam uma luxúria retórica, copulam hipoteticamente com mulheres fantasiosas. Descrevem suas histórias e filosofias de vida, revivem os jogos de futebol, têm o cuidado de mostrar que não se importam com nada. Foda-se, dizem eles, um monte de foda-se. Os homens nem sequer têm de ser do mesmo país que seus camaradas.

Paco continuou servindo a bebida enquanto os dois homens conversavam perto um do outro. Focinho no focinho, eles compartilhavam suas obsessões e favoritos: *Meu ódio será tua herança* (Sim! Bega: "Melhor faroeste de todos tempos."); Led Zeppelin (Sim!); beber (outro tim-tim); Bob Dylan (Josh não suportava aquela voz de choramingo); mulheres (Bega lambeu os lábios com luxúria); *Conan, o Bárbaro*, o filme (Josh: "Não é um tanto fascista?"); Radiohead (Bega faz o gesto de quem vai vomitar); Pantera (Josh nunca tinha ouvido falar deles) et cetera. Bega desenhou em uma poça de cerveja no balcão um mapa da Bósnia e dos belicosos Bálcãs, colocando guimbas de cigarro para marcar as capitais nacionais. Orgulhosamente, proclamou: "Nós surfamos onda da catástrofe!", enquanto Josh se absteve de perguntar quem exatamente eram os *nós*. Por sua vez, Josh enumerou os pontos relevantes de sua vida desprovida de drama: sua infância em Wilmette, tolerável à exceção do divórcio de seus pais; um conjunto completo de avós, todos sobreviventes do Holocausto morando na Flórida, Nana Elsa, sua favorita; seus tempos de faculdade na Northwestern, cinco quilômetros distante da casa de seus pais, graduação em estudos de cinema, curso de filosofia. E Spinoza era *o cara*, o primeiro judeu secular da história. "O grande Baruch previu o cinema na porra do século XVII!", Josh falou animadamente. "Ele disse: 'Quanto mais uma imagem é associada a outras imagens, mais ela floresce.'" Nana Elsa adorava filmes antigos e os via com Josh. "Os bons filmes são como o vinho", Nana costumava dizer, "eles precisam amadurecer." "Não como estas merdas", Josh disse, virando sua salmoura goela abaixo.

Depois, ele pintou o quadro de sua namorada nipo-americana gostosa, sua bela amante zen, com o lindo nome de Kimiko, os olhos de Bega se arregalando. Josh continuou pintando, com uma paleta menos colorida, seu ensino de inglês como segunda língua para um bando de russos e outros imigrantes em uma escola vocacional judaica. Ele aquarelizou, por assim dizer, o seu laptop cheio de ideias de roteiro, nenhum perto de uma conclusão. Por fim esboçou um futuro brilhante no qual vendia um roteiro por um pote de ouro, largava o emprego e ia morar com Kimmy, que pelo menos uma vez, ela confessou, participara de um *ménage à trois*.

Na verdade, não havia nunca uma única razão para se acreditar que haveria um futuro, replicou Bega. A gente espera só porque não sabe como deixar de imaginá-lo. É uma deficiência humana traçar constantemente algum tipo de futuro – e dessa deficiência vem o cinema. A menos que você esteja assistindo a um filme, é uma loucura esperar que o presente continue acontecendo – qualquer momento pode ser o último. Em vez de dar provas para sua alegação, Bega ofereceu em seguida os destaques incoerentes do que ele chamou de sua vida pregressa: seus dois anos na academia de cinema enquanto trabalhava no que chamou de a Lista dos Maiores Surrealismos; as mulheres fantasticamente belas de Sarajevo; a euforia orgiástica na véspera do desastre da guerra; a bebida, as drogas, o fim disso. Finalmente, a guerra encerrando e cancelando o futuro, enquanto todo mundo acreditava que a vida boa continuaria para sempre. "Então aqui estou eu!", concluiu Bega virando o uísque.

Outra rodada de bebidas; mais conversa; mais imagens na TV de nossas tropas em Bagdá; os locutores eufóricos; Paco mergulhando canecos de cerveja em uma nuvem de espuma na pia; a jukebox tocando uma música melancólica; o casal indo aos tropeços foder nos reservados do banheiro; tudo como deve ser, porque não poderia ser de outra forma. Realidade e perfeição são definitivamente a mesma merda.

Outra rodada, e Bega e Josh começaram a discutir o que poderia qualificá-los para o título de um sobrevivente. Bega negou-o firmemente a Josh, reivindicando-o incondicionalmente para si mesmo. Joshua já estava bêbado demais para ganhar a discussão, mesmo que descendesse de uma respeitável dinastia de sobreviventes, e estava naquele exato momento tentando sobreviver ao ácido em seu copo.

Do lado positivo, os dois homens estavam empatados na ebriedade, o que levou a um consenso unânime: eles estavam bêbados como um gambá. "Foda-se!", proclamaram brindando. "Que se foda a porra do futuro!"

INT. BANHEIRO DE NORIKO – NOITE

O capitão Enrique tira seu uniforme de fuzileiro naval, expondo seus bíceps e peito tatuados. Noriko convida-o a se juntar a ela no chuveiro. Ele vai, seguido de perto por Linda. Os três fazem sexo intenso, as plaquetas de identificação do capitão Enrique tilintando sem parar.

De repente, um zumbi arranca a cortina do boxe e morde o homem, que tem um mapa do México gravado no peito, tirando um naco do seu ombro. Enquanto Noriko e Linda gritam de pavor, o capitão Enrique se agarra na torneira do chuveiro e esmurra o implacável zumbi. Lutando pela vida, ele arranca a orelha do zumbi, depois um braço. O morto-vivo continua mordendo seu braço. Sangrando profusamente, o capitão Enrique por fim sucumbe. O zumbi se banqueteia no corpo do capitão enquanto Noriko e Linda perdem a voz de tanto gritar. Em pouco tempo, ouvimos apenas suas SÚPLICAS VÃS.

John Wayne vai para Sarajevo. Eles o alimentam, embebedam e o levam para conhecer a cidade. Temos isso, temos aquilo, ali foi onde a Primeira Guerra Mundial começou, aquela é uma mesquita antiga. Mas John Wayne está andando de um jeito esquisito e ele finalmente diz: Rapaz, eu realmente tenho que mijar. Levam-no a um banheiro público. Ele vai, volta, seu chapéu de caubói encharcado de mijo, as botas cheias de mijo. O que aconteceu?, perguntam a ele. Bem, John Wayne diz, eu entrei no banheiro dos homens e todos os caras nos mictórios gritaram: John Wayne! E todos eles se viraram para mim com o pau na mão.

Bega começou a gargalhar aos roncos, girando o tronco no banco do motorista para imitar as chicotadas de urina, os dados de pelúcia pendurados no retrovisor balançando com o seu movimento. Ele aplaudiu no final da piada, sua boca tão aberta de urrar que Joshua pôde ver suas amígdalas. Ainda era engraçada: caminhando em direção à Magnolia, depois que Bega o deixou, Joshua continuou rindo sozinho. Estava tão imerso na visão de regalar alguém com uma piada que só quando parou na frente da casa de Kimiko foi que percebeu que sua bicicleta ainda estava na rua de Graham.

Ele pensou em ir ver Kimmy antes de dormir. A luz acesa da janela do quarto sugeriu que ela estava lendo. Ki-mi-ko. Ele gostava do som de seu nome, tinha exatamente a mesma forma dela: pernas compridas, quadris redondos, cabelos longos. Gostava de sua confiança, da paz com que tomava decisões. Ela era psicóloga infantil, especializada em traumas de divórcio. Também em traumas de assédio sexual. Já fora casada uma vez, quando saiu da faculdade, com um cara que dizia chamar-se Haskell Algumacoisa Terceiro. Ela raramente falava nele, mas sempre que o fazia se referia a ele como o Terceiro. *O Terceiro gostava de três coisas: seu Porsche, lacrosse e Newt Gingrich.* Ela nunca explicou o papel do Terceiro na sua vida, como se o casamento tivesse acontecido com outra pessoa. Ela analisava os outros, não a si mesma. Leu Harry Potter porque ajudava a entender melhor seus pequenos pacientes. Ela sempre se referia às crianças como pequenos pacientes.

Joshua adorava o seu jeito de rir: ela apertava a boca, balançava a cabeça, depois bufava, depois explodia. Ele queria fazer-lhe uma serenata com a piada de John Wayne, então digitou o número dela ali da rua: talvez ela o convidasse para um triatlo de gargalhadas, um boquete ou uma rodada de sexo completo. Mas o sinal do telefone estava ruim e suas ligações caíam repetidamente, depois a luz do quarto apagou. Ele teria tocado a campainha não fosse por seu medo de achar a piada idiota. Além disso, o aspecto xixi da piada exercia uma pressão extra em sua bexiga abarrotada, que agora insistia para que ele acelerasse o passo. Isso fez com que algo lá embaixo doesse. Seria sua próstata? Quando chegou à porta de casa, a dois quarteirões da Magnolia, a bexiga estava a ponto de arrebentar. A mente se esforça para imaginar coisas que aumentam o poder do corpo. Diga-se, urinar.

Ele destrancou a porta da frente em três tempos, deixou cair as chaves e o celular sobre a mesa perto do espelho rachado e correu para o banheiro. Antes de alcançá-lo, notou as cortinas balançando na sala e ouviu o suave repique dos sinos de vento orientais.

Tinha quase certeza de que não deixara nenhuma janela aberta – era, afinal, o fim de março. Uma remota lembrança de como os ninjas noturnos sentiam presenças foi então ativada e, como um ninja, ele andou na ponta dos pés. Todo pele fina e ossos ocos, Joshua praticamente não tinha peso algum: ele não fez sombra, o piso não rangeu. A sala de estar estava vazia, mas bolas de poeira o conduziram, levitando, até o seu quarto.

Nenhum filme de sua memória estava disponível para ajudá-lo a decidir o que fazer se de fato houvesse alguém no quarto. Então, ele ficou instantaneamente paralisado quando descobriu um homem ajoelhado no chão, chorando com o rosto enterrado no que era, sem sombra de dúvida, uma cueca boxer de Joshua estampada de estrelas e listras. Ele havia jogado a cueca no cesto de roupa suja naquela manhã e, sim, o cesto de vime estava ali, impiedosamente virado, além do resto de sua roupa íntima suja alinhada no chão para alguma inspeção pervertida. O rabo de cavalo do homem, firmemente puxado para trás, tremulava acompanhando seus soluços; ele usava uma jaqueta de brim sem mangas que deixava visível o seu bíceps musculoso e a tatuagem de uma águia com a Terra nas garras. Conheço esse homem, percebeu Joshua, e, por um fugaz micromomento, essa conclusão foi reconfortante.

– Stagger! Que merda você está fazendo aí?

Stagger levantou-se num átimo e correu para a janela aberta, conseguindo enxugar as lágrimas com a cueca de Joshua, como se o problema real fosse ter sido flagrado chorando. Ele abriu as cortinas ondulantes e escapuliu como um verdadeiro ninja e ex-fuzileiro que era. Stagger, poderia ser pertinente mencionar, era senhorio de Joshua e seu vizinho de baixo.

O quarto estava frio como um necrotério. Sua próstata doía como o diabo, mas Joshua sentou-se na cama, ofegante, e olhou fixamente para a disposição de cuecas no chão como se contivesse uma mensagem que precisasse ser decifrada urgentemente. Seu coração galopava para um enfarte, o cérebro, muito longe de formar uma compreensão. Ele soltou um grito primal inarticulado para as cortinas que ainda balançavam e se levantou para fechar a janela. Chutou o arranjo de cuecas. Seu coração batia forte, o colapso da próstata era iminente, mas Joshua deitou-se na cama e ficou olhando para o ventilador de teto parado e indiferente.

Um barulho de sirene cruzou a rua, lembrando a Joshua de que às vezes o tempo avançava sim na direção das consequências. Sua vontade foi de fato que a polícia aparecesse, mas isso seria tudo o que faria a respeito. Na mente não há livre-arbítrio, mas a mente é determinada a querer isto ou aquilo por uma causa que também é determinada por outra, e esta por sua vez é determinada por outra, e assim até o infinito. Ele teria ficado olhando o teto até o infinito, se sua bexiga não tivesse começado a escorrer.

Quando as coisas ficam difíceis, o difícil pode encontrar conforto no menor dos prazeres: o fluxo de urina de Joshua era grosso, estável e consolador.

Quando Joshua assinou o contrato de locação no verão anterior, Stagger parecia sereno e confiável, apesar da jaqueta de brim de mangas cortadas, como seria de se esperar de um fuzileiro naval que orgulhosamente servira ao seu país. Mas logo depois de se mudar, Joshua podia ocasionalmente ouvir Guns N'Roses vindo a todo volume do andar de baixo, acompanhado pelo som de quebradeira e Stagger gritando "Watch it bring you to your knees" em uníssono com Axl Rose. Mais de uma vez, a festa rolava a noite inteira. Na manhã seguinte, Stagger aparecia para pedir desculpas e atribuir seu apetite pela destruição a um suposto trauma causado pela Tempestade no Deserto. Isso o fazia agir como um maluco, ele disse. Não ficou claro para Joshua se aquilo era uma ameaça velada ou uma forma de convidá-lo à piedade e ao perdão. De qualquer maneira, Joshua esperava que sua contínua compreensão mantivesse o aluguel baixo. Como uma forma de reconciliação adicional, Stagger oferecera-se para mostrar-lhe sua espada samurai, tão afiada, ele disse, que poderia cortar ao meio um cachorro correndo e as duas metades do bicho ainda saltavam ao mesmo tempo para pegar o frisbee.

Ele iria sair da merda daquele lugar, Joshua decidiu, no fim de semana. Já deveria ter se mudado só pelo abuso do Guns N'Roses. Pendurada acima da privada, havia uma reprodução inexplicável de uma pintura de caça à raposa: casacos vermelhos, bonés pretos, cavalos altos e alguns farrapos de nuvens compondo uma paisagem vitoriana. Joshua ouviu o clique da sua porta da frente e algo mudou no canto onde a raposa estava paralisada em sua fuga, seu futuro para sempre encerrado. Uma voz que Joshua imediatamente identificou como sendo de Stagger disse: – O que está acontecendo aqui?

Em um movimento relâmpago, Joshua virou-se e o pau em sua mão trêmula borrifou da direita para a esquerda a tampa da privada, o rolo de papel higiênico ao lado, o exemplar de *A Spinoza Reader* e uma cesta cheia de revistas, ainda jorrando em sua própria coxa quando ele viu Stagger de pé sob a luz do corredor, seu rosto calmo e composto até o ponto agudo da insanidade.

– Está tudo bem, Jonjo? – Stagger baixou o olhar para sorrir para o pau de Joshua.

Joshua saiu do banheiro num rompante, desviando-se de Stagger para voar pela porta da frente, convenientemente aberta. Desceu correndo as escadas e só parou ao encontrar-se no meio da Magnolia, onde finalmente devolveu seu pênis ao seu habitat natural. A frente e as pernas da calça estavam completamente molhadas, a mão esquerda pegajosa de pânico e urina. Com a direita, procurou seu telefone celular para chamar a polícia (outra sirene soou), mas lembrou do próprio movimento de deixar cair as chaves e o celular na mesa do vestíbulo. Ele se curvou em uma pose de dor, mas depois ergueu-se como uma samambaia num filme acelerado, porque um táxi freou abruptamente para não atropelá-lo. O taxista, sombrio como um pesadelo, saiu do carro e disse, "Ôô, cara!", e Joshua, com a mente solta pela combinação de álcool e Stagger, retrucou: "Ôô é para cavalos!"

Naturalmente, Joshua desejava poder reverter o fluxo do tempo e fazer tudo como tinha sido antes de encontrar Stagger soluçando em sua cueca suja. Mas o antes não estava mais disponível, nem jamais estaria, enquanto o depois lançou-se inexorável entre o alegre *dim* da campainha de Kimiko e seu desanimado *dom*. Já passava muito da meia-noite, de modo que quando ela desceu para abrir a porta e pareceu desagradavelmente surpresa, ele foi sábio o suficiente para parecer apologético. Bushy deu-lhe boas-vindas esfregando seu rabo de gato gordo no seu tornozelo. Minha namorada está inocentemente dormindo, pensou Joshua. O que seria do amor sem a segurança do esquecimento recíproco?

Bushy não desistiu e Joshua o pegou. Ele acariciou o gato ofegante dizendo a Kimmy o que tinha acontecido, menos os detalhes da autourinação, embora o sorriso forçado no rosto dela sinalizasse que poderia estar achando o cheiro dele desagradável. Ela vestia uma camisa largona do Chicago Fire, a bainha tocando os joelhos. Era uma camisa de homem.

– O que você vai fazer? – ela perguntou.

– O que eu posso fazer? Ele é meu senhorio. Não posso voltar lá. Ele mora no primeiro andar.

– Você poderia chamar a polícia – disse ela. Ela era linda, mesmo que sua calma pudesse ser interpretada como indiferença.

Ele sabia, é claro, que o curso de ação sensato seria de fato chamar a polícia, mas não podia suportar a ideia do departamento de polícia, sempre pronto e feliz para atirar primeiro e perguntar depois, confrontando o Stagger maluco. Voltar para casa também era impossível. Stagger talvez já estivesse detonando o próprio apartamento, pelo que ele conhecia do cara, vestindo as cuecas de Jonjo na cabeça ao som de "Welcome to the Jungle", armado com o seu trauma Tempestade no Deserto e a espada samurai.

– O que você quer fazer? – Kimmy perguntou novamente. Ele não queria fazer nada, todos os dias, do amanhecer ao anoitecer, até que a geleira do tempo reconduzisse tudo à sua forma estável. A força com que um homem persevera na existência é limitada e infinitamente superada pelo poder das causas externas. Ele queria grudar-se no traseiro quente e macio de Kimmy e permanecer ali até que as coisas se resolvessem. Do quarto dela vinha uma música – ela gostava de ler e adormecer ouvindo as suítes de violoncelo de Bach. Tudo nela era suave e soberano. Havia sempre uma razão evidente para tudo o que fazia, mesmo que ele raramente soubesse o que era.

Havia também uma razão para aquela camisa que ela estava usando. A virilha e as coxas de Joshua estavam começando a dar coceira. A bainha da camisa Fire acariciava os joelhos de Kimmy.

– Eu acho... – Joshua disse. – Eu preciso tomar um banho agora.

– À vontade – disse Kimmy. Ele queria que ela abraçasse o seu corpo mijado, que o beijasse, enfiando a língua na sua boca, que o aceitasse como ele era, que o desejasse incondicionalmente. Não parecia provável naquele momento. De repente, Bushy passou a pata de unhas recolhidas na cara de Joshua, errando o globo ocular por milímetros. Joshua o colocou no chão para seguir em direção à promessa de comida.

— Essa camisa é sua? — ele perguntou.
— Não — disse ela. Por que ela usaria uma camisa de futebol? Os estrangeiros é que usam a parafernália do *soccer*, especialmente os homens estrangeiros. Ele esperou que se seguisse uma elucidação, mas ela ficou em silêncio, como se o desafiasse a perguntar de quem era a camisa. Ele não era tão ciumento a ponto de querer que Kimiko confessasse que experimentava prazeres independente dele — pensar na luxúria soberana dela o excitava, porque o assustava. Ele não admitiria, mas um dos motivos pelos quais se sentia atraído por ela era porque não conseguia lê-la.
— Talvez eu precise de algo limpo para vestir — disse Joshua. Ela olhou pela janela para um beco escuro, depois tirou a camisa e entregou-a a Joshua, exibindo seu belo e esbelto corpo: os seios empinados, o umbigo sorridente, o púbis encaracolado. No jargão da psicologia infantil, a camisa seria um objeto transicional.
No chuveiro, cansado como estava, ele teve uma ereção ao imaginar Kimmy agarrando a bunda de um homem com a camisa do Chicago Fire e aos poucos deu-lhe uma forma improvisada: ele era um terapeuta colega de Kimmy; era jogador de *soccer*, portanto tatuado, alto e gói; era provavelmente latino, logo automaticamente adepto de foder escondido ou a três. Escovando os dentes com a escova úmida de Kimmy, Joshua examinou seu rosto no espelho: estreito; olhos grandes e fundos demais; um arquipélago de espinhas se estendendo até uma península de cabelos com caspa; a sobremordida confiantemente presente. Ele especulou o nome do homem: Hector, Fidel, Enrique. Enrique era o nome. Enrique, o Fodão.
Joshua colocou suas roupas na máquina de lavar e considerou procurar no cesto de roupa suja por outras roupas de homem. A camisa do Fire com cheiro de Kimmy cobria quase toda a sua virilha. De alguma forma inexplicável, ela o desejava. Pelo menos

foi o que disse na primeira vez em que ficaram. Ela poderia ter qualquer outro homem, um esquadrão de Enriques, mas ela o queria. Ele lhe pedira para dizer o que nele a atraía, mas ela nunca quis falar sobre isso. Só uma vez ela disse: "Eu amo esse seu jeito de pensar sem pensamentos", e ele não ousou perguntar se ela gostaria mais dele se ele pensasse *com* pensamentos, ou, talvez, se não pensasse absolutamente em nada. Ele perguntara se ela gostava do seu corpo nu, e ela rolou para cima dele. Só mais tarde ele perceberia que o coito subsequente permitiu que ela evitasse responder. Tudo era terrivelmente desconcertante, pois ele pensava (sem pensamento) que ela poderia a qualquer momento olhar para ele e perceber o erro que cometera. Esta relação: o item mais quimérico na cabine do medo de Joshua.

Quando ele deitou na cama ao lado dela, Bach estava desligado e ela estava abraçando Bushy. Joshua avançou na direção dela e pressionou seu pau, novamente alerta, nos quadris dela como uma arma. Ela cheirava a lavanda.

– Kimmy! – ele sussurrou. – Kimmy!

Ela não se mexeu. Ele manteve o pau ali por mais um momento, na esperança de que ela mudasse de ideia e se virasse para ele, confirmando que, a partir desta noite, ela o escolhera para liberar toda a sua luxúria.

– Tenho dois pequenos pacientes amanhã de manhã – ela sussurrou.

Joshua reposicionou-se para olhar para o teto. Raramente faziam sexo antes de dormir – quando terminava o dia, ela imediatamente dirigia sua atenção para o dia seguinte. Às vezes, ele conseguia encaixar-se em sua agenda e solicitar uma foda aleatória. O ventilador de teto girava no escuro, como um zangão assassino. Um livro de Harry Potter jazia feito um tijolo no criado-mudo.

Mas então Kimmy soltou Bushy, subiu em cima dele e colocou sua mão gostosa em seu pau insípido.
— E os pequenos pacientes? — choramingou Joshua.
— Eles vão ficar bem — disse Kimmy. — São apenas uns pirralhos mimados. — Ela movimentou sua mão em todas as direções certas e, enquanto Enrique sangrava até a morte no chuveiro, Joshua se submeteu aos prazeres de ser o escolhido.

Quando ele acordou, ela já havia saído para o trabalho. Um universo de ações inevitáveis se apresentou a Joshua. Primeira, a menos dolorosa: colocar suas roupas molhadas na secadora. Segunda, voltar ao quarto para investigar a vida de Kimmy: seu status atual como o escolhido exigia confirmações adicionais.

Kimmy tinha muitas roupas da moda no seu closet: vestidos de bom gosto, blusas delicadas, meias de seda, a maioria das quais ele nunca tinha visto nos sete meses em que estavam namorando. Quando ela usava essas coisas? Ela era de outro lugar, não apenas por ser asiática, mas porque além de sua aparência havia o desconhecido. Ele nunca conhecera ninguém do trabalho dela, muito menos Enrique; a família de Kimmy estava sempre na Califórnia. Por outro lado, todos os amigos de Linda eram de Nova York ou Los Angeles. Tinha uma irmã muito mais velha com quem não falava há meses, e pensamentos que nunca expressou. Ele foi até a gaveta da cômoda: seu equipamento de corrida ascético, seus sutiãs rendados, suas calcinhas minúsculas. Ele encostou o nariz numa calcinha vermelho-pornô perfumada — ela sempre usava sachês de lavanda seca nas gavetas. Das profundezas do edredom, Bushy o observava inspecionando as joias de Kimmy. Joshua estava prestes a sentir-se assustadoramente estúpido quando, no canto mais distante da gaveta inferior, descobriu, ainda em sua embalagem original, um reluzente anel peniano.

– Um anel peniano? – ele exclamou para Bushy, que piscou indiferente a ele. A embalagem alegava que o diâmetro do anel era de cinco centímetros. Seria um presente para ele? Ou para Enrique? Lamentavelmente, não tinha certeza do diâmetro de seu pênis, embora gostasse de considerá-lo de uma largura respeitável. A mente humana não necessariamente requer o conhecimento adequado das partes componentes do corpo humano. Joshua continuou a busca, um tanto sem cuidado, até que descobriu um par de algemas. Estas não estavam na sua embalagem original; eram barulhentas e estavam com a respectiva chave na fechadura; pareciam ter sido usadas. Ela algemava o Terceiro? Não parecia algo de que Enrique gostasse. Talvez fosse ela a algemada. Ele não tinha ideia se Kimmy gostava desse tipo de coisa – ela nunca discutia seus desejos. O sexo que faziam geralmente era descomplicado, mas prazeroso: penetração simples e posições sem malabarismos – o autêntico pão com manteiga das práticas americanas do sexo. A maior parte do tempo, ela ficava de olhos fechados, mesmo quando estava gozando; mais de uma vez ocorreu a ele que em tais momentos ela estaria fantasiando com alguém ou outra coisa. Ele queria entrar naquele reino em que as fantasias dela eram parte da resplandecente paisagem erótica. Ela nunca respondia às perguntas cautelosas de Joshua, nunca confessava qualquer fantasia, mas ali estavam elas, brilhando em sua mão agora, as fantasias. Imaginou-a algemando-o na cama, com o rosto para baixo; seu pau despontou sob a camisa do Fire. **Ideia de roteiro 29**: *Um homem acorda e descobre que é um escravo sexual prisioneiro de uma mulher rica depravada que conheceu em uma festa regada a cocaína. Sua única chance: fazer com que ela se apaixone por ele. Tem início a batalha.*

Os telefones tocaram por toda a casa e Joshua, assustado, rapidamente colocou as algemas e o anel peniano em seus lugares. O toque abruptamente parou, mas agora havia um zumbido histérico vindo da secadora.

Suas roupas não estavam completamente secas, mas ainda assim ele as vestiu. A camisa de flanela estava apertada nos ombros; a calça de brim lhe comprimia a virilha; até os calcanhares de suas meias escorregavam pelo tendão de aquiles. As roupas pertenciam ao antes, e ele não tinha um traje para o depois.

INT. ESCOLA – AMANHECER

O major Klopstock atravessa furtivamente um campo de beisebol, empurra um cortador de grama para o lado para poder entrar por uma pequena janela quebrada. Ele passa por ela e dá no porão. Move-se cautelosamente por um corredor, abrindo e fechando portas. Desenhos de crianças nas paredes, alguns casacos pequenos ainda pendurados nos ganchos. Leva uma arma calibre 12, algumas granadas de mão e um par de algemas pendurado no cinto. A última porta se abre para um laboratório pequeno e escuro. Ele acende uma lâmpada sobre uma bancada com frascos e placas de Petri. Um colchão gasto está no canto – esta é a única casa do major Klopstock. Ele encosta a calibre 12 na parede.

O major K guarda as granadas de mão e, em seguida, tira de sua mochila uma cabeça de zumbi: um pequeno orifício acima do olho esquerdo, os olhos arregalados. Ele coloca uma máscara e luvas de borracha. Cuidadosamente, corta o topo da cabeça com uma serra circular, extrai alguns miolos, coloca-os em algumas placas de Petri. Depois, derrama uma solução sobre as amostras e coloca o resto da cabeça na geladeira, que abriga uma coleção de cabeças, todas de olhos arregalados.

Ele se senta e escreve em seu caderno.

MAJOR KLOPSTOCK
(v.o.)
Vida intermitente no lado norte. Vi o Dr. Goldman vagando com uma multidão de mortos-vivos. Todos os vivos estão escondidos. Alguém precisa descobrir por que isso está acontecendo para descobrir como vai acabar. Boa notícia: encontrei um caminhão do exército cheio de guloseimas em Andersonville. Vou ao centro amanhã. Lua crescente. *Goodnight stars. Goodnight air. Goodnight noises everywhere.*

As amostras nas placas de Petri borbulham e transbordam.

Havia sete alunos no curso de inglês para estrangeiros de nível 5, e eles ficavam sentados de frente para Joshua como um júri que já chegara a um severo veredicto. Na fila mais distante, tão longe da autoridade duvidosa de Joshua quanto podiam chegar, sentava-se o capitão Ponomarenko e sua rotunda esposa, Larissa. O capitão Ponomarenko tinha sido oficial da KGB, infelizmente dispensado pelo colapso da URSS, e ainda se ressentia pelo fato de os Estados Unidos, uma terra de imbecis frouxos – amplamente representada pelo professor Josh –, terem conseguido de alguma forma ganhar a Guerra Fria. Ele dirigia suas perguntas grosseiras e a carranca desdenhosa para o professor Josh, enquanto a linda e lânguida Larissa endossava tudo o que seu marido pensava cheio de ódio. No momento, eles estavam convencidos de que o professor Josh era pessoalmente o principal responsável pela invasão do Iraque. Eles levantavam o assunto em quase todas as aulas, e não porque se preocupassem com os iraquianos, muito menos com a democracia ou a justiça, mas antes para expor a podridão eterna da alma imperialista americana. Consequentemente, Joshua se tornou mestre em mudar de assunto e empurrar a turma para discutir os desafios que enfrentariam ao adquirir, por exemplo, um aquário.

Havia também uma dupla de *matryoshki* pós-menopáusicas que não poderiam importar-se menos com terras distantes invadidas, a gramática inglesa ou qualquer outra coisa exceto a presença intimidante de negros em seu novo país. As mulheres só enunciavam ideias, histórias ou opiniões que reiterassem sua crença de que os afro-americanos eram inerentemente criminosos. A ocupante ilegal, Yekaterina, tinha sido abençoada por ter ouvido falar de *um preto* que tirou uma porta de carro das dobradiças para roubar, o que lhe forneceria um tema de conversa para o resto de sua vida natural.

Havia Fyodor, um ex-cientista especialista em foguetes propenso a lançar citações aleatórias de Dostoiévski em russo, que havia pedido a Joshua que o ajudasse a traduzir um velho manual de videocassete. Habilmente incitado pelo capitão soviético, ele interpretara a afirmação de Joshua de que o videocassete era obsoleto no início do novo milênio como mais um exemplo do cego egoísmo americano.

Depois, havia Varya, que, como se descobriu, estava passando por uma quimioterapia brutal. Ela vinha para as aulas com lenços de cabeça variáveis e sentava-se sempre em silêncio sob o colorido mapa de Israel, o que levou o professor Josh a pensar que fosse ortodoxa. Só depois que ele forçou a turma a fazer um desses exercícios de interpretação de papéis, em que o capitão Ponomarenko era o médico e Varya, a paciente, descobriu-se que ela estava lutando contra um câncer de ovário em estágio avançado. Uma vez que o professor Josh não poderia formular nenhuma resposta apropriada ao imenso fato do câncer, ele forneceu o vocabulário médico para toda a área genital feminina. Desenhou desajeitadamente uma vagina em forma de lírio no quadro-negro, descobrindo no processo que ignorava totalmente muitas de suas partes, e não conseguia lembrar das palavras para outras. Os malvados

Ponomarenko ficaram se cutucando e rindo, tanto pela ignorância dele quanto por seu constrangimento – provavelmente por ambos. A única luz brilhante em toda a escuridão pós-Guerra Fria era Ana, a de olhos tristes. Bósnia de trinta e tantos anos, Ana era de longe sua melhor aluna, ainda mais porque se mantinha distante do desprezo coletivo dos russos sussurrantes, infectados congenitamente com a malícia soviética. Ana estudara medicina, disse ela, e acrescentou algumas pequenas partes ao desenho do assoalho pélvico, inclusive um clitóris impressionantemente representado como um grande ponto. Ela fez isso tão audaciosamente que Joshua pensou em um trocadilho horrível – *anaudaciosamente* – que muitas vezes vinha a ele sempre que punha os olhos nela. E ela era boa de se olhar também: usava saias até os joelhos e decote generoso, os saltos dos sapatos eram altos o suficiente para ser sexy, nunca vulgar. Seu estilo de vestir, no entanto, parecia incongruente com a dor indelével que ela constantemente irradiava, o que Joshua achava tão atraente quanto suas curvas.

Um dia, ele dera a seus alunos a tarefa de escrever sobre suas respectivas cidades natais e ler a redação em voz alta: os Ponomarenko eram de Vitebsk, uma cidade que não era digna sequer de um parágrafo apático; as *matryoshki* de Moscou pintaram um quadro medíocre dos magníficos monumentos construídos pelos czares e bolcheviques; Varya era do Cazaquistão e escreveu sobre a beleza radiante e radioativa do deserto. Mas Ana, erguendo os olhos verde-mar para encontrar os de Joshua, leu sua composição tristemente, evocando a *vida normal* de Sarajevo, sua cidade natal, antes da guerra: as pessoas se cumprimentavam na rua; os jovens dançavam a noite toda; havia uma árvore de tília de aroma doce e curiosamente bem debaixo de sua janela. Ele entendeu que as roupas sensuais dela não significavam promiscuidade – ao contrário da interpretação consensual dos outros professores –, mas uma espécie de nostalgia: era o que costumava usar quando estava feliz, quando vivia a *vida normal*. Ela simplesmente não conseguia deixar de fazê-lo, assim como o capitão soviético não conseguia deixar de lado a merda da Guerra Fria, ou Varya, o seu câncer. Todos os corpos coincidem em certas coisas.

O problema era que não se esperava, muito menos se exigia, que Joshua ensinasse anatomia feminina em seu curso, ou mesmo qualquer coisa que pudesse ter aplicação significativa na vida dos seus alunos. A ambição de seus empregadores no programa de inglês para estrangeiros do PRT Institute era preparar os alunos para que passassem nos exames obrigatórios, o que tornava o instituto elegível aos fundos necessários para emitir vistos educacionais para judeus que chegavam da antiga União Soviética. A presença de outros refugiados – digamos, bósnios – fornecia um verniz conveniente para a fraude asquerosa que o instituto estava perpetrando: toda a operação era na verdade uma frente para um programa de reassentamento, uma sobra dos tempos heroicos da Operação Exodus. Joshua não tinha nenhum problema com qualquer coisa que ajudasse o seu povo a sair da terra dos cossacos, ele assegurara ao seu chefe baixinho e espantosamente careca, o Sr. Strauss, que o convocou para seu escritório para exigir, educada e inequivocamente, que ele evitasse vaginas e órgãos genitais semelhantes e se ativesse à gramática, por mais inútil que possa ser. "Nós", disse Strauss, tirando pacientemente o seu ponto de vista do fundo do nariz, "temos papéis mais importantes a desempenhar."

Aquela aula específica de terça-feira era dedicada aos mistérios elusivos do futuro perfeito, um tempo verbal que, por ser atrapalhado e maçante, estava destinado a dar nos nervos do capitão URSS e de suas tropas. Tomado de coragem, Joshua consultou o livro (*Let's Go, America!* 5) e escreveu um exemplo no quadro-negro: *By the time I am seventy-five I will have had my knees replaced.* De frente para um paredão de desprezo, ele sublinhou *I will have had* com um floreio desnecessário.

– Este é o futuro perfeito. É usado para uma ação que será finalizada em um tempo determinado no futuro: *Quando eu tiver 75, terei substituído os meus joelhos* – esclareceu, cortando a frase em pedaços, praticamente fugindo das coisas que deveria se importar em dizer sobre isso.

Mesmo assim, Ana estava inclinada para a frente, os olhos acesos como se ela de fato se importasse com o funcionamento daquele tempo verbal idiota. Os outros o observavam vagamente, contando os minutos – em russo, sem dúvida – para o intervalo. Joshua conjugou o verbo apagando o *I* e escrevendo *you*, depois apagando *you* e escrevendo *he/she/it*. Ele lia tudo em voz alta enquanto considerava a possibilidade de Ana estar concentrada nele. Ele não gostava de sua estrutura emaciada e ossuda (seu pai dissera uma vez que ele tinha o corpo de um fanático), dos seus pés grandes, de sua sobremordida e dos pelos faciais que o faziam parecer de pele escura. Ele nunca conseguiria reconciliar o estranho fato de Kimiko sentir-se atraída por ele com o que ele próprio via no espelho. Na melhor das hipóteses, isso deveria ter a ver com o estoicismo natural dela, como se Joshua fosse uma espécie de bonsai que ela podava e regava amorosamente. "Eu gosto de estar com você", era o seu modo preferido de expressar carinho. Na pior das hipóteses, ela o mantinha perto para que ele pudesse fazê-la se sentir melhor quando precisasse, uma combinação vencedora de bichinho de estimação e vibrador. Em algum ponto entre a melhor e a pior, ficava a possibilidade de um amor profundo. Quando amamos algo como a nós mesmos, nos esforçamos, ao máximo, para que esse amor tenha um retorno.

Agora, então, o que Ana poderia estar vendo em Joshua?

Naquele balcão do Westmoreland, Bega vangloriara-se ardorosamente de sua própria não americanidade, completada com *experiências* inacessíveis às preferências de Joshua. Quaisquer que fossem os problemas por que Joshua tivesse passado para terminar naquela banqueta ao lado de Bega não eram nada comparados com a guerra, o deslocamento, a sobrevivência e todas essas coisas pesadas. Bega ficava repetindo a frase "problemas da vida", que Joshua já se sentira inclinado a interpretar como *problemas inerentes a estar vivo*. De acordo com Bega, no entanto, mesmo que houvesse diferentes tipos e graus de problemas, todos eles poderiam ser reduzidos à simples diferença entre estar vivo e permanecer vivo. "Tem gente que apenas vive e gente que apenas sobrevive", disse Bega. "Americanos vivem, nós sobrevivemos." Tudo tinha sido dito na brincadeira e com tapinhas nas costas, é claro, e Joshua riu na sua embriaguez, mas era inegável que, no que dizia respeito a Bega, a vida de Joshua era boa demais para ser boa o bastante, e que ele nunca poderia alcançar o nobre título de sobrevivente. Joshua havia apresentado seus avós sobreviventes, além dos milhares de anos de opressão antissemita, para reivindicar alguma legitimidade, mas Bega não levara em conta – a americanidade fundamental de Joshua era tudo o que realmente importava. "Sua vida", disse Bega, "é um cobertor quente."

Mas ali estava uma terça-feira ao acaso, quando a melhor aluna de Joshua, uma bela mulher claramente pertencente à eleita tribo dos sobreviventes bósnios, parecia interessada nele, apesar – ou talvez por isso – do seu cobertor quente. As lentes de aumento do olhar dela queimavam a sua nuca enquanto ele tentava procurar exemplos do futuro perfeito menos imbecis do que os oferecidos pelo *Let's Go, America! 5*. Tudo em que conseguiu pensar foi na frase apocalíptica *By the time the world ends we will all have lived,* mas não quis colocá-la no quadro-negro para não parecer demasiado pretensioso, abrindo caminho para uma discussão com o capitão Stalin. No entanto, sua evasiva foi prontamente punida.

— Professor Josh — Larissa perguntou. — Por que não se pode usar o futuro simples, *I will replace my knees*?

— Você pode usar também — respondeu Joshua. — Mas é muito melhor assim.

— Qual é o correto? — Batendo no caderno com um lápis, como se estivesse golpeando um dissidente com o cabo de uma pá, o capitão P urgia saber. — Um deve estar correto. Não os dois.

Joshua podia ouvir o roçar das meias de Ana quando ela cruzava as pernas. No Westmoreland, já bêbado, ele alegara que a necessidade reinava no mundo, uma ordem natural e, portanto, moral estava em vigor, mas Bega reafirmou que o sistema moral de Josh consistia em um pouco de certo, um pouco de errado e uma quantidade enorme de razoavelmente confortável — se a ordem era essa, de fazer você não tem pressa, e ainda rimava. "Sobreviventes não têm tempo para frescuragem", disse Bega. Talvez ele não tenha usado exatamente esta palavra; *frescuragem* seria um termo pouco familiar para um estrangeiro usar.

— Ambos podem estar corretos — disse Joshua. — Depende da frase.

O capitão Ponomarenko assentiu, lentamente, como se todas as suas expectativas em relação ao fracasso do professor Josh tivessem sido novamente atendidas. Se não fosse pelo contínuo ruído ensurdecedor das meias de Ana, se seu perfume não houvesse subitamente flutuado até ele — uma nota de jasmim —, Joshua teria se atrevido a continuar com aquele debate gramatical. Mas ele podia sentir que uma insurreição estava se formando, os russos em breve seriam totalmente mobilizados pelos cochichos difamatórios do capitão URSS, então decidiu fazer um intervalo. Os alunos saíram para o corredor e ficaram em um círculo de descontentes, onde Joshua e sua inépcia razoavelmente confortável seriam, sem dúvida, o tema preferido. E, de fato, houve uma explosão imediata de risos de zombaria. **Ideia de roteiro 38**: *Um oligarca russo bizarramente rico contrata um detetive americano para descobrir o que aconteceu com seus pais, que no passado foram presos por comunistas como espiões americanos; quando o mistério se aprofunda, o detetive tem de contratar uma bela russa para formarem uma dupla; eles descobrem que os soviéticos venderam os órgãos dos pais no mercado negro; o oligarca quer os órgãos de volta para clonar seus pais; seguem-se as aventuras.*

O professor Josh fechou a porta e começou a apagar o quadro-negro, com espirros ocasionais. Os caprichos do futuro perfeito e a presença de Ana lhe permitiram esquecer por algum tempo que ele havia fugido do seu apartamento e agora era hóspede de Kimmy, a mulher que guardava escondido anéis penianos e algemas. Ao apagar o futuro perfeito no quadro-negro, Josh não conseguiu fugir do que havia acontecido. Ele não ouviu quando Ana entrou.

– Professor Josh – disse ela. Ele se virou e imediatamente notou que seus mamilos estavam duros. Olhar naqueles olhos verde-mar exigia muito esforço.

– Posso falar com você? – Ela falou com uma voz grave e sussurrada.

– Sim – disse ele. – Pode.

– Tem festa – disse ela. Uma covinha em sua bochecha esquerda apareceu e desapareceu sem que nada em seu rosto mudasse.

– *Uma* festa – disse Joshua.

– Sábado na noite.

– Sábado *à* noite.

– O quê?

Ela ficou confusa e olhou, talvez por hábito, para o quadro-negro vazio. Ele se arrependeu de sua arrogância, mas depois se permitiu passar um tempo olhando para ela: seus lábios de carmim, a linha do queixo, seu nariz perfeito, a miragem das covinhas.

– Você pode dizer: sábado à noite – disse ele.

– Ah, ok. Sábado à noite tem uma festa – disse ela. – Muitos amigos, muitos bósnios. Também estudantes daqui.

– E por que a festa? – perguntou Joshua. Ana tinha o hábito de ajeitar o sutiã, puxando as alças para cima e endireitando os ombros. Seus seios pularam como filhotinhos felizes.

– É meu aniversário.

– Ora, feliz aniversário! Posso perguntar quantos anos você tem?

– Se quer saber, vai ter de ir.

– À sua festa?

– À minha festa.

Os requisitos implícitos da relação de compromisso que Joshua estava buscando com Kimiko pressupunham passar as noites de sábado juntos para fins de intimidade. Deveria ter sido fácil para ele dizer não à Ana. Ele nem precisava explicar.

– Eu não sei – ele disse. – Pode ser difícil.

Ele estava consciente de que evitava mencionar Kimmy a Ana, sabia que estava em algum tipo de negociação.

– No sábado, você *terá se divertido* bastante – disse ela, e a covinha duplicou – suas duas bochechas adornadas com uma – porque, por um instante, ela franziu os lábios ligeiramente. Pode ter sido apenas uma contração muscular, decerto inconsciente, ou ela podia estar inocentemente orgulhosa de ser inteligente, mas para Joshua pareceu um sinal de conspiração, uma sugestão de um beijo. Ele gastou o tempo que deveria ter usado para dizer não tentando engolir um gigantesco nó na garganta: a princípio ele desceu, mas depois voltou a intumescer. Ana, entretanto, usou esse tempo para escrever seu número de telefone na margem do *Let's Go, America! 5*. Ela não deveria ter feito isso, não deveria ter violado tão descaradamente um bom livro. Aquela sua negligência era muito sexy.

O capitão Ponomarenko devia estar debochando do professor Josh novamente, porque o coral de risos ecoou no corredor. Joshua fixou seu olhar no mapa de Israel pendurado na parede ao longe, fingindo repassar mentalmente a sua agenda de sexta-feira. A protuberância subia e descia em sua garganta. Ela estava dando em cima dele? Ou deixando a porta tentadoramente entreaberta para que ele passasse? Ele pôde ver Jerusalém, o maior ponto no mapa.

– Verei o que posso fazer.

– Terá música – disse ela. – Terá sido divertido.

– Será divertido – ele corrigiu.

– Sim, será muito divertido.

Joshua engoliu o nó, que desta vez não voltou a subir, acomodando-se em seu estômago como uma bola de aço. Ana sentou-se, sorrindo tímida para ele, como se agora estivessem presos a um segredo para dois. O capitão P entrou e sorriu, reconhecendo ali, em sua infinita sabedoria de KGB, um intercâmbio potencialmente ilícito.

– Professor Josh – disse o capitão Ponomarenko. – Feliz primeiro de abril!

Ah, Joshua, o garoto eternamente perdido! Ele nunca fora seduzido desse jeito antes. Na faculdade, virar doses de Jägermeister até suprimir todas as inibições fora o principal formato para suas negociações carnais. Mais recentemente, sem ele perceber, seu relacionamento com Kimiko tinha progredido da ligeira amizade para a cama. Até onde Joshua se lembrava, houve poucos sinais sedutores trocados entre eles antes do compromisso, pouco flerte, nenhuma sugestão excitantemente ambígua. Oito meses antes, eles haviam passado um fim de semana prolongado na ampla cabana de Linda em Door County, seus quartos eram os únicos dois do porão. Ele estava interessado em Linda e, portanto, aceitou seu convite para ir a Wisconsin pensando que ela poderia enfim acabar sendo responsiva a ele, ou pelo menos que ficasse com tesão. Mas o arranjo dos dois quartos de dormir lá embaixo sugeria que Linda aproximara Kimmy de Joshua para afastá-lo dela. Todos haviam chegado na noite de sexta-feira. No sábado, Kimmy pegou pedaços de salsicha do prato dele no café da manhã, mergulhou o bolo em seu café, enquanto Linda sorria com aprovação. À tarde, Kimmy se aconchegou com ele na pele de carneiro junto à lareira. No domingo à noite, ela entrou furtivamente em seu quarto e deitou em sua cama equipada com um preservativo. Eles voltariam para Chicago juntos na segunda-feira, fazendo planos para o fim de semana seguinte, sem Linda, apenas os dois – eles iriam ao cinema ver *Casamento grego*. E assim se acoplaram. Nunca mais mencionaram Linda.

No ônibus de volta para a casa (lar?) de Kimiko depois da aula, ele repassou o intercâmbio com Ana, analisando todas as expressões de seu interesse conspícuo, que por sua vez tornou-se uma fantasia elaborada, a mão dele subindo pelo meio das coxas de Ana e entrando em superfícies mais molhadas, tocando o ponto que ela desenhou tão vividamente. Estava tão obcecado com a possibilidade de Ana seduzi-lo que passou pela casa de Kimiko e foi dar na de Stagger, conseguindo se deter pouco antes de tocar a maçaneta da portaria. Voltou a subir a Magnolia, esperando que Kimiko não estivesse em casa, ou que ela estivesse pelo menos dormindo, para que ele pudesse recuperar os seus sentidos. Mas ela estava em casa, assistindo ao *The Daily Show*, enrolada no sofá debaixo de uma manta mínima feita em Wisconsin.

INT. RESTAURANTE – DIA

Os clientes do restaurante devoram seus pratos de comida, indiferentes ao entorno. DOUG (42) olha pela janela. Não podemos ver seu rosto, mas ele usa um casaco de couro sobre terno e gravata. Lá fora, o céu está cinza. Doug bebe o seu vinho, enche o copo outra vez, observando distraído um saco plástico levado pelo vento em uma rua desolada. Um comboio do exército passa RUGINDO, ouve-se um tiro ocasional e o som de sirenes. Ninguém presta atenção ao que está acontecendo lá fora, exceto Doug. Ele acende um cigarro. Pela forma como inala, fica claro que é um oh-porra!, o seu primeiro depois de muito tempo.

A porta da cozinha se abre e um garçom, visivelmente zumbificado, sai de lá aos trambolhões, o paletó branco manchado de sangue e miolos. O garçom vai na direção de Doug, que se levanta, derrubando a garrafa de vinho, e recua horrorizado.

DOUG
Não! Não! Deus! Não!

Ele atira o cigarro no garçom. O garçom o encurrala, depois morde seu rosto. O sangue jorra do buraco onde o nariz de Doug costumava ficar. Todos os outros clientes estão petrificados demais para abandonar as mesas e sair correndo porta afora. Um GAROTO (9) grita:

                GAROTO
Os comedores de carne! Os comedores de carne!

O garçom come o cérebro de Doug. Uma explosão destrói o restaurante, arrastando para longe o saco plástico.

Joshua detestava dormir, mas acordar era pior. O problema não eram os pesadelos: ele na verdade nunca teve nenhum. Ninguém se dava ao trabalho de persegui-lo em seus sonhos; ele nunca despencou do alto de um edifício e acordou pouco antes de estourar como uma romã, também nunca experimentou a mais vaga presença da morte. Havia pouca violência, sexo apenas o ocasional e convencional, sonhos úmidos em vez de molhados, seu subconsciente em uma Wilmette onde ele era um eterno imortal sonolento. Ainda assim, acordava suando, com o coração acelerado. O que o atormentava era que os sonhos não tinham uma conclusão; eles não só acabavam abruptamente como se arrastavam pelo estado de vigília; a ausência de uma transição marcante era o que preocupava. Baruch pensava que tudo o que existe, existe em si mesmo ou em outra coisa. Bem, os sonhos de Joshua não eram nem uma coisa nem outra.

Algumas semanas antes, ele se vira aprisionado em um enigma onírico de lavanderia: não conseguia decidir se suas ceroulas deveriam ser colocadas na pilha de cuecas ou na pilha de calças. Quando acordou, furioso e ainda indeciso, enfiou todas as ceroulas em um saco de lixo para dar-lhes um fim. Depois, quando estava prestes a jogar o saco na boca escancarada de uma lixeira fedorenta, uma lufada de vento desceu das alturas cinzentas para envolvê-lo, lembrando a ele de que os invernos de Chicago eram longos e implacáveis.

Essas medonhas inconclusões tiravam toda a sua vontade de se levantar. Assim que os resíduos de sonhos se dissolviam em completo esquecimento, uma dúvida terrível começaria a se formar, pesando nos seus intestinos, concentrando-se em seus músculos, de tal modo que ele precisava ficar se revirando na cama para achar uma posição confortável o suficiente para uma soneca. Mas a dúvida dolorosa inflava como um balão, espremendo da sua cabeça tudo o que ele parecia ter realizado ou pensado até então.

Esta manhã, todo o amor por Kimmy, cuidadosamente acumulado, toda aquela proximidade adquirida pelos dois, foi transformada em uma sensação de aprisionamento, reforçada pelo fato de ela dormir tranquila e romanticamente ao lado dele, uma pilha quente de carne estranha. Ele fingiu dormir até Kimmy sair para o trabalho, deixando uma marca funda de cabeça no travesseiro e um único fio de cabelo comprido. Ali estava um traço da mulher que ele deveria amar; tinha todas as razões para amá-la; ele se vangloriava dela com os outros: sua amante zen, impetuosa, autossuficiente, inclinada a uma perversão (ainda a ser explorada). Mas agora encontrava conforto em sua ausência; ele gostava de pensar nela, mas às vezes sua presença – como nos últimos tempos – o fazia querer ficar sozinho. Um desejo nascido da alegria é mais forte, se continuar assim, do que o nascido da tristeza.

E então houve o incidente com Stagger, o fato de ele ter de fugir do seu apartamento, de não ter ousado chamar a polícia e de ter fracassado completamente em reagir com mais agressividade e irritação. Um homem melhor daria um pé na bunda de Stagger, aplicaria uma surra. A vingança é um prato que se serve com bombardeio. Mas Joshua queria que tudo se resolvesse por si só, como sem dúvida aconteceria, sem que ele tivesse de fazer nada radical. De alguma forma, algum dia, aquilo se resolveria.

E havia também o fiasco contínuo de sua escrita. Há tempos Joshua tinha lido *O complexo de Portnoy* e achou que ele também poderia escrever romances – não parecia assim de arrancar os cabelos, tudo o que tinha a fazer era ser implacavelmente franco. Depois leu *Goodbye, Columbus* e achou que, em vez de romances, ele poderia escrever contos. Escreveu apenas um, sobre um jovem de 17 anos tão ansiosamente decidido a perder a virgindade que economizou dinheiro e contratou uma garota de programa, que depois se recusou a dormir com ele porque não acreditava que ele tivesse idade suficiente. Ele deu título ao conto, "A Era do Consentimento", que continuou sendo horrível, não melhorava nem reescrevendo, porque ele a toda hora mudava de ideia sobre o que aconteceu: em uma versão, a garota de programa batia no herói; em outra, explodia os miolos dele; na última revisão, eles estavam começando a fazer um sexo de quebrar móveis quando Joshua largou a caneta. Mas ele achava que os diálogos até que eram suportáveis, e desde então tentava escrever roteiros. O problema era que nunca conseguia descobrir como estabelecer o determinismo necessário da trama: os personagens fariam isso ou aquilo. A sua vontade e o seu talento não eram suficientemente fortes para obrigar os personagens a seguir sua maldita trajetória. Quando a mente imagina sua própria falta de poder, ela se entristece.

Nos dez anos em que estivera fazendo isso, os poucos roteiros que tinha concluído não chegaram nem perto de serem lidos, muito menos escolhidos, por qualquer pessoa do cinema; nenhum deles foi longe em qualquer um dos concursos de roteiro de que tinha participado, enquanto os roteiros inacabados quase sempre permaneceriam inacabados. Ele tinha arquivos e mais arquivos de ideias de roteiro em seu computador, mas nenhuma delas desenvolvida ou com qualquer chance de desenvolvimento: a maioria morria no primeiro rascunho da primeira cena, incapaz de decolar e chegar a qualquer lugar perto de um plano autossustentável. Fez vários workshops de roteiro, que eram exatamente como ir à academia: ele nunca ficava mais forte, nunca se sentia melhor, apenas mais cansado; mas se não se exercitasse, ele se tornaria assustadoramente obeso e morreria de acidente vascular cerebral.

Levantou da cama enfim, a dúvida agora uma sombra pairando em seu ombro enquanto escovava os dentes, murmurando coisas desagradáveis em seu ouvido, ridicularizando a fraqueza do seu rosto, a flacidez de seus músculos, a camisa de futebol que usava e que era de outro. Ela depois o acompanhou até a cozinha, onde maliciosamente deslocou a xícara enquanto ele estava se servindo de café, no que ele foi forçado a passar uma eternidade enxugando o balcão, tudo nele caindo em um lamaçal de desespero. O café que Kimmy tinha feito não estava suficientemente forte, mas não havia outro para beber. Talvez alguma coisa pudesse ser a causa acidental da esperança, mas nesta manhã não havia muita coisa.

E não havia para onde ir. Ele assumiu seu posto no sofá para trabalhar em seu roteiro, não havia mais nada a fazer. Bushy enrolou-se a seus pés e ligou seu motor de ronronar, desinteressado dos embates de Joshua. A dúvida irradiava uma luz insalubre da tela do laptop quando ele decidiu dar a *Guerras zumbi* uma outra chance. Ele abriu o arquivo, escreveu a primeira linha: *INT. WRIGLEY FIELD – NOITE*. E agora?

Antes que Joshua pudesse imergir na correlação do Chicago Cubs com o apocalipse, a lembrança perturbadora de Ana apresentou-se a ele, detalhe por detalhe: a curva de seu pescoço enquanto se inclinava para embelezar a margem do *Let's Go, America!* 5 com o número do seu telefone; o movimento de seus lábios e as duas covinhas; seu cheiro: jasmim e suor doce; seu cabelo curto de menino, provavelmente tingido com hena; suas pernas cruzadas, balançando o sapato com o dedão. Em pouco tempo o universo infinitamente compensador da pornografia na internet acenou para ele – mas o cabo DSL estava muito além do horizonte de sua vontade e, mesmo que ele pudesse sair do sofá, a masturbação não aliviaria sua dúvida nem seu desejo. Não havia remédio para o fato inquietante de que Ana, juntamente com todas as outras mulheres do mundo, estava em outro lugar, e ele estava ali. Bem ali, concebendo um arremessador zumbi que sempre erra a bola, esparramado no sofá da sala de estar de sua nova vida: a esteira de ioga na escarradeira dos guarda-chuvas; as plantas pseudotropicais limpinhas nos cantos; o multicolorido espaguete não comestível dentro de jarras altas; as fotos da numerosa família de Kimmy espalhadas pelas estantes; os livros sobre a amizade surpreendente entre animais e sobre campos de concentração nipo-americanos na mesinha de centro; e no andar de cima, no canto de uma funda gaveta cheia de lavanda, um cofre do tesouro de brinquedos eróticos.

Bushy pulou no peitoril da janela para olhar a Magnolia, onde as copas das árvores sem folhas revolviam a luz da manhã, onde as bicicletas de rodinhas descansavam nas varandas, Andersonville sonhando consigo mesma. Um carteiro grandalhão empurrou um pacote pela caixa de correio da porta da frente, acenando e sorrindo pela janela para Joshua, que acenou de volta. Joshua não podia ouvir nada, mas tinha muitos motivos para acreditar que todos os pássaros lá fora estivessem cantando.

O telefone tocou de cima da pilha de livros da mesa e ele o pegou sem pensar, como se estivesse em casa.

– Ei, Jonjo, homem! – Stagger disse. – O que está acontecendo?

– Stagger? Você ficou maluco, porra? – Era uma pergunta retórica, claro. – Como conseguiu esse número?

– Você deixou seu celular aqui, parceiro. E parece que as únicas pessoas para quem liga além de Mãe Wilmette e Bernie Pai são Kimiko Cel e Kimiko M. Casa. Esse M. significa o quê?

– É M de seu Merda, filho da puta maluco! – Joshua bateu com o telefone na mesinha de centro e se levantou como se tivesse acabado de mordê-lo. Quando voltou a tocar, olhou-o com um ódio cego até a secretária eletrônica na cozinha atender.

– Jonjo, Jonjo... Um amigo menos leal do que eu não toleraria essa linguagem. – O tom nasalado de Stagger era de alguém fingindo indiferença.

– Foda-se! – disse Joshua à secretária eletrônica.

– Mas talvez você queira saber que uma Ana ligou para perguntar sobre...

Joshua correu até a cozinha para pegar o telefone, escorregando no chão porque estava de meias.

– Quem me ligou?

– Sua aluna Ana. O bom Deus sabe que não sou um especialista nos sentimentos femininos, mas me pareceu muito claro que ela ficaria mais do que feliz em lamber suas bolas.

Com fúria, Joshua pressionou todos os botões da secretária eletrônica para impedir que gravasse. Bushy pulou no balcão para testemunhar aquele comportamento suspeito.

– Parece que ela realmente gostaria que você fosse na festa dela. Ela até me convidou também. Vou ter que consultar minha agenda.

Um alvoroço tomou conta do coração de Joshua: ele imaginou Ana na festa, e ele próprio se inclinando na curva do seu pescoço para falar acima do ruído ambiente. As covinhas, o calor de sua pele, o cheiro de jasmim.

— Você vai, Jonjo? Ela realmente precisa saber. Você deve ligar para ela.

Enfim a secretária eletrônica emitiu um sinal sonoro e parou de gravar.

— Você está com o meu celular, maluco!

— Por mais maluco que eu possa ser, você pode vir pegar o seu telefone na hora em que quiser. Na verdade, você pode enfiá-lo no rabo como uma ratazana! — Stagger gritou e a linha ficou muda.

De joelhos, Joshua bateu com a cabeça no armário da cozinha, onde Kimmy guardava sua coletânea de Tupperware. A dúvida bateu de volta lá de dentro. **Ideia de roteiro 48**: *Um homem com câncer terminal decide vingar-se de todos aqueles que o prejudicaram, inclusive do seu senhorio e do médico que o diagnosticou tarde demais. Título:* O caminho para Gehinnam.

O telefone tocou novamente. Joshua se levantou e espantou Bushy.

— Me desculpe — disse Stagger. — Isso não foi profissional.

— Preciso do meu telefone de volta. E das minhas chaves.

— A porta de sua casa está sempre aberta para você.

— Eu não acho uma boa depois do que aconteceu na outra noite.

— O que aconteceu na outra noite?

— Ora, por favor, Stagger! É muito difícil para mim não pensar que você é um lunático.

— Se este lunático aqui quisesse te machucar, ele simplesmente subiria a Magnolia e te machucaria — disse Stagger. — Eu sei onde Kimiko Merda Casa mora. Eu passeio com o meu cachorro na frente da casa dela todos os dias.

— Que cachorro? Você não tem cachorro!

— Metaforicamente falando.

Desesperado, Joshua abriu a porta da geladeira e deu uma olhada lá dentro: havia um pacote de seis cervejas enfiado no fundo.

– Vou fazer uma coisa – disse Stagger. – Eu preciso ir a um jogo, então deixarei o telefone e as chaves na varanda da Kimiko Merda. Não vou nem entrar. Não precisa me convidar nem me oferecer cerveja. Não é muita generosidade e bondade?

Kimmy nunca bebia cerveja. Joshua nunca bebia cerveja. Ele nem sabia se Kimmy sabia disso.

– Não acho uma boa. Eu prefiro muito mais que você simplesmente deixe minhas coisas e depois vá se foder.

– Muito bem, Jonjo. Vou deixar suas coisas aí e depois vou me foder – disse Stagger e desligou.

Joshua ficou paralisado, incrédulo; quando ele se mexeu para retornar ao sofá, uma dor aguda em suas costas o impediu de continuar. A ideia de Stagger na porta de Kimmy era aterrorizante. Ele teria que fazer algo a respeito: chamar a polícia, apunhalá-lo nos olhos, proteger seus domínios e sua mulher. Ou ele poderia simplesmente ficar por um tempo em outro lugar, com a chance remota de que Stagger pudesse controlar sua insanidade.

O telefone tocou novamente. Furiosamente, Joshua pegou-o e grunhiu para ele:

– Qual é a merda agora?

– Isso não é jeito de demonstrar o devido respeito à sua irmã mais velha, Jackie – disse Janet. Muitos anos atrás, ela escolhera meticulosamente um nome que infligiria os maiores tormentos a ele: começara a chamá-lo de "Jackie" na frente de seus amigos e namoradas. Todos inventavam nomes para ele, o que o deixava ensandecido, e Janet tinha plena consciência disso.

– O que posso fazer por você, Jan?

– Primeiro de tudo, você está bem?

– Estou bem.

— Eu liguei para o seu celular e seu senhorio atendeu. Parece um homem muito simpático.
— Ah, sim, ele é um cavalheiro e muito culto. Você não faz ideia.
— Está morando com a Srta. Cio-Cio San agora?
— Não é da sua conta, Janet.
— Ela não serve para você, Jackie, porque ela é boa demais para você.
— Não se meta, Janet.
— Se você não tem outro lugar para morar, pode vir morar comigo. Tenho muito espaço. Só que vai ter que viver como um adulto. Respeito, responsabilidades, coisas assim.
— Eu prefiro morar numa gaiola de cachorro. O que posso fazer por você?
— Almoço com *maman et moi*.
— Estou muito ocupado.
— Com o quê?
— Com estar muito ocupado.
— Vamos nos encontrar no Marcel's.
— Que chique.
— Por minha conta. Consumo de vinho ilimitado também, para ajudá-lo a estar muito ocupado.
— A que horas?
— Deus, você nunca me decepciona, Jackie. Posso sempre contar com a sua prostituição.

Janet tinha uma lista de mala direta, e seu irmãozinho estava lá, então sempre que ela conseguia enfiar um imóvel da Gold Coast obscenamente superfaturado goela abaixo de algum idiota rico, Joshua recebia um cartão-postal com Janet – de cabelo photoshopado para louro, o sorriso expressando a linha completa de patologias do pensamento positivo – e uma legenda que dizia: JANET VENCEU OUTRA VEZ!! O ponto de exclamação extra era o punhal, o toque exasperador de superioridade insensata. Ele implorou a ela inúmeras vezes para tirá-lo da lista, mas ela nunca o fez e provavelmente nunca o faria.

Joshua apareceu no Marcel's Cork Room com um capacete de bicicleta aerodinâmico, camisa amarela fluorescente e bermuda de ciclismo acolchoada. Sua intenção inicial tinha sido ir buscar sua bicicleta, ainda na frente da casa de Graham, antes do almoço. Mas o plano mudou depois de Stagger ter deixado seu telefone e chaves na varanda, e Joshua precisou parar de deletar as mensagens gravadas de Ana para verificar o registro de chamadas, pois Stagger pode muito bem ter tido a cara de pau de ligar para os seus amigos fuzileiros no Iraque pelo celular de Joshua. Ana ligara algumas vezes, e ele ouviu suas mensagens tentadoramente breves, incapaz de tomar qualquer iniciativa para ligar de volta. Sua voz soava gutural, a voz de uma mulher audaciosa e profunda.

Ele esperava sentir algum prazer de envergonhar Janet ao aparecer com sua bermuda de ciclismo, suas bolas espremidas, naquele restaurante francês e besta do centro da cidade, onde homens vestidos de Armani se deleitavam com vinhos vintage enquanto devoravam filés com fritas de cem dólares. Mas Janet vencera outra vez: ela já estava lá com seu traje de ioga completo, a calça apertada na bunda. Além disso, o restaurante estava vazio, exceto por Marcel no bar cuidando dos *pastis*, observando desesperadamente as tropas americanas na TV levantando tempestades de areia em seu caminho para Bagdá. Noah, o pequeno sobrinho insuportável de Joshua, estava lá também, enfileirando cadeiras para fazer um comboio de caminhões. Por que ele não estava na escola? Marcel olhou fixamente para o incansável Noah, evidentemente tentado a dizer alguma coisa. Mas não o fez, porque não podia – Janet era quem praticamente mantinha o restaurante em atividade, fechando muitos de seus negócios multimilionários com vinhos de uma prateleira que Marcel reservava só para ela.

Mamãe contemplava sua rúcula, refletia sobre o peito de pato. Ela estava triste, e mais do que o habitual. Usava um colar indígena combinando com seus brincos de penas, o cabelo fofo fixado em uma forma rígida. Joshua inclinou-se para beijar o seu rosto, mas foi sábio o suficiente para não perguntar como iam as coisas. Ele viu seus tornozelos túmidos, o inchaço subindo das canelas até os joelhos, seus capilares estourados parecendo uma tatuagem do rio Amazonas e seus afluentes. Antigamente, ele adormecia com a cabeça no seu colo, enquanto ela afastava com carinho o cabelo dele das têmporas. Antigamente, ele a observava com orgulho quando ela saltava de um trampolim fazendo uma curva perfeita no ar para entrar na piscina como uma luva.

Janet olhava para a TV do bar – os intrépidos invasores eram hipnotizantes.

– Marcel diz que está perdendo dinheiro porque as pessoas estão revoltadas com os franceses por não terem entrado na festa contra o Iraque – ela sussurrou. – Eu sou tão patriótica quanto qualquer um, só não me peçam para boicotar o vinho. Por que estamos lutando se não posso ter meu Bordeaux?

Joshua encheu seu copo com um Château Margaux 1983 e enxaguou seu palato com ele. Se havia uma coisa perfeita no mundo, era o Château Margaux 1983, e nenhuma coalizão militar erigiria uma trincheira entre eles. Ele tomara seu primeiro vinho em 1983: tinha quase 13 anos, e Bernie deixara uma garrafa aberta na mesa; nem mesmo seu vômito mais tarde pôde sufocar a lembrança daquela experiência de primeiro beijo. Ele imaginou dividir uma garrafa com Ana, seus lábios tintos, ensinando-a a

cheirar, a senti-lo nas papilas gustativas, ensinando o vocabulário de degustação. Noah sentou-se na cadeira ao lado de Joshua.
– Enrabadores de camelos.
– Olha a linguagem, rapazinho – disse Janet sem convicção alguma.
– Enrabadores de camelos – repetiu Noah.
– Palavras secretas, Noah! Nós não usamos na frente de outras pessoas. Já conversamos sobre palavras secretas, não é?
Mamãe olhou para Noah, depois para Joshua, e revirou os olhos – foi uma espécie de sinal para ele, que não conseguiu decodificá-lo. Ela se mudou para um condomínio no centro da cidade depois que a casa em Wilmette fora vendida como parte do acordo de divórcio; ela queria poder ir a pé a teatros, museus e ao Symphony Center; encontrar-se e almoçar com seus companheiros de lastro. Mas ultimamente só saía de casa para ir ao cabeleireiro ou ao clube do livro. Janet estava preocupada porque a mãe andava deprimida e se viciando em comprimidos para dormir. Janet preocupada significava Janet no telefone se queixando com Joshua.
– Como está o pai de vocês? – perguntou a mãe.
– Rachel! – Janet disse. Ela começara a chamá-la de Rachel após o nascimento de Noah, o título de Mãe agora disponível para ela também.
– Eu não sei – disse Joshua. – Não converso com Bernie há algum tempo.
Janet balançava a cabeça para indicar sua desaprovação e preocupação. Os Levin eram uma família cujo sistema de comunicação baseava-se em decodificar palavras secretas e silêncios. O não dito era sempre o que importava mais. Era como a psicanálise do pobre homem, exceto que eles não eram de fato pobres. A primeira vez que levou Kimmy a um jantar em família, ela rapidamente reconheceu, inteligente como era, que eles estavam

lendo e falando sobre ela no código Levin. Além disso, a mãe tinha revirado os olhos aleatoriamente; Janet tinha mantido o copo de vinho de Kimmy cheio até a boca, com a intenção de deixá-la solta e embriagada; Doug a desafiara descaradamente. O que os Levin diriam de Ana?

– Ele está em um cruzeiro – Janet disse. – Eu te falei isso.

– Com aquela namorada dos peitões?

– Rachel! Ela é mais velha do que você.

– Para onde eles foram, Joshua? – disse a mãe. – Um cruzeiro para onde?

– Mãe, por favor – disse Joshua. – Eu não sei.

– Israel – disse a mãe. – A arrasada Terra Santa.

– Não houve outro atentado suicida lá na semana passada? – perguntou Janet.

– Ele provavelmente nem sequer saiu do navio – disse Joshua.

– Ele provavelmente nem sequer saiu dos peitões – disse a mãe.

– Peitões – Noah disse, esmagando o topo do seu crème brûlée com uma colher.

– Palavra secreta, Noah! – Janet disse. – Você poderia parar com esse assunto, Rachel, por favor?

– Eu espero que tenham reservado para eles o *Titanic* – disse a mãe. – Que ela acabe segurando a mão dele enquanto ele vira gelo, como aquele garoto no filme.

– Peitões – Noah disse.

– Tudo bem, tempo esgotado, rapazinho – disse Janet.

Tempo esgotado significava que Noah teria mais tempo para planejar outra coisa irritante a fazer ou dizer. Ficou evidente naquele seu sorriso travesso que sua mente girava entre os *enrabadores de camelos* e os *peitões*. Qual é o problema desses meninos? Como conseguem ficar fodidos da cabeça tão rapidamente e com tamanha facilidade? Joshua reabasteceu seu copo com Château Margaux e colocou a garrafa na mesa. Janet pegou-a para encher os copos dela e da mãe, enquanto Marcel se apressava a tirar a garrafa da mão de Janet.

– *Merci bien, monsieur* – disse ela com um aceno de cortesia, com isso esgotando seu vocabulário francês. Ela havia convencido Doug a casar-se com ela em Paris; nenhum dos dois pôde entender o que a juíza estava dizendo, então eles não responderam corretamente quando ela lhes perguntou se ficariam juntos na alegria e na tristeza, ou seja lá o que dizem na França. Acabou virando uma piada entre Doug e Jan o fato de eles não terem certeza de estarem casados. Doug, priápico como era, certamente se comportara como se fossem apenas bons amigos do colégio.

– *De rien, madame!* – Marcel curvou-se e sorriu. Não seria difícil para Janet apropriar-se de Marcel para um sexo de retaliação, Joshua percebeu. Marcel afastou-se quicando na ponta dos pés, como um mergulhador olímpico.

– Então – disse Janet. – Seder na minha casa.

– Quando é? – Joshua perguntou.

– Quando é!? Você é um judeu de meia-tigela, Jackie – disse Janet.

– Ok, mas quando é o seu Seder?

– Dia 16 de abril. Você tem duas semanas para virar judeu.

– Ler o mesmo roteiro todos os anos, agradecer ao Senhor por nos livrar da situação em que ele próprio nos colocou para início de conversa, não é bem a minha ideia de diversão.

– Deus te castigará.

– Deus não está nem aí pra mim.

– Ele derrama a sua ira sobre as nações que não o reconhecem, e sobre os reinos e indivíduos que não proclamam o seu nome. Eu teria cuidado.

— Tanto faz.
— E é uma boa história também — disse Janet.
— Peitões de camelo — Noah disse, orgulhoso de sua inteligência. Ele era filho de Doug. Janet o agarrou por cima do cotovelo e puxou-o para longe da mesa. Ela o arrastou para o banheiro das mulheres, enquanto ele choramingava como o pequeno paciente que era. Talvez fosse verdade que tudo era edipiano com os meninos. Talvez o velho Freud tivesse razão.
— Você não ouviu isso de mim, mas Jan e Doug estão separados — disse a mãe. — Ele mandou um e-mail para Janet de Dubai, só que era para outra mulher e descrevia o púbis dele.
— Púbis? Você quer dizer o pênis?
— Não me peça detalhes, Joshua, pelo amor de Deus. Sou sua mãe.
— E onde ele está agora?
— Talvez ainda em Dubai. Ou em algum hotel do centro com uma prostituta. Morto, pelo menos para Jan.
— Eles vão se divorciar?
— Jan está enraivecida.
— Ela está bem?
— Está mais enraivecida do que nunca.
— Pobre Doug. Ela vai destruí-lo — Joshua disse, e imediatamente percebeu que não deveria ter dito nada.
— Pobre Doug? — sua mãe rosnou, mostrando realmente seus incisivos, mas antes que ela pudesse dizer mais alguma coisa, Janet voltou com Noah. Seu cabelo louro agora estava molhado e colado na cabeça, dividido ao meio numa linha reta perfeita.
— Então — disse Janet, esvaziando o Château Margaux em seu copo, levantando a garrafa para pedir mais a Marcel. — Vamos aproveitar logo este maldito almoço.

INT. HOSPITAL – DIA

O major Klopstock, de arma na mão, sobe furtivamente as escadas dos fundos, parcamente iluminadas por faixas de luz do sol vindas de janelas e rachaduras obscuras. De vez em quando, ele verifica em que andar está. Ouve mortos-vivos RUGINDO em espaços hospitalares distantes. Quando chega ao 25º andar, ele abre a porta com cuidado e vê o corredor escuro, onde todas as luzes estão apagadas. Parece não ter nenhum zumbi ali. Ele acende a lanterna: é o andar da neurocirurgia. Ele se move no maior silêncio possível, as costas roçando a parede. Conhece o caminho a ser feito por aquele labirinto. Abre uma porta para olhar, mas tem que se abaixar rápido ao avistar um zumbi mastigando um cérebro que estava em um frasco de vidro. O morto-vivo está ocupado demais para notar a presença do major K, que segue em frente.

O major K inspeciona um armário, procurando algo específico e jogando no chão o que não lhe serve. A um canto, vê um pequeno extintor de incêndio. Ele o coloca na mochila.

Quando o major K está prestes a entrar na sala das enfermeiras, ele ouve um TUM lá dentro. Desliga a lanterna e pressiona as costas contra a parede, rastejando em seguida para olhar através de uma pequena janela. Ele vê uma movimentação repentina, rápida demais para um zumbi – alguém se agacha atrás de uma pilha de caixas. Ele levanta a arma e a destrava. Olha novamente e, desta vez, avista um cotovelo de um ser humano vivo aparecendo, depois um olho espiando por trás da caixa. Ouve GRUNHIDOS no corredor, depois mais zumbis perambulando. Ele abre a porta e entra, apontando a arma para uma PACIENTE DE CÂNCER (37) careca, magra e usando uma bata hospitalar.

    MAJOR KLOPSTOCK
     (sussurrando)
Não faça barulho!

Ela balança a cabeça e permanece em silêncio. Desvia o olhar para algo atrás do major K. Ainda apontando a arma para ela, ele se vira e vê uma ENFERMEIRA (55) e um GAROTO (12) gordo, ambos tremendo de medo. Há um ESTRANGEIRO (40) ajoelhado ao lado deles, segurando um celular, do qual um fio se estende até uma tomada.

    ESTRANGEIRO
A energia acabou.

    MAJOR K
Tudo acabou.

Ana morava em Lincolnwood, em um prédio de cor amar‑ronzada e janelas baratas padrão, mais parecendo um dormitório deprimente, mas era chamado de Ambassador. Ela liberou sua entrada pelo interfone, mas não lhe disse o número do apartamento. Ao subir, Joshua encostou o ouvido em portas suspeitas, cada uma delas oferecendo o som de uma legião de vidas: um rádio transmitindo em alguma língua obscura; uma música mexicana com seus *ostinatos* rítmicos; um cão desesperado latindo; o zumbido de um espaço vazio. O apartamento de Ana ficava no último andar do Ambassador. Havia um monte de sapatos na frente da porta iluminada pela claraboia. Alguns arrumados lado a lado, alguns jogados por cima dos outros: sapatos de homem, largos e marrons; Chuck Taylors; sapatos finos de couro italiano. Havia também sapatos de salto alto femininos, sapatilhas e até botas de chuva com motivos florais. A visão das pilhas de sapatos do Holocausto voltou à memória de Joshua e, em seu rastro, a lembrança do chinelo de plástico de Nana Elsa na Flórida, que não castigava os seus joanetes. Ela usava aquele chinelo há uns quinze anos, no mínimo, e não queria ouvir uma palavra de que devia livrar-se dele. Na verdade, ela nunca se livrou de nenhum de seus sapatos; Papa Elie queria jogar o chinelo fora, de modo que ela nunca deixava seu precioso chinelinho fora de vista. Ela queria ser enterrada com ele. Não existe nada de cuja natureza não se siga algum efeito.

Joshua tirou os tênis e colocou-os a uma distância de todos os outros. Ocorreu-lhe de repente que isso poderia ser interpretado como esnobismo, então ele os aproximou um pouco mais dos outros sapatos, mas ainda assim sem que tocassem em nenhum outro. Ele entrou, um pouco envergonhado por seus meiões brancos – como neto de sua avó, ele também tinha dificuldade em se livrar das coisas. Uma adolescente saiu do banheiro, a blusa roxa enfiada na calça de látex apertada. Ela olhou para Joshua e disse, "Oi!", com um elegante meneio de cabeça. "Oi!", Joshua respondeu. A garota era esquelética, os cabelos compridos batendo no seu traseiro magro e semipubescente. Tinha pés estreitos de aparência estranha e uma constelação de espinhas no queixo, mas parecia à vontade consigo mesma. Fácil constatar que era filha de Ana: os mesmos olhos verdes, o mesmo pescoço longo, a mesma tristeza, ainda que imatura.

– Já tô saindo – disse ela. – Divirtam-se, crianças.

Seu inglês era puramente americano, sem sotaque algum. Ela não deveria ter sotaque bósnio? Ela passou por Joshua, tirou os sapatos da pilha e correu escada abaixo. Nas memórias de adolescência de Joshua, não havia necessidade de se preocupar em ficar à vontade: ele passara grande parte de sua adolescência vendo filmes antigos no porão, escapando assim do desconforto generalizado.

No centro da sala de jantar havia uma mesa comprida cheia de pratos de comida e garrafas de bebida. Todos estavam à sua volta, se amontoando como flores silvestres, não havia um espaço entre as cadeiras. Do outro lado da mesa, mergulhados em um sofá, o capitão Ponomarenko e sua fiel esposa, com os queixos quase tocando a borda da mesa. Bega estava lá também, totalmente presente com sua camiseta Bad Brains, Corona na mão, pontificando para uma mulher que recuava aos poucos à medida que ele se inclinava na direção dela para tornar indiscutíveis os seus argumentos. O que ele estava fazendo ali? Ana havia convidado pessoas que Joshua conhecia? Por que faria isso? Ela convidara Stagger também para a festa – ou pelo menos foi isso que ele alegou. Aterrorizado, Joshua examinou a sala. Além de seus alunos e Bega, todos os outros felizmente era anônimos. Ele acenou, sem dar uma palavra, para todos, que o ignoraram. Ficou na porta, esperando que algo acontecesse e determinasse o que deveria fazer em seguida. Por fim, ele se virou para ir a outro lugar e lá estava Ana, atrás dele, o cabelo curto recém-tingido para quase roxo, o que combinava bem com seu vestido de verão azul-celeste e a clivagem suada dos seios. Trazia uma bandeja de carne fatiada nas mãos.

– Professor Josh – disse ela. – Que bom ver você aqui.

Ela passou por ele, que sentiu um desejo urgente de agarrá-la e mantê-la ao seu lado. O rosto dela estava ruborizado, e Joshua calculou que ele devia estar vermelho também: ele limpou o suor imaginário de sua testa com a mão e todos riram.

– Eu sou Joshua – disse, mas ninguém se incomodou em se apresentar. Bega por fim ergueu sua cerveja para cumprimentá-lo e depois despejou tudo na boca.

– O que você está fazendo aqui? – Joshua aventurou-se a perguntar.

– Bósnia é mundo pequeno – disse Bega. – E mundo é Bósnia pequena. E eu moro perto.

O resto dos convidados ergueu os copos, exceto o capitão Ponomarenko e Larissa, que o saudaram com um olhar nada generoso, como se sua chegada tivesse estragado irremediavelmente a harmonia reinante. Ana falou alguma coisa engraçada na língua dela com as pessoas na mesa e todo mundo gargalhou olhando para ele. Todos pareciam do Leste Europeu, mas ele não conseguiu identificar o que exatamente lhes dava essa aparência. A nuca achatada dos homens, talvez. Ou os círculos escuros em torno dos olhos. Ou o excesso de comida desafiadoramente insalubre. Ou os grupinhos acotovelados ao redor da mesa. Em todas as outras noites, comemos sentados ou recostados na cadeira, mas nesta noite nos inclinamos para a frente e rimos de estranhos.

Ana colocou a bandeja na mesa e voltou para perto dele.

– O que você disse a eles? – ele perguntou.

– Que você não sabe se aprendeu bósnio – disse ela, piscando maliciosamente para ele. – Deixa eu te mostrar onde fica a cozinha.

Não ficou claro por que ele precisava saber onde ficava a cozinha, mas ela o segurou acima do cotovelo para conduzi-lo e seu bíceps raspou nos seios dela. Ele pôde sentir toda a sua fartura, sua maturidade em peso bruto. Os seios de Kimmy eram pequenos, expressavam de alguma forma o controle que ela exercia, como se ela voluntariamente os impedisse de crescer.

– Então, você conhece Bega – disse Joshua. – Mundo pequeno.

– Conheço. Ele mora perto.

– Capitão Ponomarenko e Larissa estão aqui também. Eles me odeiam só de pensar em mim.

– Sim – ela confirmou com franqueza. – Mas eu gosto de você. – Ele viu o momentâneo franzir de seus lábios e um lampejo das covinhas antes de sorrir, tornando o Capitão URSS e sua esposa inofensivos e irrelevantes. Ela anunciou sua suprema autoridade de anfitriã – todos em seus domínios seriam bem tratados. Kimmy tinha uma qualidade semelhante, mas seus domínios eram pequenos: ele e Bushy eram os únicos a preenchê-los. Ana puxou as alças do sutiã para cima e Joshua obedientemente seguiu-a até a cozinha.

– Você conhece o Bega? – ela perguntou.

– Estamos no mesmo workshop de roteiro.

– O que é workshop?

– Ah, nós mostramos nosso trabalho uns para os outros e depois conversamos sobre isso.

– Legal – ela disse, de uma maneira a sugerir que entendia o que ele estava falando. Kimmy dizia que o formato do workshop havia surgido ao mesmo tempo que a terapia de grupo, mas ela não tinha experimentado o workshop de Graham, que não poderia estar mais longe da cura.

Na pequena cozinha, havia um homem ocupando metade do espaço. De cutelo na mão, ele desmembrava o que parecia ser um cordeiro inteiro esticado em uma tábua, os olhos torrados do bicho prestes a saltar. Sempre que o homem cravava o cutelo, tudo no balcão saltava e o cordeiro levantava a cabeça. Havia uma tatuagem de arame farpado que dava uma volta por todo o pescoço do homem, como se para manter a cabeça e o corpo separados.

Ana disse algo ao homem, e ele girou para lhe dar um olhar de raiva, respondendo com uma palavra que, para Joshua, parecia guturalmente feia. O homem não olhou para Joshua uma vez sequer, balançando o cutelo como se estivesse tenso com alguma coisa. Ana estava entre Joshua e a porta, bloqueando a sua rota de fuga, então ele deu uma olhada em torno da cozinha com fingido interesse: um calendário de açougue na parede; um relógio de cuco com pesos e um pêndulo imóvel; uma insípida prateleira de temperos. Ele assentiu com a cabeça, como para mostrar sua admiração pela ambição simples e humana da cozinha. A síndrome de Levin: sempre se vendo do ponto de vista de outra pessoa, como se estivesse em um filme.

Finalmente, misericordiosamente, Ana disse: — Este é Esko, meu marido.

— Prazer em conhecê-lo, Esko — disse Joshua. — Eu sou Joshua.

Ainda sem dizer nada, Esko passou o cutelo da mão direita para a esquerda, como se estivesse considerando apertar a mão de Joshua. Sua mandíbula larga e não barbeada tinha uma camada profusa de pelos; uma grande verruga preta sobressaía das profundezas de seu rosto hirsuto. Joshua compreendeu à primeira vista que Esko não foi com a cara dele.

— Sou o professor de inglês de Ana — disse Joshua, desnecessariamente.

— Bom — disse o homem, devolvendo o cutelo à mão direita. Uma cena se apresentou a Joshua: Esko agarrando sua mão direita, oferecida descuidadamente para um cumprimento, e depois balançando o cutelo e a arrancando fora, o sangue esguichando nas paredes da cozinha. Em vez disso, Esko voltou a desmembrar o cordeiro e estilhaços de carne voaram por todos os lados.

— Meu marido nasceu num barco — disse ela.

— Oh, é mesmo? — Joshua disse. — Isso é fascinante.

— É o que dizemos na Bósnia quando alguém não sabe ser simpático.

— Tudo bem — disse Joshua. Todas as suas palavras pareciam erradas, como se o inglês de repente fosse uma língua estranha a ele. Esko colocou a cabeça do cordeiro na tábua, inteira, com seus olhos grotescamente saltados, e dividiu-a em dois com um golpe poderoso. Pegou um pedaço dos miolos com o cutelo e tirou-o da lâmina com a língua. Nasceu num matadouro, isso sim.

— Não, tudo bem. Ele realmente não nasceu num barco. Ele é de boa família da cidade.

Ela estava chateada, ele percebeu.

– Ele é meu segundo marido – disse ela, que Joshua decidiu entender como *não foi a minha primeira escolha*. Ela estava rangendo os dentes, resfolegando em vez de respirar. Ele teve vontade de abraçá-la e apertá-la com força, só para ver como era forte. Ela fez escolhas: ela era forte. Mas não havia covinhas à vista.

– Gostei da sua casa – disse Joshua, desamparado.

– Vá dar olhada para conhecer – disse ela.

Ele passou por ela e foi para o corredor, mas havia pouco para se ver. Pôde ouvir Ana conversando com Esko com fúria contida, cheia de duras consoantes do Leste Europeu. Obediente, ele abriu a primeira porta e era o banheiro: toalhas, espelho, mofo úmido. Abriu outra e era o quarto do casal. A cama estava desarrumada, como se o sexo tivesse acabado de ser feito; cadeiras cobertas com roupas; o cheiro de corpos casados. Viu uma torre de livros de um lado, no alto da qual estava *Let's Go, America! 5*. Na maçaneta da porta do closet, viu os sutiãs dela, amarrados como escalpos. Quando criança, Joshua examinava cuidadosamente o quarto dos pais sempre que eles viajavam: ele revistava os bolsos internos de seu pai, onde encontrava preservativos; olhava nas gavetas da cômoda de sua mãe, procurando seus sutiãs e calcinhas; inspecionava documentos: contas, extratos bancários, cartas aos advogados. Mantinha vigilância sobre eles e descobriu coisas imencionáveis. Ficou sabendo bem antes de Rachel que Bernie estava trepando em segredo com Constance. Ele fechou a porta.

– Está tudo bagunçado – disse Ana, logo atrás dele. Havia apenas mais uma porta para abrir: uma placa escrita à mão dizia: "Bem-vindo ao Inferno!"

– Quarto de Alma. Minha filha – disse Ana, mas ela não abriu a porta para ele, e ele não insistiu. O que poderia haver lá dentro?

Ideia de roteiro 62: *Uma porta secreta no closet de uma adolescente* *leva a um universo alternativo, onde ela é a herdeira de um poderoso império, sua vida ameaçada por um padrasto cruel.*

Ana o colocou à cabeceira da mesa, de modo que todos agora o olhavam com expectativa, como se ele fosse conduzir um workshop, ou afirmar sua autoridade com algum tipo de saudação. Mas nenhuma autoridade foi afirmada exceto a de Ana, que circulou pela mesa apresentando todos os seus convidados. Seus nomes tinham sons impronunciáveis, portanto incompreensíveis e impossíveis de lembrar. Quando chegou a vez de Bega, ele disse algo que a fez rir.

– A gente se conhece há séculos – Bega disse em inglês e piscou. A mulher sentada ao lado de Bega era a chefe de Ana, e, como se revelou, era russa. Tinha cabelo preto como carvão e olhos biblicamente escuros, o que a fazia parecer muito jovem. Joshua nem sabia que Ana trabalhava, mas se absteve de perguntar. Todos na mesa estavam em silêncio, ainda esperando que Joshua dissesse alguma coisa, e ele não conseguia pensar em uma única palavra. Tudo que é precioso é tão difícil quanto raro.

Nesse meio-tempo, Ana preparou um prato e colocou-o diante dele. "Tem pouquinho de tudo", disse ela. Quando Esko entrou com uma pilha de cordeiro em uma travessa, ela pegou uma peça desossada para Joshua e deixou-a cair no prato, o que fez todos reagirem com um "oooh".

– O que vai querer beber? – Bega perguntou. – Tem de tudo.

– Eu gosto de vinho – disse Joshua, antes de ver o que havia na mesa. Houve poucas dúvidas de que ele parecia um esnobe.

E assim ele começou a beber um vinho superoxidado e horrível, porque as pessoas falavam com ele e ele não tinha condições de se defender daquela tagarelice estrangeira sem álcool, e bebeu muito, a oxidação que se danasse. Ana estava sentada ao seu lado, as coxas dos dois se tocando. Parecia que ela procurava maneiras de tocá-lo sub-repticiamente, e claro que ele não se importava. Ela encheu o copo dele com o vinho horroroso, embora ela mesma estivesse bebendo Johnnie Walker. Esko aparecia de vez em quando para trazer mais comida ou outra garrafa de bebida, mas ele praticamente passou a noite na cozinha. Havia uma nuvem sobre sua cabeça, e todos ficavam mudos sempre que ele entrava na sala.

— Ele não gosta de festas — Ana explicou a Joshua. — Porque ele não gosta de gente.

— A Terra está povoada de razões para não se gostar de gente.

— Ele é meio selvagem.

— Acho que vi sua filha quando cheguei — disse Joshua, mais para mudar de assunto.

— Sim. Alma. Estou preocupada com ela — disse Ana. — Drogas, sexo, gente louca. Eu não conheço seus amigos, não sei aonde ela vai. Acho que devemos voltar para Sarajevo.

— Ela vai ficar bem — disse Joshua. — Os adolescentes têm muita energia.

— Tanta energia não é bom para mãe — disse Ana. — Mãe fica cansada.

Joshua preparou uma cara de empatia para sinalizar que compreendia. O preparo exigiu sobrancelhas erguidas e lábios franzidos; ele podia sentir seus músculos da testa esforçando-se. A coisa mais fácil seria apenas abraçá-la ou segurar sua mão. Kimmy gostava de aconchegar-se e colocar a cabeça no peito dele para ouvir seus batimentos cardíacos; ele quase sempre se preocupava de que ela pudesse sentir o cheiro de seu sovaco.

— Você é jovem demais para se cansar.

Ela riu: — Quantos anos você acha que eu tenho?

— Trinta — Joshua aventurou-se. Uns 35 ou 37, na verdade, talvez até quarenta, mas ele sabia que era melhor não dizer.

Ela colocou as mãos no rosto e disse: — Eu posso te beijar por isso.

Bega arengava com entusiasmo alguma coisa em bósnio, às vezes inclinando-se sobre a mesa, enquanto todos, exceto a chefe de Ana e os Ponomarenko, tinham convulsões de risos. O prato de Joshua o derrotou com seu agressivo exotismo — além de cordeiro, pão e tomate, ele não sabia o que eram aquelas coisas. Algumas eram gostosas, outras amargas, mas todas confusas em sua combinação de sabores desconhecidos.

— O que eu estou comendo? — ele perguntou a ela. Ana apontou para as coisas e as nomeou em bósnio e ele ficou tentando repetir as palavras. Inútil — o bósnio soava como o hebraico de alguém com problema de fala —, mas ele gostava de ver sua boca. Os lábios que eram capazes de fazer esses sons deviam ser muito macios. Aqueles lábios certamente não tinham quarenta anos, eram mais jovens, muito mais jovens.

O jogo de dar nome às coisas os manteve isolados do resto da mesa. Joshua reparou que Bega olhava para eles, mesmo enquanto discursava, e se assegurou de que seu corpo estivesse em um ângulo em relação ao dela que impedisse seu círculo de se fechar completamente. Pensou em ligar para Kimmy e fazer-lhe um relato como se de uma terra distante: a língua estranha, a comida estranha, as pessoas estranhas — tudo isso, exceto o corpo de Ana. Em todo caso, para Kimmy, ele estava no cinema, assistindo *A marca da maldade* novamente. Sua garganta se estreitou em volta do nó que retornou; ele captou o odor de jasmim de Ana e suas unhas manicuradas (Kimmy roía as dela), observou as veias de sua mão, seus dedos longos e imaginou-se beijando tudo. Ninguém pode desejar ser abençoado, agir bem e viver bem, a menos que deseje ser, agir e viver, isto é, existir. Sempre que o marido de Ana reaparecia, Joshua tentava um olho no olho com ele para mostrar sua honestidade e inocência, camuflando assim o seu desejo latente. *Eu posso te beijar por isso*, ela dissera.

Logo depois que Ana apagou as velas de aniversário – seus lábios fazendo biquinho – do bolo de chocolate, os Ponomarenko foram embora e, depois que alguns outros grupos de consoantes também se foram, Joshua teve que se levantar para deixar a chefe de Ana sair da mesa. Seu nome era Zosya, ele soube quando ela estendeu sua mão frouxa e fria para apertar a dele. Ela era dona de uma loja de chocolates e era judia, Ana disse a ele, como se houvesse uma associação entre essas duas coisas. Joshua mostrou interesse, mas não pôde ir tão longe a ponto de confessar sua própria judeidade – de alguma forma, isso exigia um preparo complicado e refinado –, embora ele tenha confessado seu apreço por chocolate. Ana acompanhou a chefe até a porta e Joshua pôde ver Zosya acariciando a face de Ana antes de dar-lhe um beijo de despedida. Agora havia mais espaço na mesa e, quando Ana voltou, ela sentou um pouco mais distante de Joshua.

Bega parecia ter começado uma nova história. A princípio, ele falava devagar, tomando goles de outra Corona, mas depois acelerava e levantava a voz até estar gritando, batendo na mesa com a mão. Quanto mais autoridade imprimia à sua fala, mais a plateia ria. Um homem magricelo de cabelo grisalho na extremidade mais distante caiu da cadeira de tanto rir, e agora estava de joelhos, segurando a barriga. Ana batia palmas enquanto ria, jogando a cabeça para trás e lançando os peitos para a frente.

– Do que ele está falando? – Joshua perguntou a ela. Ele acionou um sorriso inespecífico como se participasse da alegria geral,

esperando que ela se acalmasse, mas Ana não conseguia parar de rir. Finalmente, ela disse, ainda rindo:
— Muito difícil de traduzir.
— Por favor — Joshua implorou.
Ela olhou para ele como se tentasse decidir se ele valia o esforço. *Posso te beijar por isso.* Joshua prendeu a respiração. Todos os flertes ambíguos, toda a postura corporal, todos os toques sub-reptícios — a realidade e o valor disso pareciam, naquele momento, depender do fato de ela tentar traduzir a piada.
— Por favor.
— Talvez... — ela disse. — Talvez não seja engraçado.
— Vamos tentar — disse ele.
— Ok — ela disse. Bega parou de falar. O magricelo levantou do chão e se reclinou em sua cadeira. Todos queriam ver como Ana faria, como Joshua reagiria à sua tradução.
— Um velho na Bósnia — disse Ana. — Ele gostava tanto do seu telefone móve...
— Telefone celular — disse Bega.
— ... telefone celular — Ana continuou — que pediu ao filho para ser enterrado com ele quando morresse. Então velho morre e filho respeita seu desejo. Mas neto rouba cartão SIM...
— O chip do celular — disse Bega.
Cale a boca!, Joshua pensou.
— ... antes do funeral e coloca no seu telefone. Então baixaram caixão e cobriram de terra.
Bega e os outros pareciam arrebatados — eles continuavam concordando com a cabeça, incentivando-a. Joshua estava preparado para rir, ansioso que a interpretação desse certo. Ana deu uma risadinha e tomou um gole nervoso de Johnnie Walker.
— Mas neto envia mensagem de texto para seu pai. Mensagem aparece e deve ser do velho: Já cheguei no Além. Filho fica quase louco! Mensagem do Além!

Joshua riu, esperando que não fosse só isso. Ana parecia sem fôlego, como se estivesse correndo. Aquilo não era diferente de um exame para ela; Ana tinha medo de palco. Ele a vira antes: a gagueira, a elevação no final de uma palavra difícil, como se ela estivesse tentando alcançá-la, o pensamento passando por seus olhos enquanto analisava as possibilidades, sua respiração dramática. Ele percebeu que estava atraído por seu esforço, por sua luta para sobreviver. *Posso te beijar por isso.*

– Mas aí... – Ana inspirou e expirou – ... melhor amigo do velho morre. Seu nome é Fikret e ele vai ter funeral. Antes de funeral, neto envia outra mensagem de texto para seu pai: Por favor, mande carregador de celular pelo Fikret.

Todos riram, mas nem de perto quando ouviram a piada em bósnio. O magricelo certamente não caiu da cadeira. Joshua riu também, mas seu riso não tinha aquela mesma entrega que vira nos bósnios. Ana não riu, apenas deu de ombros, como se dissesse que tinha feito o seu melhor e não era culpa dela. Ela terminou seu copo de uísque.

– Difícil de traduzir – disse o magricelo.

Ficaram em silêncio por um tempo. Quando Bega reiniciou a conversa em bósnio, foi sereno, como se a piada mal traduzida lhes tivesse lembrado de como eram de fato tristes e deslocados. História: a primeira vez uma piada, a segunda vez uma piada mal traduzida. Joshua era agora o único na sala que não falava a língua, mas não podia ir embora, isso poderia violar a impenetrabilidade sagrada das palavras de Bega. Uma falsa loura com uma armadura de colares escutou por um tempo e depois começou a chorar, colocando o rosto no ombro do magricelo para soluçar silenciosamente. Ana viu, mas não disse nada, nem se ofereceu para traduzir para Joshua. Não era diferente de assistir a um filme: ele estava simultaneamente lá e ausente; presente, mas não responsável por aquilo tudo. Ana estava sentada perto dele novamente, e ele sentiu o calor da sua coxa, as vibrações profundas de sua carne, o murmúrio do seu sangue a caminho do coração.

– Então, o que você está falando é a língua da Bósnia – disse Joshua, apenas para mantê-la ocupada, longe das lamentações de Bega.

– Tem muitos nomes. Eu chamo de bósnio, às vezes não gosto de discutir, então digo "nossa língua". Eu gosto muito mais de falar inglês, não é complicado.

– Você fala bem inglês – disse Joshua.

– Preciso falar melhor para encontrar um emprego melhor – disse ela. – Eu não quero trabalhar na loja de chocolate toda a vida.

Seus rostos estavam virados um para o outro de forma conspiratória. Ele sentiu seu hálito alcoólico e pôde ver a si mesmo avançando mais fundo no seu espaço para plantar seus lábios nos dela. A boca de Kimmy era doce, mas quase nunca tinha sabor de álcool. A respiração alcoólica o excitava: *preciso te beijar por isso*. Como se estivesse lendo sua mente, ela se inclinou para trás, bem a tempo de seu marido entrar e sentar-se diante de Bega. Bateram suas garrafas de cerveja uma na outra e beberam.

– Sua chefe parece legal – disse Joshua.

– Muito legal – disse Ana. – Mas ela gosta de me tocar. Ela fica do meu lado, me toca e diz, "Opa".

– Por que ela toca em você?

Ana endireitou as costas, botou os peitos para a frente e circulou sua mão ao redor dos seios, *anaudaciosamente*.

– Aqui – disse ela.

O nó inengolível estava de volta.

– E o que você faz?

– Eu pergunto a ela, "Por que você me toca desse jeito?". E ela diz, "Eu preciso fazer amor com você".

– Isso é ilegal – disse Joshua. – É assédio sexual.

– Ela é linda. Talvez tempos atrás. Mas agora...

Ela estendeu a mão na direção de Esko, que virou-se para eles com um olhar turvo de esquecimento. Joshua terminou seu copo de vinho e lambeu os sedimentos em seus lábios. Hora de ir embora.

– O que você acha que devo fazer? – Ana perguntou a ele.

– Sobre o quê?

– Zosya.

– O que eu acho? Francamente, não sei o que pensar agora – disse Joshua.

Ele encheu seu copo e bebeu um pouco mais de vinho, que tinha um marcante buquê de detergente de louça.

– Não sei o que fazer – disse Ana.

Joshua inclinou-se para sussurrar em seu ouvido: – Faça.

Ela olhou para ele em choque, depois olhou para Esko. – O quê?

– Faça – sussurrou Joshua, desta vez apenas um pouco mais alto.

O rosto dela tremeu quando sorriu, e lá estavam elas – as grandes covinhas de Ana.

– Estou brincando – Joshua disse, e ela riu, sabendo que ele estava falando sério.

Ele demorou para encontrar o buraco do cadeado da bicicleta. Bêbado demais, foi pedalando desatentamente pela calçada. Na verdade, estava excitado e não queria ir para casa, onde Kimmy estaria dormindo. O fato era que, naquele momento de sua vida, ele desejava Ana. *Posso te beijar por isso*, ela disse a ele. *Faça*, ele disse a ela. Ele reconheceu que o desejo era parte de algo maior, de uma ânsia de buscar prazer irracionalmente, além do certo e errado, ir o mais longe que o seu corpo pudesse levá-lo. No corpo, não há vontade absoluta ou livre, mas o corpo é determinado a desejar isto ou aquilo por uma causa que também é determinada por outra, e esta por sua vez é determinada por outra, e assim vai até o infinito. Ela trouxe seu corpo para ele, trouxe-o para cá vindo de outro lugar. Por que não deveria mergulhar nele? Ela deveria dormir com a chefe. Ele deveria dormir com ela. E, se tivesse de ser, com a chefe também. Ou com quem mais ele quisesse dormir. O homem deve defender-se do vazio com o seu pênis. Por que ele deveria ir para casa para ser um bom namorado? O beco sem saída da síndrome de Levin: querer que as pessoas o considerassem bom e leal, justamente porque ele não era bom nem leal. Tudo o que tinha a fazer era parar de se importar. Kimmy tinha suas algemas e anéis penianos. O que ele tinha, além de uma falsa e inútil pretensão à decência? Por que não ser quem ele realmente era? Por que fingir? *Faça!*

Ele decidiu parar num bar para um drinque ou mais. Que se foda, ele pensou, até o final da noite vou trepar com alguém. *Posso te beijar por isso*. Nunca em sua vida uma mulher o pegara num bar – ou em qualquer outro lugar –, mas naquela noite ele sentiu que poderia finalmente ter o despudor de deixar que isso acontecesse. *Não sei o que fazer*, ela disse. Aqui estou eu, pensou Joshua, disponível e pegando fogo, aliado e presente. Para ir no Westmoreland, bastava dobrar a esquina, mas não havia nenhuma chance de ele encontrar por lá mulheres com quem valesse a pena trepar, e mesmo que houvesse, provavelmente estariam mais desesperadas do que ele. *Talvez tempos atrás*, Ana disse. Ele imaginou a jovem Ana beijando Zosya, Zosya despindo-a; mamilos; gemidos; a trepada toda das duas. Aquele que se recorda de uma coisa com que se deleitou deseja possuí-la nas mesmas circunstâncias em que na primeira vez com ela se deleitou. Aquele que nunca se deleitou está condenado a uma eterna ereção.

Ele pedalou pela Clark, parando para espiar pelas janelas de vários bares, à procura de mulheres. Apenas os bares gays estavam cheios; as espeluncas heterossexuais estavam vazias – os heteros maciçamente comprometidos em ver televisão com seus cônjuges falsamente monogâmicos. Lembrou de um barman legal e potencialmente promíscuo que trabalhava no Charlie's Ale House, mas quando olhou para dentro, não havia ninguém, nem sequer um barman. No caso de um apocalipse zumbi, as pessoas foderiam mais, menos, ou de jeito nenhum? E se a fome dos zumbis não fosse visceral, mas carnal? Ele deveria pesquisar mais os pornôs zumbis. Se já lançaram um filme chamado *Weapons of Ass Destruction*, tinha de haver um *Night of the Fucking Dead*.

Iria ao Westmoreland então. Pela Clark Street, as pessoas seguiam em bandos de desejo e amizade negociável sob as luzes de néon, prometendo calor e prazer contra o frio de Chicago. Ele deixou a Clark para entrar numa rua lateral escura no final da qual encontrou o Westmoreland, eternamente enfiado dentro de um centro comercial entre uma loja de pneus e um escritório da Curves. O bar, como sempre, estava vazio – o tempo parecia ter parado ali, pois Paco estava na mesma posição, com o mesmo bócio, assistindo à mesma TV, exceto que desta vez ela exibia os melhores momentos de uma partida de beisebol.

– Oi, Paco! – disse Joshua. Ele adoraria se Paco pudesse se lembrar dele, mas não lembrou e talvez nunca lembrasse. Em vez disso, assentiu com a cabeça, bartendermente.

– Você tem aí um Pinot Noir dos bons? – perguntou Joshua.

– Não – Paco disse, sem mover um músculo do rosto. – Mas os drinques de gelatina são fantásticos.

Joshua esperou alguma indicação do nível de seriedade de Paco, mas ele foi inflexível: nenhum sinal de nada.

– Eu prefiro um vinho tinto – disse Joshua.

Houve um tempo em que ele podia conceber uma vida que lhe permitisse acordar feliz pela manhã. Essa vida estava agora fora do alcance de sua imaginação, e tampouco podia lembrar de como seria. Ainda assim, era justo dizer que o requisito mínimo para uma existência verdadeiramente prazerosa seria a promiscuidade desenfreada. Há um grande momento em *007 Contra Goldfinger* em que a líder da fantástica equipe feminina de pilotos louras diz a James Bond: "Eu sou Pussy Galore", e ele diz: "Eu devo estar sonhando!".

Agora a vida não parecia boa. O que não mata, excita. Paco serviu o vinho.

– Três dólares – ele disse. Quando Joshua deu tapinhas nos bolsos procurando sua carteira, não encontrou-a.

– Não consigo achar minha carteira – disse ele a Paco, esperando compreensão ou perdão. Mas Paco continuava a encará-lo, o bócio pulsando uma sentença. Em seguida ele pegou a garrafa, tirou a rolha e despejou o vinho de volta na garrafa. Depois voltou à mesma posição de antes para ver TV.

Joshua voltou de bicicleta para a casa de Ana, parando nos mesmos bares ainda vazios, examinando calçadas na esperança de encontrar a carteira, a espiral do seu desejo se desenrolando ao longo do caminho. Não havia nada a ser encontrado além de guimbas de cigarro, cupons de desconto, garrafas quebradas e umas camisinhas usadas. Ele parou na luz e, mais por necessidade de se distrair da preocupação do que por um senso de responsabilidade, verificou seu celular e descobriu que tinha oito ligações e cinco mensagens de Kimiko, e havia uma de seu pai. Ele ouviu a primeira mensagem de Kimmy: ela só queria que ele ligasse para informar quando voltaria para casa. Agora era quase meia-noite e ela devia estar dormindo. Ele ligou e desligou depois do primeiro toque. Se alguém imagina ser amado por outro, sem acreditar que tenha dado qualquer motivo para isso, ele deve retribuir esse amor.

Encostando a bicicleta na frente do Ambassador, ele ergueu os olhos procurando a janela de Ana. Havia apenas uma com a luz acesa, e ele decidiu, com base em nada, que era a dela. Ele olhou para as campainhas na portaria, procurando por seu sobrenome, que ele não conseguia pronunciar, mesmo que ela sempre o pronunciasse para ele em sala de aula. Havia nomes parecendo bósnios em que as consoantes eram distribuídas aleatoriamente, mas ele não podia ter certeza. Ele digitou o número dela em seu celular. A secretária eletrônica atendeu. Sua voz era clara, luminosa, adorável. Ele deixou uma mensagem para uma visão dela de camisola, descalça, quente.

Ele permaneceu lá fora até que alguém saiu do prédio com um beagle ancião e doente e deu-lhe um olhar de desconfiança. Em vez de entrar rápido pela porta que se fechava, ele decidiu andar pelos arredores e esperar pelo telefonema de Ana.

As fileiras de casas eram escuras; havia uma luz acesa aqui e ali. Um cão latiu nos fundos de alguma casa. Os balanços parados nas varandas. Quem morava ali? Ele poderia passar a vida inteira em Chicago – neste bairro – sem nunca saber nada das pessoas que moravam na 4509 West Estes. Vidas desconhecidas, a matéria escura da cidade. *A mensagem aparece, Já cheguei no Além.* Exceção, na frente de uma casa escura, ele viu um carro vermelho com dois dados de pelúcia pendurados no espelho retrovisor. Era o carro de Bega.

Seu telefone tocou. Não era Kimmy.

– Oi, Ana – ele disse com a mais delicada de suas vozes sedutoras.

– Professor Josh – ela sussurrou. – Encontrou sua carteira?

– Não – disse Joshua.

– Agora não é um bom momento – disse Ana. Esko gritava ao fundo. – Eu procuro e ligo para você. Ou eu vejo você na segunda-feira. Boa noite.

E então ela desligou. E se a segunda-feira nunca chegasse?, pensou Joshua. **Ideia de roteiro 72**: *No último dia da Terra, um voraz buraco negro se aproxima. Título:* A merda da última vez.

INT. O AMBASSADOR – NOITE

Um grupo de homens liderados pelo major Klopstock se desloca na escuridão, esculpindo-a com suas lanternas. CADETE (20) e BÓCIO (59), com um fuzil, seguem o major K. Eles entram em um espaço aberto, amplo, de teto alto. Ouvem ECOS DE RESPINGOS D'ÁGUA e, de repente, as lanternas revelam uma piscina cheia de zumbis boiando, vestidos com uniformes do exército. Quase todos estão inchados e mortos. Alguns estão despedaçados, como romãs. Uns poucos se agitam debilmente, mas é claro que estão no fim da linha. Os homens ficam em silêncio à beira da piscina. A água está turvada de pus e sangue.

BÓCIO
(coçando o bócio)
Não quero nadar na porra dessa piscina.

CADETE
Eles eram nossos camaradas. Agora não passam de assassinos estúpidos.

MAJOR K
Eles são inofensivos na água. Não afundam, ficam absorvendo a água até estourarem como balões.

Um zumbi flutuante move ligeiramente a mão, como se estivesse tentando nadar. Bócio dispara no rosto. A cabeça explode em mil pedaços, reduzida a farelos. O tiro ECOA. O Cadete atira também, e depois os outros homens. Eles atiram como loucos. As ondas fazem outros corpos pipocarem na piscina. O major K tenta interromper o tiroteio.

      MAJOR K
 Suspender fogo! Suspender fogo!

Mas os homens estão curtindo demais o vale-tudo para parar. Por fim, o major K tira a arma da mão do Cadete e o golpeia. Todos param de atirar. O major K os olha com raiva. O silêncio é ainda mais opressivo. Só que agora eles podem ouvir ECOS de um celular TOCANDO em algum lugar do prédio. O ringtone é "Welcome to the Jungle". Eles trocam olhares, agarram suas armas e seguem na direção do som.

Joshua precisava de sua carteira e assim tinha uma desculpa legítima para ligar para Ana. Ele tremia nos degraus da frente da casa – era um dia frio, nuvens no horizonte a oeste se alinhavam para uma pancada de chuva – porque relutava em ligar para Ana da casa de Kimmy, como se seus desejos ilícitos fossem menos graves ao ar livre. Ele alegaria urgência; não diria que havia cancelado seus cartões de crédito porque, bem, ele não sabia quem eram aquelas pessoas que foram na casa dela, nem se poderia confiar em Esko. A secretária eletrônica de Ana atendeu, mas ele não deixou mensagem. Pôs o celular de volta no bolso, depois tirou-o imediatamente porque parecia estar vibrando, o que não estava.

Nas árvores, esquilos tagarelas perseguiam uns aos outros para cima e para baixo. Havia um pointer de pelagem manchada do outro lado da rua que, por algum motivo, apontava para Joshua; o jovem na outra ponta da trela inclinou-se para pegar um cocô. Joshua sentiu no peito o vazio que costumava acompanhar a sensação de que estava desperdiçando sua vida e que tudo aquilo – aquele lugar, aquele corpo, aquela mente, aquela segunda-feira – fazia parte de um delírio autogerador, sua própria *Matrix* particular. E se ele despertasse um dia, após uma noite de sonhos intranquilos, e percebesse que havia se transformado em um fracasso gigantesco e duro como couraça? Se um dia alguém escrevesse sua biografia (*A queda de Joshua Levin*), esta manhã poderia acabar sendo o ponto de virada da trama, o momento de seu rebaixamento à mais medieval das eras, de sua percepção de que os rastros de sua existência significativa eram tão escassos quanto os de suas experiências sexuais memoráveis. Ele ligou para Ana novamente, e desta vez Esko atendeu, seu resmungo gutural atordoando Joshua, que desligou no mesmo instante.

Bernie buzinou de seu Cadillac branco tamanho balsa. Além da ausência flagrante de sol, os óculos de Bernie não eram adequados à idade: a armação era estreita demais para o seu rosto flácido; havia glitter de diamante falso nas laterais; e as lentes eram muito escuras, mesmo para um dia de verão brilhante, sugerindo glaucoma, em vez de velhice estilosa. Os óculos foram provavelmente presente de Constance, assim como a camisa de flanela que ele usava com as mangas enroladas, feito um político em campanha fingindo ser do povo. Constance comprava coisas para Bernie Levin que o faziam parecer mais jovem (os celulares mais modernos, uma bicicleta de múltiplas marchas, uma prancha de surfe), reconfigurando constantemente Berna (como ela o chamava) por alguma falha motivada pela idade. A próxima coisa na lista dela era um carro chique. Ela queria que ele arrumasse algo menor e mais esportivo do que aquele Cadillac banheira, no qual Joshua estava entrando e que cheiraria como um táxi perfumado de pinho, não fosse o fedor da paradentose desenfreada de Bernie.

– Para onde estamos indo? – perguntou Joshua, irritado. Uma vez ele assistiu a um documentário sobre natureza em que jovens chimpanzés se pavoneavam na frente dos desinteressados machos mais velhos fazendo caretas de desdém, até o dia em que, pela primeira vez, ousariam esmagar a cabeça dos velhos.

– Não sei – disse seu pai. – Não vamos almoçar?

– É cedo demais – disse Joshua.

– Nunca é cedo para ser tarde demais.

Joshua não era um chimpanzé, mas Bernie o incomodava só pelo fato de fazer o que os pais mais velhos faziam: perguntar *Onde você está?* assim que Joshua atendia uma ligação, mostrando-se ainda confuso com o conceito de telefone celular; sempre preocupado com dinheiro, sempre um descendente do Holocausto; celebrando sua herança judaica ao contar histórias incompreensíveis sobre parentes obscuros; dirigindo feito um louco aterrorizado, acelerando nos quebra-molas, apertando os freios arbitrariamente; insistindo que não era tão velho quanto era, mesmo que estivesse há anos-luz de ser o jovem que Connie queria que ele fosse. E depois havia os antológicos *non sequitur*, cuja frequência aumentou desde que ele se aposentou e vendeu seu consultório odontológico.

A última vez em que Joshua o viu, pouco antes de o pai partir para o cruzeiro, Bernie proclamou – durante o jantar, de repente, Connie apertando sua mão como se quisesse demonstrar perdão e compreensão por sua demência – "o futuro do mundo está num saco de cocô de cachorro, porque é ali que as bactérias que podem comer plástico vão evoluir". Depois que se aposentou para uma vida de assinaturas de revistas e cruzeiros, ele teve mais do que tempo suficiente para pensar inconsequentemente. Nunca é cedo para ser tarde demais? Que diabos isso significava?

– Eu tenho que ir ao meu workshop de roteiro mais tarde – disse Joshua.

– Vai dar tudo certo – disse Bernie. – Vamos para o lago.

Depois disso, fez uma curva em U no meio da Broadway e os carros buzinaram furiosamente atrás dele.

– Como vai aquele negócio do seu filme? – perguntou Bernie. Ele na verdade não queria saber, no fundo não dava a mínima. *Aquele negócio do seu filme* significava, no que dizia respeito a ele, que tudo era pura indulgência.

— Tranquilo.
— Em que você está trabalhando agora?

Todo esse negócio de roteiro e cinema era, como Bernie dissera uma vez de forma eloquente, "conversa pra boi dormir". Certamente não ajudava o fato de Joshua nunca ter vendido nada, nem jamais ter ganho um centavo com seus textos; nem ajudava que, para Bernie, Saul Bellow fosse o princípio e o fim de toda a arte narrativa, mais verdadeiro do que a própria verdade, chegando bem perto de destronar Moisés como o maior judeu de todos os tempos. Ainda mais porque Bernie encontrara-se com o escritor mais de uma vez em vários jantares.

— Chama-se *Guerras zumbi* — disse Joshua, com rancor.

Bernie fez outra curva e agora eles seguiam pelo estacionamento ao longo do lago; o espaço da praia da Wilson Street abria-se na distância como uma pradaria. Ele continuava pisando no freio como se fosse um pedal de bateria, e o carro avançava aos solavancos. Não havia ninguém por perto, apenas um homem sentado sozinho em um carro. Joshua sabia que ali era uma zona de pegação e *cruising* diurnos para gays, mas não mencionou isso a Bernie, que obviamente nem desconfiava. Bernie estacionou a duas vagas de um homem que tentou fazer contato visual para determinar se aquele seria seu dia de sorte com um *ménage à trois*. O homem era a cara do Dick Cheney: branquelo e calvo, cabeça de ovo, óculos sem aro, o olhar neutro de sociopata.

— É sobre o quê? — perguntou Bernie. Outra coisa irritante: as perguntas implacáveis. Ele nunca deixava Joshua ficar em silêncio, contragolpeando rapidamente sua reticência com um massacre de perguntas. Era amor, mas enlouquecia. Era também medo de ser deixado de fora da vida dos filhos, o que começara após o divórcio, depois que a rotina de visitas quinzenais tinha sido estabelecida. As ondas quebravam mais ao longe no lago e vinham morrer na beira; a praia da Wilson Street estava deserta, a não ser por uma silhueta atirando algo para um cachorro muito veloz, talvez um galgo.

– Sobre zumbis. E guerras – Joshua disse.

– Deixe-me fazer uma pergunta: como eles se transformam em zumbis? Cientificamente falando. Isso nunca ficou claro para mim.

– No meu roteiro, eles são infectados por um vírus.

– Que vírus?

– É um vírus, não tem nome. É um vírus zumbi.

– Ok. Mas se você sabe que é um vírus, não deveria dar um nome a ele? Algo como H1Z3 ou coisa parecida, sabe como é?

– Chama-se vírus zumbi.

– Vírus zumbi. Sei.

A água estava amarronzada; a lama no fundo tinha sido mexida. Para Chicago, o lago era mera decoração: ninguém vivia dele ou à custa dele; se de alguma forma fosse drenado, a prefeitura apenas o pavimentaria para fazer um estacionamento daqui até o Michigan. **Ideia de roteiro 79**: *Uma tempestade violenta libera do fundo do lago um veleiro naufragado, e o corpo de um jovem é encontrado. Ninguém na cidadezinha sabe quem é, pois ninguém havia desaparecido. Quem era? O que aconteceu com ele?*

Os momentos de silêncio eram evanescentes, já que Bernie não parava de despejar mais perguntas em sua cabeça. Como todos os republicanos senescentes, Levin, o Velho, acreditava na liderança, que começava com a identificação da essência do problema.

– Mas de onde vem esse vírus? De um arranhão de gato? Ou será que existem macacos zumbis? Pássaros zumbis? O vírus atravessa a barreira das espécies?

Um carro parou ao lado do de Cheney. O jovem no volante vestia terno e era louro como a Juventude Hitlerista. Ele e Cheney desceram as janelas, conduziram suas negociações e sumiram num piscar de olhos. Um boquete na hora do almoço não faz mal a ninguém. Joshua invejou a facilidade com que os homossexuais alcançavam seus interesses em comum pelo sexo. O triste fato da vida era que não havia zonas de *cruising* para homens heterossexuais. Se houvesse, Joshua estaria estacionado em algum lugar todos os dias de sua vida, disposto a dormir com qualquer mulher generosa o bastante para parar o carro ao lado do dele.

– Talvez não seja um vírus, mas algum tipo de câncer – disse Bernie. – Estou pensando em voz alta.

– Não vamos pensar – Joshua sibilou. – Vamos para o Charlie's Ale House. Estou com fome.

Até o Charlie's Ale House era um longo caminho, com um monte de sinais para Bernie forçar o Cadillac aos seus grandes saltos à frente. O jeito como ele dirigia inclinado para o volante, olhando por sobre ele como se estivesse olhando por uma cerca – isso dava nos nervos de Joshua. As pessoas buzinavam atrás deles a cada semáforo. E então, por razões ignoradas, Bernie pegou as ruas residenciais, pitorescas, avarandadas e abominavelmente coalhadas de quebra-molas, passando por eles como se fossem ondas. Joshua estava ficando enjoado.

– Seu avô tinha um primo na Bucóvina – disse Bernie.

Que saco, pensou Joshua.

– Chaim era o nome dele, acho eu, e um dia ele parou de acreditar em Deus. A família percebeu que algo estava errado e levou-o ao rabino. O rabino deu uma olhada em Chaim e disse: "Meu filho, você não vai morrer até o dia em que recuperar a sua fé." Então ele continuou não acreditando. Uma vez ele estava se afogando e as pessoas pularam na água para ajudá-lo e ele gritou: "Estou bem! Estou bem! Eu não acredito em Deus." E ele nadou para a praia.

Ele fez manobras intermináveis só para estacionar bem na frente do Charlie's, sem nunca interromper sua história e batendo no carro de trás.

— Então os alemães cercaram todos na cidadezinha, empurraram para dentro de uma casa e queimaram todos vivos. Mas ele saiu correndo da casa em chamas, gritando: "Eu não acredito em Deus! Eu não acredito em Deus!" Ele viveu, todos os outros morreram.

Joshua tinha tirado o cinto, pronto para sair do carro, mas não havia saída até a história acabar. Observou as sobrancelhas de Bernie, dois tufos de pelos pontudos que dançavam acompanhando sua exaltação narrativa.

— Então, depois da guerra, ele conseguiu chegar em Israel e lá teve uma família, depois um derrame, depois entrou em coma. Mas não podia morrer. Ele pode ainda estar vivo, pelo que sei. Pode ficar em coma para sempre. Deus é paciente.

— Boa história — disse Joshua. — Aonde você quer chegar?

— Talvez não seja o vírus. Talvez seja porque os zumbis perderam a fé.

— Você não existe, Bernie! — disse Joshua. — Quer dizer que os zumbis são judeus que odeiam a si mesmos? Se você não estiver do lado de Israel, você é um morto-vivo? É isso que está me dizendo?

Bernie deu de ombros daquele jeito que fazia parte do seu repertório irritante: inclinando a cabeça para o lado, encolhendo os ombros, seu rosto sinalizando, *Talvez eu não saiba de nada, só estou dizendo* — o dar de ombros do *shtetl*.

— É apenas um vírus, tá bem? — Joshua disse. — É uma convenção. A suspensão da descrença. Aqueles que se importam com a história aceitam que é um vírus, eles não questionam o maldito vírus. É como as armas de destruição em massa, Saddam as tem porque é Saddam. Se tem zumbis, tem um vírus. O vírus zumbi. É isso aí. Podemos parar com essa conversa sobre a porra do vírus?

Bernie leu o cardápio, apertando os olhos – outra coisa irritante – e levantando e abaixando os óculos do nariz franzido para aumentar e diminuir o zoom. Joshua sabia que o que detestava em momentos como esse acabaria sendo justamente o que sentiria falta em seu pai quando ele partisse – suas manias irritantes seriam transformadas em lembranças de cortar o coração. Exemplo, Bernie gostava de anunciar suas escolhas nutricionais, como se todo mundo em volta estivesse se esticando na cadeira para descobrir se ele pretendia comer uma salada ou não.

– Vou pedir uma sopa – comunicou a Joshua. – E também um prato de cordeiro. O que você vai querer?

– Ainda não sei – disse Joshua. – Eu perdi minha carteira. Então você está pagando.

– Tudo bem, eu pago, não tem problema. Peça o que quiser – disse Bernie. – Peça um filé, se quiser. Dois filés. Você está pálido. Parece um zumbi.

A garçonete bonita de olhos grandes estava trabalhando hoje – seu crachá dizia Kelly – e só o seu sorriso cintilante valia a digestão lenta da gororoba disponível no Charlie's Ale House. Enquanto Joshua a observava aproximar-se deles, ele tentou pensar em algo inteligente e sedutor para lhe dizer. Mas seu andar era mais do que rápido e, quando ela puxou o bloquinho, ele apenas pediu um copo de vinho rosé e queijo grelhado, enquanto o pai pediu sopa (com cream crackers extra), cordeiro (malpassado), salada e pudim de pão. Na TV do bar, lá estava Bush, o presidente de olhos matreiros, preso no meio da incompreensão. Cheney, renovado depois do boquete, estava ao lado dele como um padrasto maléfico.

– Como foi o cruzeiro? – Joshua perguntou.

– Israel é realmente uma terra prometida – disse ele. Em geral, Bernie voltava bronzeado de suas viagens de cruzeiro, mas hoje estava branco como cera.

– Você parou em outro lugar?

– Oh, algumas ilhas ensolaradas. Eu não estava me sentindo muito bem até chegarmos em Haifa. Constance adorou!

– E como está Constance?

– Ótima! Seus peitos crescem com a idade – Bernie disse, balançando a cabeça com aterradora admiração. – Quando eles tiverem duplicado, eu estarei duplamente morto.

Kelly trouxe a sopa, e Bernie esvaziou cinco saquinhos de biscoito na tigela. Eu serei assim quando envelhecer?, Joshua se perguntou. Eu me transformarei num homem que come como se tivesse pressa para terminar antes que lhe arrebatassem a comida? Bernie protegia a tigela com a mão esquerda pairando sobre ela. Ele aprendeu isso com seus pais, era um hábito que adquiriram no campo de concentração. Você precisava comer rápido e não falar nada enquanto houvesse comida. Bernie tomou algumas colheres de sopa, mas depois parou para clarear a garganta, como se prestes a dizer algo importante.

– Como está sua mãe? – perguntou.

– Ela parece bem – disse Joshua. – Ela perguntou por você também.

– Você contou a ela que Connie e eu fizemos um cruzeiro?

– Ela já sabia. Esperava que você estivesse viajando no *Titanic*.

– Sua mãe é engraçada, isso ela é. – Ele riu.

Kelly trouxe o resto do almoço em uma bandeja grande, segurando-a no alto, para que Joshua pudesse ver o seu bíceps bem definido. Agora que a comida tinha chegado, a conversa parou por um tempo: Bernie cortou o cordeiro, que sangrou. Joshua observou Kelly balançar os quadris, deslizando com facilidade entre as cadeiras, virando-se para empurrar a porta da cozinha com as costas. A presença das mulheres no mundo, Joshua percebeu, era uma fonte confiável de tormentos para ele, para sua carne fatigada e endurecida. Ele não conseguiu comer, só bebeu seu rosé, muito seco, vendo Bernie torturar sua carne morta-viva. Normalmente, seu pai olhava para o prato enquanto comia, como se qualquer contato visual fosse retardar sua mastigação, as mãos apertando firmes a faca e o garfo de cada lado do prato, sem nunca deixá-los sobre a mesa. Mas desta vez ele movia a mandíbula de forma irregular, olhava para Joshua depois retornava seu olhar para o cordeiro, agora nadando no próprio sangue. Ele espetou uma ervilha, levou-a à boca, mas não comeu. Uma única lágrima rolou por sua face esquerda.

– Ah, cara... – Joshua gemeu. Ele não tinha previsto isso, deveria ser apenas um almoço de segunda-feira de rotina com seu pai. – O que foi agora?

– Não me sinto bem – disse seu pai. – Não venho me sentindo bem.

Joshua vira uma vez Bush, o Velho, em um discurso à nação direto do Gabinete Oval. Ele estava prestes a mandar nossas tropas para algum lugar abandonado por Deus, e era preciso uma verbosidade pomposa para sedar ainda mais o já indiferente povo americano. Ele estava com iluminação frontal, a mais indicada para se falar platitudes, de modo que a janela do Gabinete Oval atrás dele parecia irreal, como um cenário pintado. E então, no meio daquele papo furado presidencial, Joshua percebeu um ligeiro movimento atrás de Bush e viu uma folha de árvore caindo. Ela rodopiava do outro lado da janela, tornando o cenário bastante real. A folha decídua de repente fez Bush parecer terrivelmente velho, e envelhecendo a cada segundo. O Sr. Presidente iria morrer e nenhuma mobilização de tropas poderia parar com aquilo.

— O que há, Bernie?

O pai empurrou a ervilha para o canto do prato, criando pequenas ondas de sangue.

— Nada. Na verdade, nada. — Ele pousou o garfo primeiro, depois a faca. Agora estava desarmado. — É só que Constance estava numa loja, e um velho gordo estava jogando uma moeda na fonte, aí o sujeito simplesmente desabou. Ele era tão grande que não conseguiram tirá-lo da fonte. Tiveram de trazer uma empilhadeira.

— Ele morreu? — perguntou Joshua.

— Eu não sei. Se não morreu, vai morrer. De qualquer modo, Connie voltou para casa para me dizer que não suportaria me ver morrer. Eu assegurei a ela que não ia bater as botas tão cedo assim. Ela agora tem um *life coach*. Descobriu que quer morar na Flórida o ano todo. Quer passar o resto da vida se bronzeando. Ela quer uma vida nova, foi o que me disse. O fato é que eu não tenho muita vida pela frente.

— Caras fortes como você não batem as botas tão fácil, Bernie — disse Joshua. — Você vai ser como Chaim. Nós vamos ter que levá-lo para o bosque, amarrá-lo a uma árvore e deixá-lo lá para os lobos.

Bernie não se deixou convencer. Ele por fim colocou a ervilha encharcada de sangue na boca e mastigou-a desanimado. Com outra bandeja sobrecarregada, Kelly saiu voando pela porta da cozinha se balançando, como se fosse começar a cantar e dançar. Foi definitivamente o momento errado para ela ser tão jovem e alegre.

Ideia de roteiro 85: *Um informante da máfia, sabendo que seus parceiros de almoço irão levá-lo do restaurante após a sobremesa para apagá-lo em uma reserva florestal, deixa um pacote de cocaína de um milhão* *de dólares para uma garçonete bonita a título de gorjeta. Ela se vê obrigada a fugir da máfia. Título:* A conta, por favor.

– Eu tomei tanto Viagra que vivia em constante risco de enfartar – disse Bernie. – Ultimamente, eu só a chupo, mas estou perdendo o fôlego com isso.

– Me poupe os detalhes, papai! Você falando comigo desse jeito, acho esquisito. – Joshua afastou o seu prato. – Aconteceu alguma coisa em Israel? Vocês fizeram mesmo um cruzeiro?

Bernie colocou o guardanapo no rosto e balançou a cabeça. Joshua pensou em se levantar e esfregar as costas do velho. Em vez disso, ele colocou a mão no braço do pai – sua pele parecia fria e úmida.

– Bernie! Maldição! – Joshua disse. – Pai! Não.

Seu pai choramingou e suspirou. Depois enxugou as lágrimas com o guardanapo sujo de sangue e parou de chorar. Jovem e inocente, Kelly apareceu com um jarro de água gelada.

– Como está tudo? – perguntou alegremente, enchendo os copos na mesa.

– Fantástico! – Bernie disse, secando a boca. – Acho que estou pronto para o meu pudim de pão.

Joshua prometeu que devolveria os duzentos dólares que Bernie lhe emprestou, mas ambos sabiam que isso nunca aconteceria. Na frente do Charlie's Ale House, de pé ao lado do Cadillac tamanho navio, eles se abraçaram masculinamente, com tapinhas nas costas.

– Não passamos tempo suficiente juntos – disse Bernie. – Eu gosto de conversar com você.

– Eu também gosto de conversar com você.

– Eu não sei o suficiente da sua vida. O que você quer, o que você faz. Um dia você saiu de casa e passou a ser um estranho.

Não, pensou Joshua, um dia Bernie saiu de casa e passou a ser um estranho. Mas não era o momento para um ajuste de contas.
– Não sou um estranho. Eu te conto coisas. Estou dando aula, escrevendo, namorando. Uma vida simples – disse Joshua. – E você vai ficar bem. Você é um hebreu durão, duro como um prego.
– Isso aí. Os Levin são sobreviventes – disse ele e apertou o rosto de Joshua entre suas grandes palmas, beijando sua testa, como o patriarca que ele não era.

O carro emitiu um sinal sonoro e as portas destrancaram, como em um sonho. Uma perna para dentro, Bernie perguntou:
– Como está Kimmy?
– Está bem – disse Joshua.
– Não estrague as coisas. Ela é um bom partido.

Normalmente, Bernie botaria a cabeça para fora da janela e acenaria para Joshua antes de acelerar e ir embora, escandaloso, como se partisse para uma viagem de costa a costa. Joshua esperou que ele fizesse isso, incapaz de abandonar o ritual, como uma criança antes de dormir. Mas Bernie estava brincando com seu celular, e Joshua viu sua corcunda, seu corpo pateticamente diminuto atrás do volante. Nas antigas viagens de família, ele se agigantava ao dirigir com uma confiança espalhafatosa, se não gratuita, gritando junto com a música do rádio e xingando outros motoristas. "Como é que eu me lembro de coisas que aconteceram há cinquenta anos", Bernie uma vez perguntou a ele, "e não consigo lembrar do que fiz hoje de manhã?"

Joshua foi o primeiro a chegar na casa de Graham e, sozinho na sala, aproveitou para percorrer as estantes de livros. Ele pegou *O clímax: a arte de resolver conflitos* e folheou-o. *Regra 24: Nem toda revelação merece tempo de tela*, ele leu. Seu celular no bolso sinalizou uma mensagem. Ele decidiu que hoje, se fosse o caso, ele apontaria as implicações antissemitas das arengas anti-Weinstein de Graham. Tudo tinha limite. Ele sentiu que essa sua nova determinação tinha algo a ver com o pai – se necessário, Joshua também poderia ser um judeu durão.

Graham entrou com os mesmos pretzels e garrafas de refrigerante da semana passada. Parecia que fazia propaganda dos produtos: ninguém comia aqueles pretzels; ninguém bebia o que quer que houvesse nas garrafas, podia muito bem ser detergente de privada. *Regra 33: A tensão deve valer a pena, caso contrário é tortura.* Joshua, preparando-se para um embate hipotético, olhou para ele sem cumprimentar.

– Eu gosto dessa sua história dos zumbis, Josh – disse Graham inesperadamente, acomodando-se em sua poltrona. Ele imediatamente pôs o polegar na covinha do queixo, esfregando-o com prazer. Ele tinha um clitóris residual ali? – Eu acho de verdade que você tem algumas boas ideias nessa sua maluquice. Eu estava pensando em colocá-lo em contato com um agente que eu conheço. Ele é um mala insuportável, e a maioria de seus clientes são atores. Mas ele está sempre querendo expandir seus roteiristas. E você pode começar a praticar sua técnica. O que acha?

Regra 45: O que você vê é o que está valendo. Joshua sentiu um frio na barriga. – Eu acho ótimo – disse ele. O celular zumbiu outra vez. Ele pôs o livro de lado e se sentou. A não ser *Guerras zumbi*, ele não conseguia se lembrar de nenhuma de suas outras ideias naquele momento. São Pacino o observava com benevolência. Um agente, mesmo da raça de Graham, já era alguma coisa. O celular zumbiu mais uma vez, e depois outra.

– Você quer olhar o seu telefone? – perguntou Graham. – É irritante isso. – Joshua verificou seu celular. *Regra 50: A trama não para.* A mensagem era de Bernie.

Falando de duro, fiz check up, dizia a mensagem. *Niveis mt altos. + exame. Prostata dura como pedra. Hello cancer. Nao conte p/ Jan Rachel. T amo.*

O primeiro pensamento de Joshua foi: Bernie aprendeu a mandar SMS. Ele então esperou por um outro pensamento, mas demorou para vir.

– Por que você quer zumbis? – perguntou Bega. – Você tem bom motivo? Ou é só por causa de Hollywood?

Desta vez, a camiseta de Bega tinha um logotipo da Ford, exceto que havia um *Fuck* em vez de *Ford*.

– Bem, porque são pessoas que se transformam em organismos que consomem – disse Joshua. – Para que os vivos pareçam mais humanos em oposição. Eles amam, sofrem.

– Quem? – perguntou Dillon.

– Os humanos.

– Você viu *28 Days Later*? – perguntou Dillon.

– Não – disse Joshua. – Ainda não foi lançado nos EUA.

– Joshua só vê filmes antigos – disse Bega. – Para ele, filmes bons são como vinho, precisam ser velhos. Tudo depois de *Star Wars* é merda. Ele não quer ser influenciado por merdas.

Joshua deve ter dito isso a Bega quando estavam no Westmoreland, mas não conseguia se lembrar. Ainda assim, o tom de zombaria o chateou.

– Eu odeio todos os filmes *Star Wars*. Particularmente *Star Wars* – Joshua esclareceu desafiadoramente.

Dillon armou uma expressão de choque absoluto e ofereceu-a a Joshua.

– O problema dos zumbis – disse Graham – é que eles não fodem.

— É mesmo? — Dillon fingiu choque novamente. — Tipo *mesmo*?

— Mesmo — disse Joshua. Como uma pessoa se torna um Dillon?

— E eles não fodem — continuou Graham — porque não têm corpos funcionais.

— Eles poderiam foder — disse Joshua. — Eles poderiam fazer qualquer coisa que eu gostaria que fizessem.

— Zumbis não são reais — disse Bega. — Quando você vê zumbis num filme, você pensa: que besteira.

— Eu os vejo como mortos-vivos — disse Joshua. — Sua biologia humana não está morta, está apenas suspensa, eles estão numa espécie de coma. Então seus corpos não estão necessariamente mortos. Há uma luta dentro deles no nível celular, células boas contra células malignas. É por isso que o major K está desenvolvendo uma vacina contra o vírus. Se funcionar, o bem vence o mal, e eles podem simplesmente voltar a ser humanos. Será um pouco como uma ressurreição.

— Eu sempre me perguntei como eles digerem a carne que comem — disse Graham. — Quer dizer, o quanto de carne podem realmente comer? Será que ficam empanzinados? Eles precisam de proteína fresca? Eles podem comer um bife cru também? Eles cagam?

— Bom, você tem que ter aqui a suspensão da descrença — Joshua disse. — Você tem de aceitar que os zumbis são criaturas mitológicas. Deuses gregos não cagam.

— Mas deuses gregos trepam, pelo que eu sei, e muito — Graham disse. — Eles sentem ciúme, fazem todos os tipos de loucura uns com os outros, traem as esposas, mudam de forma. Eles não ficam cambaleando por aí aos uivos.

— Não é sobre zumbis, é sobre os vivos — disse Joshua.

— Mas vivos não fazem nada na sua história — disse Bega. — Eles só ficam matando uma porrada de zumbis. Bom dos zumbis é que você pode matar milhões que ninguém se importa. Você só atira e eles explodem, ninguém se importa. É para americanos se sentirem melhor por matar à vontade.

— Eles são tipo terroristas — disse Dillon.

— Talvez seu herói se importe com um zumbi — sugeriu Bega.

— Talvez ele tente salvar sua esposa ou algo assim.

— Tem aquela família que o major Klopstock encontrou — disse Joshua. — Ele quer salvá-los.

— O nome Klopstock é uma má ideia, eu garanto a você — disse Graham. — Ele pode ter um nome judeu, mas poderia pelo menos ser major Abraão, major Davi ou algo do gênero? Na verdade, major Davi é muito bom, como em Davi contra Golias. Licença para um tapinha nas costas!

Ele alcançou o ponto entre suas omoplatas. Um dia a sua articulação ia arrebentar.

— Gosto de major Moisés — disse Dillon. — Ele os leva para a terra prometida.

— Eu não quero nomes bíblicos. Prefiro major Klopstock. Não significa nada. Nem acho que seja particularmente judeu. Ele é apenas um cara comum com um nome comum — disse Joshua.

— Eu não acho que Klopstock seja um nome comum, só se for no Brooklyn — disse Graham.

— Onde está tristeza? — perguntou Bega. — Ele vive num mundo totalmente destruído. Ele perdeu família. Perdeu sua casa, sua cidade. Por que não está triste?

— Ele está muito triste — disse Joshua. — Ele só não tem tempo para parar e refletir sobre isso. A tristeza virá depois que ele sobreviver.

– Foda-se a tristeza, os filmes não têm de ser sobre gente triste – disse Graham, a mão vermelha de excitação excessiva emergindo em sua testa. – Podem ver em qualquer lugar à sua volta, tristeza nenhuma. Os americanos são pessoas orgulhosas, mas não somos tristes. Ficamos ou profundamente deprimidos ou insanamente felizes. De qualquer modo, não nos importamos de ver o sofrimento alheio. O que queremos ver é como superar as merdas. Nós devemos superar! Superar as merdas! Esse tipo de coisa.

– Mas como você supera a morte? – Bega estava ficando aflito. – É por isso que você tem zumbis. Eles já estão um pouco mortos, então, quando você mata eles, você mata a morte.

– Acho que a morte faz parte da vida – disse Dillon.

– Isso é muito depressivo – disse Graham. – Quem vai assistir a um filme tão depressivo assim? Você tem de arrumar um vencedor aí, Sr. Levin. Não o gentil major Chickenstock, mas alguém que faça escolhas difíceis e parta pra matar se for preciso. As pessoas são perdedoras, então elas se identificam com o vencedor.

– Mas isso não é real – disse Bega.

– O real é pra bichinhas. – Graham se enfureceu, balançando. – As pessoas querem uma coisa melhor do que o real. Já tenho real demais no trabalho, onde meu chefe está me fodendo. Ou em casa, onde meus filhos reais estão realmente gritando até estourar a minha cabeça real. Se você quiser mais real do que isso, vá morar no Iraque. Lá eles têm real pra caralho. Têm tanto real que passam o dia inteiro explodindo uns aos outros.

– Eu não me importo se é real ou irreal – disse Joshua. – Eu só quero contar uma história.

– Exatamente – disse Graham. – Conte a porra da história.

EXT. UMA RUA EM CHICAGO – DIA

O major Klopstock abre os olhos e vê um bando de zumbis o cercando, GRUNHINDO e UIVANDO. Alguns deles são crianças de uniforme escolar rasgado e ensanguentado. O círculo se fecha quando os zumbis avançam. Ele tem uma calibre 12 na mão, um saco pesado no ombro. Os zumbis cambaleiam para a frente para pegá-lo. Ele estoura alguns cérebros zumbis, criando uma abertura no círculo, grande o suficiente para escapar. Ele avança pela abertura, atirando na cabeça de mais alguns. Empurra as crianças zumbis para poder passar, atirando sem parar enquanto elas caem no chão. Ele destrói todos eles, mas quando começa a relaxar, uma das crianças zumbis caídas no chão agarra seu tornozelo e tenta mordê-lo. O major K arranca a cabeça da criança com uma bala, depois limpa a sujeira das botas no uniforme escolar.

MAJOR K
Que menino mau!

A Sears Tower assoma no horizonte. Um pouco acima dela, um helicóptero circula. O topo da torre explode.

A sala de aula no porão estava vazia, exceto por um ligeiro aroma fúngico e as fileiras de cadeiras desalinhadas. *Think, thought, thinker, thoughtful, thoughtless,* lia-se no quadro-negro, escrito por outro professor de inglês para confundir os alunos de sua turma. Uma família de palavras: *think* e *thought,* crianças mimadas brigando; *thinker,* o tio bêbado fazendo sabe-lá-o-quê no quartinho do andar de cima; *thoughtful,* e *thoughtless* os pais divorciados.

E Bernie com um maldito câncer de próstata. *Prostata dura como pedra. Hello cancer.* Joshua tinha respondido a mensagem do pai: *Que merda! Lamento!* Era isso. *Que merda* e *Lamento,* o Gordo e o Magro da empatia filial. O que mais poderia dizer? O que havia para dizer? Ele ia encontrar algo para dizer e então ligaria para Bernie e diria. Agora, porém, tinha que se preparar para a aula.

Ana o assustou ao se materializar com botas pretas de cano longo, uma saia vermelha até os joelhos e uma camisa estampada de nuvens. Ela parou a uma certa distância, como que para deixar que ele assimilasse sua bela aparição.

– Eu estou com sua carteira – disse ela. – Eu achei.

Joshua esperou que ela tirasse a carteira de sua bolsa. Seus cartões foram cancelados, mas ele estava sem carteira de motorista, sem ID do PRT Institute, sem cartão perfurado da loja de vinhos faltando ainda três compras para poder ganhar uma garrafa grátis. **Ideia de roteiro 88**: *Um americano é agredido a coronhadas. Quando acorda, descobre que foi confundido com um imigrante ilegal e deportado para o México. Ele precisa encontrar um jeito de voltar para casa. Gangues de drogas, deserto, patrulhas fronteiriças, aventuras, Conchita, a imigrante ilegalmente sedutora. Título:* O coiote gringo.

Mas ela não abriu a bolsa. Em vez disso, largou-a em sua cadeira e foi na direção dele até as coxas dos dois estarem tocando as bordas opostas da mesa.

– Obrigado – disse Joshua. – Muito obrigado.

Eles se encararam de cada lado da mesa como se prestes a começar um dueto de ópera.

– Eu não estou com ela agora – disse ela. – Está na minha casa. Esko encontrou.

Havia um espaço para perguntas sensatas – "Por que você não trouxe a carteira?", ou "Por que você não retornou a minha ligação?" –, mas Joshua decidiu não entrar nele. Ela desviou os olhos, e ele percebeu que ela não estava lhe contando tudo. Sua bolsa era de couro falso; estava caída na cadeira como um coração murcho, e tão cheio de segredos. Ana, a imigrante misteriosa.

– Muito obrigado – Joshua disse. Ela segurou o próprio cotovelo como John Wayne no final de *Rastros de ódio*. Ele imaginou tocá-la com a ponta dos dedos subindo pelo seu braço até o bíceps e depois indo mais fundo nos vastos prados perfumados do seu corpo.

– Devo dar a você primeiro – disse ela. – E então você me teve.

Joshua estava agora encostado na mesa, que se arrastou na direção dela dois centímetros, com um guincho.

– Você quis dizer "Você me deve" – disse Joshua. – Eu já devo. Devo a você.

– Você me deve, sim – ela disse, com um sorriso. Como descrever aqueles lábios? Eles eram muito mais do que cheios, muito mais do que grossos. Os lábios, como as nuvens, nos forçam a um clichê. Todos os lábios e nuvens do mundo já haviam sido descritos.

– Pensarei numa forma – disse Joshua – de retribuir sua gentileza.

O capitão Ponomarenko recostou-se na sua cadeira junto à parede e fechou os olhos com desprezo. A aula parecia interminável e desprovida de significado ou propósito, como um filme de Spielberg. Joshua continuou apontando para o esquema de conjugação no quadro-negro, forçando os alunos a apresentar seus próprios exemplos ridículos. *"By the time I am sixty-five, I will have lived for very long time"*, Ana disse e lambeu os lábios. A mesa havia se movido entre eles, como se o desejo dele tivesse propriedades telecinéticas. "Lindo, Ana", Joshua disse, exagerando no elogio. *Você me teve*, ela disse. Era possível que ela soubesse o que estava dizendo; era possível que fosse uma oferta. O capitão Panaca, sempre sintonizado com a fragilidade de seu inimigo, perguntou, sem abrir os olhos: "Professor Josh, talvez podemos voltar pra casa mais cedo?"

Ele cedeu ao capitão P sem nem mesmo fingir que estava pensando no assunto, sem passar nenhum dever de casa, o que nunca aconteceu antes. Quando o mundo acabar, tudo já terá acontecido; nada mais acontecerá. Em pouco tempo, ficaremos sem acontecimentos, e depois não haverá nada além de estarmos no vazio. Ele pegou os papéis da mesa em câmera lenta, queria poder olhar furtivamente os joelhos de Ana, as botas de Ana e sua saia, queria olhar o braço, a pulseira de pingentes e seus longos dedos de pianista. O nó estava ali, duro, pronto para sufocá-lo.

Quando ergueu os olhos, Ana estava fechando a porta, impedindo todas as rotas de fuga. Ela ficou na frente dele, a respiração acelerada.

– Meu coração mate muito – disse ela.

– Bate.

– Meu coração bate, professor Josh.

– Joshua – sussurrou Joshua, mas só porque todo o ar desaparecera de sua traqueia.

– Joshua – repetiu ela. – Você quer tocar nele? – Ela pegou a mão dele e colocou-a em seu peito esquerdo. Ele pôde sentir o seu coração em algum lugar debaixo do desenho de nuvens; ela estava viva. Ele mergulhou a boca na curva do seu pescoço e puxou-a trôpego para o mapa de Israel. Seus corpos sabiam o que fazer naquela situação, como sabiam caminhar ou abrir uma porta: a mão dele correu habilmente por baixo da blusa; ela colocou a língua na sua boca, mais além da sobremordida; ele salivou; Ana levou a mão de dedos longos à virilha protuberante, erguendo a pélvis para ele, seus movimentos determinados e luxuriosos, seus cabelos se esfregando no mar da Galileia. O nó agora latejava na cabeça dele, exterminando toda a família estendida da palavra *think*.

Mas quando Joshua começou a tirar sua calcinha, e estava prestes a tocar seu notável clitóris, ela agarrou seu pulso para detê-lo.

– O que você está fazendo? – Joshua gemeu, curvando-se para aliviar a dor da severa ereção.

– É loucura. Nós somos loucos – ela disse. – Esko está me esperando.

– Eu não quero saber de Esko! – disse Joshua. – Por favor, não fale de Esko.

Agora ele podia ouvir os alunos passando pelos corredores, o ruído de um universo remoto. Ela puxou a calcinha para cima, endireitou a saia, ajeitou o sutiã, abotoou a camisa e arrumou os cabelos. A forma como as mulheres se restauravam era algo que sempre hipnotizara Joshua: o cuidado, a paciência, o propósito claro. Ana o fez com um autocontrole e serenidade que estavam muito além do pânico e da compreensão de Joshua.

– Quando eu me divorciar dele – Ana disse. – Eu não o terei amado por muito tempo.

Ela deu um leve beijo em sua testa e saiu da sala, de volta ao mundo invadido por Ponomarenkos e os de sua laia. Ano que vem na maldita Jerusalém! O mapa de Israel, vagamente vaginal como era, fazia pouco sentido: os ângulos agudos, os arabescos e as linhas retas que se supunha ser as fronteiras. Nada disso fazia sentido. Quantos mundos poderia haver no mundo? Quantos mundos o cretino cósmico havia criado gratuitamente? A ereção de Joshua doía; ele considerou a possibilidade de aliviar-se ali mesmo.

Mas não o fez – a vitória temporária da razão foi uma derrota do corpo. O desejo reprimido transformou-se em uma tensão na virilha e uma dor no saco, um augúrio sinistro de muitos problemas de próstata. O arrependimento e a vergonha não demoraram a aparecer, assim que os níveis de adrenalina caíram, assim que se lembrou de que Bernie nunca havia navegado nas águas de Israel, assim que o beco sem saída de tudo ficou evidente, assim que ele viu a porta se fechar atrás de Ana.

Na corda bamba entre a excitação e o desespero, Joshua cruzou seu abismo interior para chegar ao Westmoreland, que ele reconheceu apenas quando estava passando o cadeado na sua bicicleta na frente do bar. Bega estava lá, ainda com sua camiseta *Fuck*, empoleirado numa banqueta, combinando tão naturalmente com a paisagem da espelunca que parecia parte da mobília. Desta vez, ele arrumava as garrafas de cerveja sobre o balcão em grupos de três, talvez para contá-las melhor – havia doze. Ele não se surpreendeu ao ver Joshua, nem ficou particularmente feliz. Combinando também com as circunstâncias perpétuas do Westmoreland, havia um grande relógio parado acima do espelho atrás do bar. Paco estava outra vez vendo uma partida de beisebol, e, de algum modo, se deu conta da presença de Joshua sem precisar olhar para ele. Seu bócio parecia um pouco maior e mais vermelho do que alguns dias atrás. Podia ser efeito da luz, ou quem sabe o tumor estivesse crescendo rapidamente.

– Por que ele não tira essa coisa? – Joshua sussurrou para Bega enquanto Paco atendia dois universitários da Northwestern que deviam estar se aventurando na cidade em busca de uma diversão imbecil qualquer. De braços grossos, ambos usavam bonés de beisebol com a aba para trás, o mais indicado para anunciar ao mundo sua ambição por festas, bermudas e chinelos de dedo no início de abril, o mês não era cruel o suficiente para eles.

– Que coisa? – perguntou Bega.

– Esse papo no pescoço dele. O bócio.

– Bócio. Palavra estranha. E como é em inglês? – Bega quis saber.

– *Goiter*.

Quando Paco serviu dois drinques de gelatina aos garotos da fraternidade, Bega olhou para o seu bócio como se nunca o tivesse visto antes.

– *Goiter*. É uma boa palavra – disse Bega. – É uma palavra judaica?

– Palavra judaica? Você quer dizer iídiche? Não, não é uma palavra iídiche.

Na verdade, Joshua não tinha a menor ideia. Joshua herdou quase nada do iídiche de seus veneráveis ancestrais, apenas as palavras já incorporadas à língua inglesa, *mensch*, *schmuck* etc. A protuberância de Paco poderia muito bem ser um *goyter*. O que significaria *goyter* em iídiche? Alguém fingindo ser gói? Nana Elsa costumava amaldiçoar o seu *goyrl* – seu destino. Talvez *goyter* fosse o noivo sinistro de *goyrl*. Ou seria a palavra para tumor, no qual a próstata de Bernie estava se transformando?

– *Goiter* – disse Bega, saboreando a palavra.

Os garotos da fraternidade beberam os drinques de um gole só, depois bateram os copos no balcão teatralmente, como se tivessem acabado de realizar um raro ato de bravura. Paco serviu-lhes outra rodada. Um dia, esses garotos de ombros largos estarão administrando fundos mútuos, votando lealmente nos republicanos e apoiando guerras no exterior enquanto assistem aos jogos de futebol com as mãos enfiadas nas calças de moletom.

– *Goiter*. – Bega rolou a palavra na língua como um sommelier.

– Eu acabei de me agarrar com a Ana – Joshua disse do nada, surpreendendo-se em seguida. Pode ser que ele estivesse esperando que Bega, um representante eleito de todos os bósnios residentes naquele universo particular, o entendesse e perdoasse de uma só tacada, eliminando assim, rapidamente, a sua culpa no nascedouro; ou talvez ele quisesse que Bega parasse de falar *"goiter"*.

– Tenho certeza que ela está morrendo de vontade de trepar com você – Bega reagiu com partes iguais de fastio e admiração. – Meus sinceros parabéns!

– Não estou interessado – disse Josh. – Ela é minha aluna. E eu tenho namorada.

– Claro que sim, Josh. Mas isso não é problema se você fizer tudo direito – Bega continuou. – Ele é segundo marido dela, mas você deve ter cuidado. Esko ficou meio maluco na guerra, agora está meio fodido da cabeça.

– Eu não quero pensar em Esko.

— Claro que não – disse Bega. – Ele bebe muito. E não se dá bem com sua enteada.

— Enteada? A garota não é filha dele?

— Não. Pai dela morreu na guerra.

— Como você conhece eles?– Joshua perguntou. *Eles*, ele disse.

— Oh, Bósnia é mundo pequeno. Eu conheço muitos bósnios – Bega disse e piscou. – Alguns mais do que outros.

O que significava aquela piscadela? Ele conhecia como?

— Ela está com a minha carteira – disse Joshua. – Perdi na festa.

Bega terminou sua cerveja. – Bócio *Goiter* – disse ele.

— O quê?

Bega levantou a mão para chamar Paco para outra rodada. O que eles faziam no Westmoreland era mais do que apenas beber; eles também desejavam a atenção de Paco. Era por isso que outras pessoas frequentavam templos sagrados. Paco, por sua vez, era impermeável às orações de seus clientes, sempre olhando para a TV como para um corpo celeste. Devia haver um lugar no mundo onde houvesse monges servindo como bartenders, comungando com os espíritos, preparando martínis para nos ajudar a transcender nossa consciência e cair de cara na iluminação.

— Olha, eu vou te dar conselho de graça: nunca, nem mesmo se te torturarem, você deve contar isso para sua namorada – disse Bega. – Se ela aparecer com vídeo de você fazendo sexo com Ana, você olha sua namorada nos olhos e diz: "Não sou eu!". Nunca culpado, sempre inocente.

— Eu apenas me deixei levar pela empolgação. Foi um erro. Não tenho intenção de fazer sexo com Ana – disse Joshua. – De jeito nenhum.

— De jeito nenhum?

— De jeito nenhum. Ela tem uma filha adolescente.

– É, tem.

Os garotos da fraternidade estavam dando um *high-five*. Pareciam exatamente como os de que Joshua se lembrava de seus tempos de faculdade: a mesma arrogância adquirida nos treinos de futebol torturantes; a mesma pele sem máculas e corpos bem constituídos; os mesmos olhos vitoriosamente brilhantes; a mesma confiança inabalável no advento do futuro acolhedor. Deve haver uma cena em *Guerras zumbi*, onde garotos de fraternidade presunçosos são esquartejados pelos mortos-vivos. Paco enfim apareceu para atendê-los.

– Vinho tinto – disse Joshua.

– Sem essa – disse Bega, comendo o bócio com os olhos. – Traz Jack Daniel's com gelo. Ele é homem de verdade agora.

Joshua estava ocupado demais examinando o bócio para objetar. O bócio soaria perfeitamente como *goyter*. Parecia um *goyter*. Bernie costumava falar um arremedo de iídiche. Joshua devia aprender iídiche. Quando tiver 65 anos, terei escrito roteiros improdutivos em um iídiche indizível. Bega também estava fixado no *goyter*.

– O que vocês estão olhando? – perguntou Paco, invocado.

– Bócio – disse Bega. – Estamos olhando para o seu bócio. Por que você não tira isso?

– Tirar isso? – disse Paco. – É onde eu guardo minha cabeça sobressalente.

Os Jacks do Westmoreland deveriam ter tornado a experiência com Ana tão distante quanto uma batalha medieval, ainda assim Joshua passou grande parte de sua volta para casa (lar?) procurando a forma exata de expressar o sabor e a textura dos lábios dela: alcaçuz vermelho?, sashimi de atum?, uma bola morna de mochi recheado com feijão azuki? Estava tudo errado (por que só comida vem à mente?). Não conseguia se lembrar direito da sensação, porque suas mãos estavam ocupadas demais explorando a pele e a virilha dela. Ele deveria ter prestado mais atenção aos lábios – o estúpido hábito adolescente de sempre ir para as bases mais profundas. Abriu a porta da frente como um ladrão, esperando que, se Kimiko estivesse suficientemente tranquilizada pela televisão noturna, ele poderia enfiar-se na cama para que Ana e seus lábios já estivessem pela manhã dissolvidos em um passado sereno.

Mas Kimmy não estava tranquilizada: uma garrafa de um vinho chileno pavoroso estava na mesa da sala de jantar, uma suíte de violoncelo de Bach soava pelo ar, uma vela acesa exalava essência de lavanda e algum animal morto cheirava apetitosamente no forno. Troca de ideias à vista.

– Eu gostaria de conversar com você, Jo – disse Kimiko, oferecendo um lugar na mesa como se fosse o banco das testemunhas. Ela encheu o copo dele de vinho, colocou apenas um terço para si mesma, e uma flecha de medo entrou no peito dele vibrando por um tempo: e se estivesse grávida e anunciaria isso agora? Ela se sentou de frente para ele; na contraluz, ele podia ver a aura de eletricidade de seus cabelos penteados. Implorava a Kimmy para deixá-lo observá-la penteando seus longos cabelos, mas ela nunca o deixava chegar perto, sempre a imperatriz de seus domínios.

– Eu estive pensando – Kimmy disse – e perguntando: como é que eu nunca li nada do que você escreveu?

Joshua engoliu metade de seu copo. Interessante: um toque de protetor labial, aroma de ginger ale, sensação final de pelo de gato. Ele não se lembrava da última vez em que realmente apreciou um vinho. Talvez seu olfato estivesse mudando; talvez seu corpo estivesse mudando; talvez uma célula maligna já tivesse nascido na virilha.

– Bem – ele disse. – Eu nunca pensei que você gostaria de ler meus roteiros. De qualquer forma, a maior parte deles não está pronta. Roteiros mudam constantemente. Nenhuma pessoa viva já terminou um roteiro.

A verdade era que ele se sentia muito envergonhado de mostrar-lhe qualquer coisa, temendo que ela – que penteava os cabelos na privacidade, que questionava diariamente seus pequenos pacientes – reconheceria de imediato a bobagem absurda de, digamos, *O navio condenado*, que conta a história de um assassino fugitivo que embarca num navio para um cruzeiro no Caribe e acaba sendo reconhecido por Honey, a viúva de um policial que ele tinha matado. Tudo isso nas trinta páginas que havia escrito antes de, sabiamente, desistir. Desejava impressioná-la, mostrar-lhe que podia pensar *com* pensamentos.

– Eu não estou repreendendo você – Kimmy disse. – Eu entendo que ambos precisamos de espaço. Isso é ótimo. Mas eu de fato me importo com o que você faz, com você.

Ela fora da equipe de tiro com arco na faculdade; uma vez, chegou a participar de uma Olimpíada. Podia prender o cabelo num coque no alto da cabeça que nunca notaria quando ele se desfizesse. Corria meia maratona só para se divertir; podia correr maratonas sempre que quisesse. Ele bebeu o resto do vinho. A porta da cabine do medo escancarou.

– Essa situação – disse Kimmy, fazendo um semicírculo com o braço como se tudo em volta deles constituísse indisputavelmente a *situação* – poderia ser uma chance de levarmos o nosso relacionamento para um novo nível.

A parte de Joshua que não estava intimidada queria lhe perguntar se os anéis penianos e as algemas costumavam ser empregados no novo nível. Mas exatamente esta parte dele havia acabado de se soltar com Ana, e depois ele passara um bom tempo dolorido com uma ereção severa e mais um tempo extra sentindo-se culpado por tudo. Bushy entrou na sala e abruptamente rolou de costas para supervisionar as negociações do chão.

Seu contrato de locação acabaria no mês seguinte, disse Kimmy, e eles poderiam assinar um novo contrato juntos. Dividiriam o aluguel, e ele pagaria a ela metade do depósito que ela já saldara, e *esta* – ela fez outro semicírculo demonstrativo e o vinho girou novamente dentro do seu copo – seria a casa em que eles viveriam juntos. Os movimentos rotatórios eram totalmente desorientadores, como se ela estivesse manobrando para hipnotizá-lo.

Ele colocou a ponta do dedo indicador nos lábios, em um gesto de séria reflexão, e sentiu o cheiro da pele de Ana ainda ali. Kimmy notou seu copo vazio e colocou a boca da garrafa sobre ele para que Joshua aprovasse o reabastecimento. Joshua admirava a determinação dela, sua capacidade de ser perpetuamente orientada para uma meta – ela era tudo o que ele não era, inclua-se uma mulher inteligente. Se houvesse algo como um manual de instruções de autoaperfeiçoamento perfeito, teria sido aprovada em cada item da lista. Ela estava a um passo da autorrealização.

– Eu não quero mudar nada – disse ela. – Só quero mais.

Joshua assentiu, e ela esvaziou a garrafa em seu copo. Qualquer animal que estivesse no forno já devia ter atingido os estágios iniciais da incineração. Ele sempre achou que ela sabia mais do que ele simplesmente por ser menos desorganizada; acreditava que ela devia ver nele algo a que ele não tinha acesso. Talvez fosse de sua rudimentaridade que ela gostava – ele não estava pronto, era incompleto: um Joshua sem Joshua, um pensador sem pensamentos. Mas se ela não sabia ver que ele estava bêbado depois de ter se agarrado com outra mulher, se não conseguia ver a lama da luxúria no fundo de seus olhos vermelhos de álcool, então ela não conseguiria prever as formas que ele assumiria depois de completo.

O que significava que a Srta. Perfeição não era perfeita, e Joshua tinha uma chance razoável. Eles poderiam, então, talvez, conseguir passar para o próximo nível no jogo do relacionamento, o anel peniano sendo o objeto transicional desta vez. Ele teria de ser responsável e produtivo, ela teria de ser complacente e compreensiva; eles poderiam manter seus segredos e trabalhar nos aspectos práticos da vida em comum. Ana permaneceria obscura no antes, enquanto no depois, ele e Kimmy estariam progredindo para os domínios pacíficos do compromisso adulto, cujos moradores liam regularmente o *New York Times* aos domingos antes de um brunch com amigos e, se fosse o caso, cuidariam um do outro durante as fases sofridas da quimioterapia. Ali estava Joshua, então, na boca da cabine do medo; ele poderia recuar ou entrar. Ofereceu seu copo para um tim-tim e ela tocou-o com o dela.

Joshua seguiu Kimmy lá para cima e colocou o copo de vinho no criado-mudo. Mas ele não conseguiu beber mais, pois ela o algemou habilmente nas colunas da cama e depois montou. Ela mordeu os seus mamilos, chupou seu pau enquanto o dedava para fazer cócegas na próstata – felizmente liquidando a célula maligna – e parando assim que interpretou o estremecimento de Joshua como o precursor da ejaculação. Ela ignorou as algemas que cortavam os pulsos dele. Não emitiu uma palavra; depois de gozar, ela fechou os olhos e fechados ficaram. Bushy, perversamente enrolado sobre a cômoda, ficou lambendo o próprio traseiro durante toda a sessão.

Ideia de roteiro 69: *Um astro pornô S&M se apaixona por uma doce professora de poesia. Quando ela é sequestrada por uma fã ciumenta, ele precisa não só salvá-la, como também contar a verdade sobre sua vida. Acontece que ela adora dominar. Título:* As correntes do amor.

EXT. PÍER DA MARINHA – NOITE

Escoltada por soldados com óculos de visão noturna, uma coluna de sete prisioneiros entra cambaleando no desolado Píer da Marinha. As cabeças dos prisioneiros estão cobertas por capuzes pretos. Navios de cruzeiro abandonados, a roda-gigante partida ao meio. Os únicos sons são das ONDAS, dos UIVOS dos navios vazios e do CHORO sob os capuzes. Os soldados têm armas poderosas, mas mantêm os prisioneiros em fila com cassetetes elétricos, que produzem faíscas e fazem os corpos se crisparem. Eles estão enfileirados na beira do píer, de frente para a água. Um dos prisioneiros tenta fugir do bando, mas é cutucado com o cassetete de volta à fila. Cada um dos soldados aponta uma arma para uma cabeça encapuzada.

PRISIONEIRO
(com um sotaque estrangeiro)
Eu não estou morto! Eu não estou morto!

Os soldados disparam. As luzes das armas iluminam os capuzes que explodem.

SOLDADO

Agora está!

Os soldados riem quando os corpos se ESTATELAM na água. No horizonte, manchas negras do amanhecer. Todo o centro de Chicago cintila com as piras incinerando corpos de zumbis.

A mulher do outro lado da Clark tinha a silhueta de Ana, seu andar. Joshua quase foi atropelado por um carro ao atravessar a rua para ir atrás dela. Não tinha certeza de que fosse Ana – o cabelo era diferente, não tingido e mais comprido, mas ainda assim ficou ali para observar os quadris da mulher balançar: ela usava saia justa e botas. Se fosse Ana, milagrosamente transformada, ele se aproximaria por trás, taparia seus olhos com as mãos e a faria adivinhar quem era. Mas quando a mulher se virou e expôs todas as suas dissimilitudes incontestáveis, Joshua, como um stalker experiente, escapuliu para dentro da Coffee Shoppe. Precisava de um café, decidiu.

Café na mão, ele tentou passar sorrateiramente pela porta de Stagger, brasonada com uma placa *Somente torcedores dos Cubs*. Mas a porta abriu no instante em que o primeiro degrau rangeu e o som do Guns N'Roses inundou Joshua. Stagger emergiu de peito nu, todos os tendões, ossos e músculos em exposição elaborada; ele tinha o corpo de um maratonista junkie. O rabo de cavalo afrouxado deixava seu rosto entre parênteses de fios de cabelo, raiados de grisalho aqui e ali. Tinha dois piercings brilhantes atravessando os mamilos, e, entre eles, a tatuagem de uma cobra cuja ponta da cauda tocava seu umbigo. Em algum lugar dentro de seus domínios, ele sem dúvida deveria ter um baú cheio de anéis penianos, algemas e muitas outras coisas inimagináveis. Joshua subiu sem pressa o próximo degrau rangente. Estava assustado com Stagger e com aquela intensidade de mamilos perfurados, mas não queria parecer um covarde e subir correndo.

— Você gostaria de entrar? — disse Stagger, com uma voz que só ele poderia achar sedutora. — Podemos sair, tomar umas cervejas.

— Essa não, Stagger — disse Joshua, sem olhar para Stagger. — Meu Deus!

— Deixe Deus fora disso — disse Stagger. — Eu te peço encarecidamente. — Ele recuou para o seu apartamento escuro e fechou a porta. Aliviado, Joshua subiu as escadas através de uma maré de rangidos, ouvindo o que soava como garrafas sendo quebradas ao ritmo de "Paradise City". O problema não era tanto o barulho que Stagger continuava fazendo. Quantas garrafas para quebrar ele devia ter naquele apartamento? Cada pequeno castelo no reino da Chicagolândia inclui uma TV, uma geladeira e engradados empilhados de insanidade refinada.

As costas de Joshua estavam tensas, sua lombar alongada até o ponto da dor, os ombros doloridos do peso dos últimos dois dias. Uma sensação de corda no pescoço, esticando-o, proporcionando alívio enquanto ele pendia do teto, emergiu em sua mente. Ele olhou para cima para ver se havia um gancho no teto das escadas onde um cinto poderia ser preso, mas não havia nenhum.

Seu apartamento estava exatamente do jeito que havia deixado: bolas de pó cinzentas patrulhando os cantos; o piso do banheiro grudento de urina; o quadro de caça torto, a raposa descendo a colina. Os livros estavam nas prateleiras; as duas cadeiras de frente para a mesa como crianças repreendidas; as tigelas de cereal não lavadas ainda não lavadas; os sinos de vento orientais sem tocar orientalmente. Como tudo era estável quando ele não estava lá! Tudo permanecia em seu lugar até que ele mexesse. A não ser que Stagger assombrasse a casa em sua ausência, bagunçando suas coisas e depois colocando-as exatamente no lugar onde estavam.

Kimiko tinha visitado sua casa (lar?) apenas uma ou duas vezes. Ela não conseguia suportar a cortina do boxe mofada, as famílias de baratas passando férias na cozinha, o ranço flatulento do solteirismo que impregnava tudo. No começo, ela pode tê-la achado exótica – um sintoma cativante da juventude prolongada de Jo, talvez; um ponto reconhecível na trajetória daquele pequeno paciente, algo que ela poderia trabalhar. Tornou-se óbvio em pouco tempo que ela não conseguia se excitar dentro das paredes daquela réplica distópica de dormitório. Joshua não insistira; ele se contentara em passar as noites (e muitos longos dias) na casa dela. Dessa forma, podia exercitar-se como adulto e ainda conservar um túnel de escape para sua adolescência prolongada, onde poderia desfrutar sua confortável estase. O homem chega num ponto da vida em que o imutável torna-se uma questão de orgulho; os hábitos e os remanescentes da juventude são então guardados no museu do eu.

Quando Kimmy viajava para uma conferência em Orlando ou para ficar em algum hotel com Enrique, Joshua passava os dias escrevendo em seu próprio apartamento, saindo apenas para trabalhar e alugar filmes. Quando era um adolescente de fato, com Janet tirando as melhores notas na faculdade e seus pais ainda casados fugindo frequentemente para o Michigan para um fim de semana com os Blunt, ele gostava de ficar em casa sozinho. Não saía, não convidava seus amigos para visitá-lo, não lavava a louça nem tomava banho – apenas lia, bebia, via uns filmes e se masturbava. Era o comunismo de solteiro: produzindo segundo sua capacidade, consumindo segundo suas necessidades, mas sem a comuna para encher o saco. Nas noites de sábado, ele chegava à utopia do abandono, um aprazível vazio que erradicava o mundo exterior e todas as suas complicações desagradáveis. Ele só limparia a casa poucas horas antes do regresso dos pais. Pelo menos uma vez, o mundo exterior entrou inesperadamente sem pedir licença. Era Bernie, voltando antes da hora, flagrando-o nu e profundamente concentrado em pornografia. Meses de terapia indulgente se seguiram.

Devia ligar de novo para Bernie, reconheceu Joshua. Se ligasse agora, não mencionaria sua próstata; diria apenas que iria morar com Kimmy; isso o deixaria feliz, talvez o ajudasse a esquecer um pouco de seu câncer. Mas, novamente, Bernie era enfadonho, mesmo quando não estava com medo de morrer. Além disso, o que Joshua poderia dizer a ele? Que tudo ficaria bem? Talvez fosse melhor telefonar para Connie e contar a ela do bócio de próstata de seu pai, talvez ela tivesse suficiente piedade de Bernie para cuidar dele. Ou ele poderia ligar para Janet, ela saberia o que fazer.

Joshua largou o café e endireitou o quadro de caça à raposa. Não havia nenhum sentido em limpar aquela sujeira. Um homem melhor daria adeus àquela desordem, àquela vida de entropia. Era hora, talvez, de se juntar plenamente ao mundo adulto, assumir responsabilidades, ajudar seu pai na dificuldade, ser digno de uma mulher adulta. O fato era que havia pouca coisa que quisesse daquela casa (lar? não!), exceto talvez algumas cuecas limpas. Se de alguma forma tudo se incendiasse, ele não teria nenhum sentimento de perda; pelo contrário, seria uma espécie de purgação. O grande ciclo americano: a catástrofe provocando a reinvenção; a reinvenção resultando em mais catástrofe, e nós girando para o apocalipse e a redenção. **Ideia de roteiro 99**: *Uma caça à raposa do ponto de vista da raposa.*

No quarto de dormir, suas cuecas estavam lavadas e dobradas sobre a cama em uma pilha organizada e estranha. E ali, ao lado da pilha, estava Ana, de pernas cruzadas, os dedos em volta do joelho, balançando impacientemente o sapato na ponta do pé. Ela parecia estar esperando por ele há um longo tempo, maturando.

– Eu trouxe sua carteira – disse ela. – Sr. Stagger abriu porta para mim. Ele é engraçado.

– Engraçado não é a palavra certa – disse Joshua.

Ela usava uma blusa branca de mangas bufantes; havia manchas de chocolate no colarinho e no peito, mesmo nos punhos. A barra da saia batia nos joelhos; ele podia sentir o cheiro dela, sua excitação *anaudaciosa*. Ana abriu a bolsa e fuçou dentro dela até achar. A carteira estava diferente, como se tivesse envelhecido e se tornado arqueológica; Joshua lembrava da carteira como sendo leve, mas agora lançava sombras na escuridão do quarto. Ele a pegou e ficou segurando na mão, decidindo se deveria verificar se todos os seus cartões estavam ali. Ele agora podia provar novamente que era o seu eu legítimo, então decidiu mostrar que confiava nela. Stagger ainda estava destruindo "Paradise City" lá embaixo, mas ela ou não ouvia ou não se importava. Ou não estava acontecendo. E se ele fosse o único a ouvir, se tudo aquilo estivesse acontecendo só na sua cabeça?

– Veja se está tudo certo com carteira – disse ela. – Nunca confio no Esko.

O catálogo de cartões da sua vida: cartão da biblioteca, cartão da videolocadora, cartões de crédito, estourados no limite e agora cancelados; cartão perfurado da loja de vinhos; carteira de motorista – o rosto nela parecia apenas vagamente familiar, como se pertencesse a um primo mais jovem, com uma sobremordida sugerindo dificuldades de aprendizado. Não havia confusão, nenhum sinal de interioridade naquele rosto, nada que ele pudesse

associar às complexidades do seu eu de hoje. Eu salto como pedrinhas na superfície do tempo, até chegar à primeira terça-feira de minha nova vida.
— Ele não sabe que estou aqui — disse Ana. — Não se preocupe.
— Preocupar-me com o quê? — perguntou Joshua. Era uma pergunta absurda, tanto insuficiente como redundante. Ana sorriu e mordeu o lábio superior, como se quisesse impedir-se de responder. A carne dos seus lábios, a suavidade translúcida dos vincos. Estava muito escuro para ver, mas ele viu tudo. O seu pênis se agitou e começou a transmogrificar-se em outro plenamente desenvolvido.
— Estaríamos cometendo um erro terrível — disse Joshua.
— Paixão nunca é erro — disse ela. Ali estava ele em uma encruzilhada: poderia seguir aquela mulher, deixar que seu corpo respondesse a todos os estímulos dela; ou poderia honradamente afastar-se e voltar para Kimmy, que fizera coisas com ele na noite passada que ele gostaria de fazer novamente.
— Paixão já virou nome de marca — disse Joshua. Ele desviou-se de Ana para chegar ao closet. Procurou pela bolsa New Balance que costumava usar quando frequentava a academia.
— Você vai algum lugar? — ela perguntou.
— Estou me mudando, vou morar com minha namorada. — *Minha namorada.* Houve um tempo em que ele costumava mentir que tinha namorada. Mentiu para Jessica na faculdade, alegando que Jennifer tinha sido sua namorada, e depois mentiu para Jennifer dizendo que namorara Jessica. Ele se vangloriava com inúmeros colegas falando das coisas mais absurdas que sua namorada inexistente fazia com ele na cama. Na busca pelo respeito dos pais, falseava sua situação amorosa. Mesmo quando tinha namorada, sentia que estava mentindo. Talvez nenhum homem pudesse realmente dizer *minha namorada*, ou até *minha esposa*, sem no fundo

estar mentindo. Ainda assim, depois da noite que passaram de conversa olhos nos olhos, e mais tarde genitais nos genitais, era difícil negar que Kimmy tinha inquestionavelmente adquirido o status de sua namorada oficial.

– Que coisa boa – disse Ana. Ele não soube detectar se era sarcasmo ou tristeza em sua voz. – Eu terei ficado feliz por você.

– Obrigado – disse Joshua, esvaziando a gaveta de meias. Sentiu a mão de Ana na sua coxa, puxando-o para trás sem fazer a menor força. Ele largou a bolsa e sentou-se na cama ao lado dela. Certamente havia uma maneira de sair daquilo, mas ela pegou sua mão e examinou as luas de suas unhas, acariciando a parte inferior dos nós de seus dedos. A quebradeira de garrafas no andar de baixo parou, e Axl Rose calou a boca; Joshua apurou os ouvidos na expectativa de mais, porém tudo ficou quieto, como se Stagger estivesse esperando para ver o que aconteceria no andar de cima.

"Meu pai tem câncer de próstata", Joshua queria dizer, mas não disse. Agora tudo importava menos, mas também mais.

"By the time I'm sixty-five, I'll have lived for a very long time." Ela deslizou a perna sobre a dele e puxou-o para ela. As covinhas de Ana gostavam de aparecer exatamente no momento certo. Transtornado demais para olhar nos seus olhos, ele colocou a mão no seu joelho e levantou a saia. Ela não estava usando calcinha. Aquele que dá alimento a toda a carne, eterna é a Sua misericórdia.

Quando ela estava em cima dele, o ventilador de teto imóvel o distraiu. Havia um gancho ao lado dele, como se convenientemente instalado para o seu enforcamento. Ele fechou os olhos e ouviu pancadas vindas de baixo, ou Stagger estava batendo no teto para que eles soubessem que estava inteirado de tudo, ou estava tocando bateria nos móveis. *Eu não quero mudar nada. Só quero mais.* Ele se sentia pesado, os músculos carregados de excitação; fez o que tinha de fazer. Ana sussurrava obscenidades em bósnio no seu ouvido, empurrando-o mais para dentro, e cada vez mais fundo até a cabeça de seu pau bater nas paredes internas dela. Um homenzinho encurvado no espaço apertado de sua mente, detalhando o momento, como se coletasse provas de seu compromisso com aquela experiência: a umidade dela; o vaivém dos quadris dos dois; as cuecas espalhadas no chão; seu casaco pendurado no closet; a luminária de cabeceira aproximando-se da borda; o êxtase adulto de tudo. Ela espirrou quando estava gozando e ele realmente disse: "Deus te abençoe." E abençoada ela era.

Eles dividiram uma cueca limpa estampada de âncoras para se limparem. Ana se sentou para depositar seus seios no sutiã, trancando-os habilmente com o fecho. Nu e frio sob o lençol, Joshua acompanhava o cuidado e a facilidade com que ela retomava sua forma, esfregando as costas tolamente, como para encorajar-se. O desejo sempre sobrepuja o ato em si, assim como a lembrança dele. Seus seios pareciam maiores quando guardados do que quando estava nua. E agora?

— Temos de parar com isso — disse ele. — Você tem um marido.

— Eu não me importo com marido. Ele é bruto — disse ela, vestindo a blusa suja de chocolate.

— Eu tenho uma namorada — disse ele. — Que quer viver comigo.

— Eu tenho minha filha — disse ela. Ele arregaçou as mangas da blusa dela, porque não havia mais nada para fazer, e acariciou seu braço com os nós dos dedos. Ele gostava dela, percebeu. Pena que aquilo era a única coisa que eles podiam fazer. Ela se inclinou para beijá-lo. Seus lábios tinham um sabor bósnio, como o da comida que provara na festa dela. Cordeiro, talvez? Por um momento, não conseguiu reconhecer seu quarto, nem se lembrar do que havia fora dele. Tudo fora dos holofotes do agora é engolido pela escuridão de outro lugar.

– Eu não quero ser responsável pela infelicidade de sua filha – disse ele. Na verdade, ele não se importava tanto. Não se importara muito quando Rachel descobriu que Bernie tinha uma amante de peitões há anos – naquela época, era tarde demais para se importar. Quando ele finalmente conheceu Connie, pôde ver por que Bernie queria foder com ela todos os dias, o dia inteiro.

– Todo mundo tem infelicidade – disse Ana. – O que é vida sem infelicidade nenhuma?

– Uma vida sem infelicidade é uma vida feliz. É um cobertor quente – disse Joshua. – É isso que é. O que todos queremos.

– Não existe vida assim – disse Ana. Seus olhos eram absurdamente verdes; e havia o modo como seus lábios se uniam e se separavam ligeiramente para produzir o som de consoantes macias. – Ninguém tem vida assim.

– Alguém, em algum lugar, tem uma vida assim, mesmo que não seja você. Você tem de acreditar nisso. Isso é a busca da felicidade.

Ela não entendeu, mas estava acostumada a não entender o que se dizia em inglês. Ela se levantou e assomou diante dele. Era uma mulher corajosa. Era preciso coragem para sair de um lugar fodido e pegar um navio para a América. Era preciso coragem para fazer sexo com seu professor de inglês, para realizar seus desejos, aonde quer que a levassem. Joshua desejara muitas vezes, mas raramente levava a cabo seus desejos. Ele sempre esperava que o primeiro movimento partisse do objeto desejado. Ana ajeitou o cabelo, penteando-o com os dedos. Joshua adorava que fosse tingido, que não fosse real, adorava não saber a verdadeira cor do seu cabelo. Sendo diferente de si mesma, ela conseguia ser fiel a si mesma.

– Qual é a verdadeira cor do seu cabelo? – perguntou.

– Branco.

— Grisalho.
— Não. Branco.
— Nós dizemos cabelos grisalhos. Não cabelos brancos. Mesmo que sejam brancos.
— Nós. Nós quem? Você e sua namorada?
— Os americanos.

Todas as fantasias sexuais de Joshua tinham a ver com aquele primeiro movimento: as jovens que abrem as pernas no metrô para exibir o brilho de suas vaginas úmidas; as mulheres casadas de unhas pintadas passando a mão na parte interna de sua coxa, alisando do joelho ao pau, sentadas à mesa de jantar ao lado dos maridos inocentes; duas amigas bêbadas no elevador propondo um *ménage à trois* entre o quinto e o décimo andares. A coragem alheia era um afrodisíaco.

— Não podemos fazer isso, Ana. Eu não posso. Eu tenho uma namorada. Tenho problemas. Tenho de perseguir a minha felicidade.
— O que significa *perseguir*?
— Correr atrás.

Ela tirou o casaco do closet. O cabide girou e caiu; ela o pegou. Queria dizer-lhe que não importava: as coisas caem onde caem; as coisas acabam cuidando de si mesmas.

— Professor Josh, não tenha medo. Eu não terei contado para sua namorada. Eu entendo.
— Obrigado — disse Joshua. Ele esperou que ela dissesse algo mais, que o culpasse ou descartasse aquilo tudo como meramente sexo. Mas ela calçou os sapatos de salto alto e assim reassumiu completamente a forma que ele havia conhecido em sala de aula. Não havia ruído lá embaixo e uma bolha de esperança subiu para a superfície do presente: e se Stagger tivesse ido embora, do seu apartamento, do edifício, da vida de Joshua?

– Você sabe meu sobrenome? – Ana perguntou.

– Claro que sei. Você é aluna da minha turma – disse Joshua.

– Mas é difícil pronunciar.

– Mas esse é do meu marido. Você sabe meu verdadeiro sobrenome?

– Não – disse Joshua. Nunca lhe ocorreu que ela teve uma vida antes do que era agora.

– É Osim – disse ela. – Significa: "exceto".

– Exceto?

– Sim. Como em "todos, exceto eu". *Svi osim mene.*

Ela se inclinou para beijá-lo na testa. – Eu não vou mais a suas aulas. Quando você esquecer Ana Osim, terá vivido vida feliz. Com todos, exceto eu.

Ela saiu sem olhar para trás e fechou a porta. Surpreendeu-o o fato de não sentir arrependimento, nem perda. A estase foi imediatamente restaurada, mesmo com Joshua lá, o ventilador de teto com sua imobilidade perfeita. O gancho ainda estava lá, mas agora Joshua estava relaxado. Ele pegou uma cueca limpa do chão e vestiu. Volta, minha alma, ao teu repouso, pois o Senhor te recompensou.

No momento em que desceu o último degrau rangente, antes mesmo de tocar a maçaneta da portaria, a porta de Stagger abriu. Desta vez, Stagger vestia um roupão desamarrado, óculos minúsculos na ponte do nariz, como se estivesse apenas lendo poesia de letras miúdas. Em sua mão, no entanto, havia uma longa espada samurai. Havia cacos de vidro no chão até onde Joshua podia ver dentro de seu apartamento. Ele olhou para os pés de Stagger esperando que estivessem retalhados, mas ele usava um par de sandálias Crocs verde-rã.

– Como foi? – perguntou Stagger.
– Como foi o quê?
– Rolando na relva com Ana. Como foi? Bom? Parece que você tem algumas técnicas, Jonjo.
– Não é da sua conta.

Stagger cutucou a bolsa de Joshua com a ponta da espada, como para inspecioná-la. Joshua encostou-se na parede, acompanhando de perto a espada, agora entre a porta e ele. Estranhamente, ele não tinha medo – estava apenas passando pelos movimentos habituais do medo, como se ainda tivesse que aprender a viver sem ele.

– É da minha conta, sim, porque você estava trepando lá em cima – Stagger disse. – Tudo o que eu estava tentando fazer no meu humilde canto era desfrutar de uma música relaxante.

Ele se apoiou relaxadamente na espada como Fred Astaire em uma bengala.

– Você a deixou subir. Você deixou que ela entrasse no meu apartamento sem a minha permissão. Isso não era da sua conta.

– Eu estava apenas sendo seu amigo, Jonjo! Eu sou o tipo de cara que faria qualquer coisa pelos amigos.

– Você poderia guardar essa espada, por favor? – disse Joshua. – Está ridículo isso.

Stagger olhou para a espada em sua mão como se tivesse acabado de descobrir que ela estava lá, e gostou disso.

– Quer entrar? – perguntou Stagger. – Dar uma saidinha pruma cerveja?

– Você é um aborto da natureza, Stagger! Preciso ir agora.

– Eu sou um aborto da natureza? Olha quem está falando! Você não tem uma namorada? Uma tal de Kimiko Merda Casa? Por acaso ela está familiarizada com as suas técnicas?

Stagger então começou a jogar a espada para cima e depois pegá-la pela lâmina. Joshua já estava vendo a mão dele cortada, mas evidentemente Stagger tinha prática naquilo e fazia uma expressão como se dissesse: "Que tal?"

– Eu vou me mudar daqui – disse Joshua.

– Quando?

– Neste exato instante.

– Seu contrato ainda não acabou.

– Eu não me importo. Estou fora.

– Eu vou ter que ficar com o depósito.

– Fique com o maldito depósito. Aliás, fique com todas as minhas coisas. Vou mandar alguém vir aqui pegar os livros.

– Para com isso, Jonjo – disse Stagger, ainda segurando a espada pela lâmina. – Eu gosto de ter você por perto.

– Estou fora. Foi bom enquanto durou.

Stagger apertou a lâmina e um fio de sangue escorreu pela espada.

– Talvez você queira ter um lugar pra trepar na encolha com sua amiga, hein? Vou baixar o aluguel. Você pode dizer pra Kimiko Merda Casa que entregou o apartamento. Aqui poderia ser o refúgio dos pombinhos. Que tal?

– Acabou, Stagger – disse Joshua, empurrando-o para abrir a porta do prédio.

– Vamos beber umas cervejas e discutir isso como homens! – disse Stagger. Ele seguiu Joshua até a entrada do prédio e depois desceu os degraus. – Ei! Jonjo! Não vá! Eu sou seu amigo!

Por todo lugar, a primavera pousava com os pés de fada. Por todo lugar, árvores brotavam e davam folhas, o solo descongelava e minhocas se animavam, os cocôs de cachorro degelavam liberando o fedor pungente que trazia de volta a memória de primaveras passadas. Havia uma lufada de despertar mesmo em Chicago, onde o degelo de abril sempre chegava atrasado, onde o implacável inverno tornava o real mais agudo. Todos os seres vivos da Magnolia – árvores, esquilos, gente – pareciam envolvidos em alguma conversa secreta, preparando-se para as demandas do renascimento. Esta é a porta do Senhor, por onde os justos entrarão.

Assim que saiu dos sombrios domínios de Stagger, Joshua sentiu o peito encher-se de ar renovado. Ao expirar, não sentiu culpa. Nenhuma. Pela primeira vez, ele tinha acabado de trair sua namorada, que logo seria oficial; venceu sua covardia e cruzou a fronteira para uma Joshualândia diferente. E daqui a muitos anos, depois que a célula maligna tivesse evoluído para um bócio maduro, ele não teria arrependimentos por chances perdidas. A ausência de remorso era uma sensação nova e poderosa: o ar frio em seus pulmões, a ponta dos dedos formigando na alça da bolsa, o vapor da própria respiração lavando seu rosto. Isso era real, este Joshua renascido, para quem a realização no sexo era apenas um lembrete. Era como encontrar um quarto novo e grande na casa superlotada de si mesmo. Isso era liberdade. O Senhor dá alimento a toda carne, porque eterna é a Sua misericórdia.

Os ônibus paravam nos pontos; os pássaros voavam lá no alto sem despencar; as nuvens flutuavam como zepelins de merengue; as sirenes tocavam; as pessoas saíam da vida dele confiante e displicentemente, como extras de cinema. Michael Jordan nos ensinou, saia quando ainda estiver por cima, aposente-se quando ainda é um vencedor. Joshua teve vontade de ligar para Bernie e ter uma conversa de homem para homem, ou quem sabe ligaria para Bega, querendo se vangloriar, se afirmar. E quanto a mim? Não tenho direito a esta presença no mundo, a mim mesmo como sou? Que o conquistador conquiste se for capaz de conquistar.

Era por isso, ele entendeu, que os homens traíam, que toda a humanidade mentia – pelo poder de agir sem arrependimentos, pela destruição do remorso. Não era pelo sexo: era pela liberdade de escolher ou fazer o que quiser. A presença da morte, o vazio imenso, proviam esse direito. Era por isso que existiam as guerras.

Ana se foi, sem deixar vestígios ou exigências. Ele entrou, saiu, sem dano algum. E havia mais: ele agora era alguém com segredos, alguém que operava ao mesmo tempo no mundo interior e no mundo exterior, como um ator ou um espião. Ele agora detinha a ousadia, como Ulisses respondendo "Ninguém" a um ciclope que perguntou seu nome. Conquistou profundidades variáveis e incognoscíveis; poderia ser qualquer um que quisesse ser, e se não gostasse de quem se tornou, poderia mudar de novo, entrar, sair. E quem são vocês, porra? Ele quis perguntar a transeuntes aleatórios. Que merda vocês acham que são? Vocês não são nada além de um amontoado de eus abomináveis! Ele seguiu pela Magnolia com uma determinação que Kimmy acharia sexy, ele esperava que sim. Esta noite poderia ser a vez dela de ser algemada e implorar um pouco. *Oh, Jo!*, ela diria. Jo se foi, querida, ele diria: eu sou Levin. Joshua Levin.

EXT. LAKE SHORE DRIVE – DIA

As ondas rolam pela costa, corpos desintegrados batendo nos bancos de areia ou boiando no lago até onde a vista pode alcançar. O major Klopstock, a Mulher e o Menino caminham pela Lake Shore Drive entupida de veículos abandonados. O major K tem uma espada samurai na mão. O Menino anda devagar e choraminga, porque está acima do peso. A Mulher o pega com algum esforço, coloca nas costas e segue em frente. Um helicóptero preto assoma ameaçadoramente por trás dos edifícios altos. O major K rapidamente faz com que a Mulher e o Menino se abaixem. Eles se enfiam debaixo de um caminhão incinerado, na frente do volante há um corpo carbonizado. O helicóptero fica dando voltas sobre a Lake Shore Drive, depois sobrevoa lentamente a avenida, como se procurasse por alguém.

MAJOR K

Não se mexam.

O Menino choraminga de repente, escapa das mãos do major K e sai correndo.

MULHER

Não!

Ela tenta se levantar, mas o major K a puxa para baixo. O helicóptero desce muito lentamente e fica pairando sobre o menino, que acena freneticamente para ele.

MAJOR K
Merda! Não há nada que possamos fazer agora.

Na mesma noite após seu encontro clandestino com Ana, Kimmy coroou Joshua com o anel peniano prateado. Ela deve ter reconhecido um novo atributo nele, a profundidade e o fator de fodabilidade exponencialmente aumentados; ele estava feliz em deixar que ela lhe outorgasse sua bem merecida recompensa. Ele mudou, mas, nossa, ela também. No meio do coito furioso, seu pau vibrando de prazer numa frequência antes impensável, ele não conseguia reconhecer a antiga Kimmy – o que deveria ser uma relação sexual caseira de rotina parecia agora uma insana trepada de uma noite. Ela mordia a base do seu pau; gritava disparates como se conjurasse mágicas; rosnava, "Me fode, Levin". Eu devo estar sonhando!, pensou Levin. Pouco antes de seu clímax, ela o agarrou pela garganta, cortando o suprimento de ar, e olhou dentro de seus olhos com uma fúria que queimou o interior de seu crânio. Durante um longo e extático minuto, ele estava morrendo e gozando ao mesmo tempo.

Kimmy tirou um dia de folga, e eles passaram a manhã de quinta-feira dividindo e analisando os jornais, um casal aconchegante interrompendo o silêncio merecido apenas para trocarem informações sobre o que estavam lendo: *Os monólogos da vagina* tiveram uma temporada de sucesso em Islamabad; uma carpa de nove quilos gritara avisos apocalípticos em hebraico para um cortador de peixes hassídico em Nova York; Saddam Hussein estava sofrendo "retoliações" em massa. Ele podia ver a si mesmo nos olhos dela: engraçado, inteligente, bonito e profundo. Ele gostava daquele cara.

Em seguida, eles foram até o Ann Sather's para um brunch. *Brunch* era um substantivo composto abominavelmente monstruoso, o professor Josh insistiu, mas ainda assim eles comeram ovos escalfados, salsichão sueco e rolinhos de canela. Ele interpretou para ela a piada de John Wayne. De pé na estreita passagem entre as mesas para representar o final da piada, ele sabia perfeitamente do risco de parecer grosseiro, mas não se importou, e ela quase se mijou de tanto rir. Nem uma vez ele pensou em Ana, nem uma vez. Kimmy sugeriu que eles convidassem a família dele para jantar, Janet inclusive ("Até Janet"), e ele precisou contar a ela que, além da acrimônia entre seus pais, Bernie também tinha "problemas de próstata". Ela não entendeu se isso significava que Bernie devia ou não devia ser convidado, mas adiou a pergunta, então um dia foi provisoriamente escolhido para convidá-los. Eles viram *O despertar dos mortos* no quarto – uma pesquisa necessária para o seu roteiro, ele alegou, mesmo que tivesse visto o filme mil vezes. Ele descreveu *Guerras zumbi* para ela como se estivesse oferecendo o roteiro para um figurão de Los Angeles: o vírus e o apocalipse, o major K, o cadete leal e os soldados rebeldes, a mulher e o menino. Ele ouvia a confiança em sua própria voz; ela mal podia esperar para ler o roteiro; ele gostava do peso dela contra o seu corpo. Eu andarei na presença do Senhor nas terras dos viventes, e o resto de vocês pode ir se foder. Ele estava tão longe de se sentir culpado: fazer sexo com Ana pode ter sido a melhor coisa que já fez; fez dele um homem muito melhor. Adeus, Ana Exceto, obrigado por tudo! Que você tenha uma jornada tranquila de volta para outro lugar. E eu sempre vou gostar de suas covinhas. Antes de o filme acabar, Joshua e Kimmy fizeram mais sexo furioso e depois desmaiaram abraçados, Bushy aconchegado como um percevejo entre eles.

Na sexta-feira, ele beijou os cabelos ainda molhados de Kimmy na porta, acenou em amorosa câmera lenta quando o carro dela partiu para o trabalho e pegou Bushy no colo. Era uma manhã clara e suave. A primavera chegara com entusiasmo: a luz do sol inclinava-se em um ângulo mais favorável a todas as cores quentes, as sombras eram mais nítidas e menos opulentas, as árvores estavam levando suas folhas a sério. Ele ia ligar para Bernie, ver como ele estava, talvez marcar outro almoço; ele agora era capaz de lidar com essa situação particular. Depois ligaria para o Sr. Strauss e largaria o emprego de professor no PRT Institute. Assim, aliviado, escreveria *Guerras zumbi* pelo menos parte do dia, depois passaria o resto de sua vida escrevendo o que estava destinado a escrever. Podia ver um caminho aberto que levava direto ao horizonte; podia ver o cavaleiro chegando.

Mas antes de tudo, ele precisava passar por uma limpeza adequada – metafórica e real – e tomar um banho. Despiu-se e inalou os cheiros residuais da copulação da última noite. Estava com ferimentos de batalha infligidos por Kimmy em todo o seu corpo fodido: dois arranhões paralelos na coxa; uma marca do anel no pau e no saco; a garganta ainda dolorida pelo estrangulamento.

Examinou o rosto no espelho e apreciou a maturidade relaxada, a nova paz conspícua, a sobremordida recuada para uma simples mordida. Janet confessou uma vez que tivera um sonho em que se aplicava heroína. Sentira-se tão dominada pelo tranquilo bem-estar que, quando acordou, procurou um traficante de drogas. Comprou uma bolsinha de heroína – *o kit básico*, como o traficante chamava. Mas Janet nunca havia se picado. O aspecto da agulha era muito perturbador, e cheirar heroína seria cocainice anos 80 demais, o que ela se recusava. Poderia muito bem ainda estar malocando heroína na gaveta. Este episódio inspirou-o a escrever a **Ideia de roteiro 87**: *Uma cientista desenvolve uma droga experimental para troca de sexo que ela testa em si mesma. Ela se transforma em um homem violento que só deseja vingar-se de todos os babacas que a desrespeitaram, inclusive do seu ex-marido tarado.* Título: A médica e o monstro. Bem, ali estavam o Sr. Levin e o Sr. Sexy, juntos em uma união feliz, olhando um para o outro no espelho.

Ele ouviu o telefone tocando no andar de baixo e uma súbita onda de terror o invadiu: e se fosse ela? Estava muito orgulhoso de si mesmo por não ter pensado nela. E certamente não ia falar com ela. Mas o telefone tocou de novo e o pensamento nela – em Ana Exceto dizendo, *Eu terei ficado feliz por você*, em suas pernas sobre ele, em seu corpo –, esses pensamentos não poderiam ser abolidos agora, mesmo que o telefone se calasse. Ele mergulhou na água do chuveiro já com uma ereção, o que acabou sendo manejável para exorcizar aqueles pensamentos.

Mijando no chuveiro depois, ele decidiu que precisava colocar algumas coisas engraçadas no *Guerras zumbi*. Os mortos-vivos são sempre tão macabros e o cataclismo global tão brochante, para dizer o mínimo. Que tal zumbis numa discoteca, vestidos para *Os embalos de sábado à noite*, cambaleando em "Stayin'Alive"? Ele também não sabia como dar um desfecho, se a vacina do major K salvaria a humanidade ou proporcionaria a esperança de sobrevivência de um pequeno grupo de seres humanos. A esperança vendia, é claro, e bem; era o xarope de milho da existência, queimava rápido e viciava. Por outro lado, era barata e ubíqua. Esperança e guerra: o pingue e o pongue da América.

Consultou o espelho novamente: hora de se barbear, mesmo que gostasse daquele desmazelo de guerreiro cansado. O problema era que Kimmy sempre tinha irritação na pele por conta de seus pelos faciais, até na parte interna das coxas depois que ele a chupava. Os zumbis não teriam cabelos compridos e unhas, uma vez que estes continuam crescendo por um tempo após a morte? Talvez houvesse graus no estado de morto-vivência. Alguns zumbis poderiam ser mais conscientes, de modo que a vacina poderia funcionar de formas diferentes para eles. Ele colocou uma toalha em volta da cintura – isso o fez se sentir pornô e marido ao mesmo tempo – e foi à cozinha pegar um café. Kimmy tinha ligado a máquina de café esta manhã enquanto ele estava dormindo, e agora estava pronto. Ela também deixou um Post-it com um pequeno sol sorridente: *Tenha um ótimo dia!*, apenas isso. Com Kimmy, não havia estase. Ela fazia com que a vida dele fluísse mesmo ele estando ausente, uma sugestão de imortalidade.

    À mesa da cozinha, viu um homem gigantesco sentado na cadeira. Tinha um cabeção, uma tatuagem de arame farpado circulando o pescoço, e Bushy ronronava em cima de suas pernas cruzadas. Os pés do homem não eram apenas grandes, eram enormemente largos, como pés de pato. Antes de Joshua reconhecê-lo como Esko, o homem parecia – por um décimo de segundo idiota – um técnico de TV a cabo com algum tipo de emblema no peito. Ao lado dele, vestindo uma camiseta que dizia, "Se Deus não existe, quem puxa a ponta do próximo Kleenex?", estava Bega, com um sorriso quebrado no rosto inchado, a barba por fazer, seus olhos azuis brilhantes e aquosos, um cigarro na mão, a outra no ombro de Esko, como se tentando mantê-lo sentado. Eles não deviam estar ali, nenhum dos dois, mas estavam.

    – Traduz – Esko ordenou a Bega e continuou murmurando um fluxo implacável de consoantes bósnias agressivas, cuspindo partículas na luz do sol matinal que ficavam pairando acima da mesa. Quando ele parou, Bega disse: – Eu e minha esposa conversamos cara a cara.

Ele parou como se esperasse que Joshua dissesse ou reconhecesse alguma coisa, o que estava além da capacidade de Joshua naquele momento. Os dois pareciam horrivelmente em casa na cozinha de Kimmy. *Think, thought, thinker, thoughtful, thoughtless* – as cinzas espalhadas da família inteira.

– Talvez seja melhor dizer uma conversa franca – prosseguiu Bega. – Eu acredito que é muito inaceitável que você – ele apontou para Joshua – esteja colocando o seu pau dentro da minha mulher. Estivemos juntos na guerra. – Confuso, Bega apontou para Esko e para si mesmo. – Sobrevivemos juntos no inferno.

Ele enunciou as palavras com pouca emoção, como se traduzisse ameaças todos os dias de sua vida, como se nunca tivesse bebido com Joshua ou sequer o visto. Esko babujou outro grupo de consoantes, acariciando o gato o tempo todo. Ele não parecia chateado; seu rosto estava sereno; ocasionalmente, chupava os dentes, como se entediado. Na testa, havia uma cicatriz em forma de moeda de dez cents que Joshua não tinha notado antes, bem acima de sua sobrancelha esquerda. Bushy estava acelerando seu pequeno motor de prazer, aparentemente no meio de um orgasmo estendido. Quando Esko parou de falar, Bega assentiu e sorriu, como se satisfeito por já possuir as palavras exatas. Joshua olhou para ele, incrédulo, incapaz de proferir a pergunta óbvia. Ideia: ele poderia sair correndo da cozinha, atravessar a sala de estar e gritar na janela pedindo ajuda. O que diria à vizinhança? Socorro! O marido da mulher com quem eu dormi quer me castigar!?

– Estou pensando em cortar o seu – Bega fez uma pausa para saborear a precisão de sua tradução – pau fora e colocá-lo na sua boca até você sufocar.

A minúscula parte da mente de Joshua que não estava paralisada por um medo mortal achou que aquela tradução soara, no mínimo, forte. Bega deu de ombros e sorriu, como se sugerindo que em um dia mais tranquilo no futuro eles estariam todos rindo quando se lembrassem dessa cena cômica. Claramente, ele não via a sua presença invasora como uma traição. E por falar em traição: Bushy estava amassando pão no joelho de Esko, seus olhos se fechando de prazer. Bem ali, ao lado da máquina de café, havia uma coleção de facas muito afiadas de todos os tamanhos. A maior era um modelo *Psicose* topo de linha. Joshua não conseguia se mover; seu corpo o havia abandonado.

– No entanto – Bega continuou –, fazer essas coisas neste país não é muito aceitável.

Sem soltar Bushy, o homem colocou gentilmente sua mão enorme sobre a mesa, apontando-a na direção de Joshua como se fosse um revólver. Oh, Senhor, não me castigue, não faça de mim um personagem descartável no seu roteiro especulativo!

– Talvez eu só atire nos joelhos – Bega continuou –, para que você nunca mais volte a andar e tocar na minha esposa ou em qualquer outra mulher.

Não fui eu. Não fui eu mesmo. Foi outra pessoa. Dizer isso aumentaria suas chances, mesmo que microscopicamente. Mas não havia como Joshua pronunciar qualquer coisa que fosse. Ele não conseguia nem abrir a boca, mesmo que uma palavra incipiente gargarejasse em sua garganta. Todas as suas vias internas estavam desmoronando como corredores de minas em um filme de Indiana Jones.

– Entende? – Esko perguntou.

– Entende? – Bega repetiu.

– Entende – Joshua finalmente falou.

– Muito bem – Bega disse e suspirou, não havendo mais nada que pudesse ser feito. Esko ergueu Bushy para encará-lo e sorriu para seu amigo, o gato fofo. Ele agarrou a cabeça de Bushy com sua enorme mão de dedos grossos e torceu o pescoço com um movimento rápido. Bushy tentou um grito, mas depois ficou imóvel num piscar de olhos. Esko colocou-o sobre a mesa, acariciou a cabeça mais uma vez, e se levantou.

— Ai! — Bega disse, balançando a cabeça, como se agora tudo fizesse sentido.

Só então Joshua percebeu que sua toalha tinha caído no chão e ele estava nu. Boa notícia: seu pênis ainda estava lá, assim como os joelhos, só que tremendo.

— Ele era da Polícia Especial. Meio maluco — disse Bega. — Me desculpe por isso.

Ele atirou o cigarro na pia e a chama chiou, depois seguiu Esko porta afora, olhando para Josh antes de se atrapalhar ao tentar fechá-la atrás de si. Nenhum som disponível para ouvir. Nada de voltar a fita para compreender.

O Senhor havia instalado um enorme gancho para uma luminária bem acima da mesa — Joshua podia subir na mesa, prender o cinto e pular, esticar-se a ponto de quebrar o pescoço. Mas apoiou-se no balcão e serviu-se de café com as mãos violentamente trêmulas, derramando-o e queimando a região do umbigo. Todas as facas tinham cabos pretos; facas sempre tinham cabos pretos: por quê? Não conseguia sentar-se; na verdade, não conseguia nem chegar perto da cadeira, suas pernas estavam tão drenadas de sangue que não havia como controlá-las, mesmo que os joelhos estivessem funcionando. A cozinha tinha o cheiro do suor homicida do homem, do cigarro e da colônia de Bega, da morte de Bushy, do condicionador de lavanda e papaia de Kimmy no cabelo de Joshua. Ele tentou colocar a xícara no balcão, mas calculou mal a distância e ela se esfacelou no chão. Os olhos de Bushy estavam vidrados com surpresa mortal, seu pescoço perpendicular à espinha. Havia vida ali, e agora não havia. Tudo nesta casa pertencia a Kimmy; tudo agora pereceu. Enquanto o café formava uma poça, Joshua olhou pela janela: talvez tudo no mundo estivesse prestes a ser derrubado também, como um cenário usado.

Lá fora na calçada, algo chamou a atenção de Bega, que parou de repente e franziu o rosto preocupado. Joshua queria ver; trêmulo, ele seguiu pelo balcão, pela parede e saiu para a varanda.

Com o peito nu e pés descalços, indiferente ao frio, o cabelo enrolado em duas trancinhas, todos os piercings do mamilo e as tatuagens no lugar, vestindo a cueca boxer de estrelas e listras de Joshua, lá estava Stagger. Lá estava Stagger, com a ponta de sua longa espada samurai encostada entre os olhos de Esko. O bósnio tinha as mãos nas coxas, a direita ainda em forma de revólver. Lá estava Stagger encarando Esko.

– Quer que eu corte ele, Jonjo? – gritou Stagger. – Diga uma palavra e eu corto o filho da puta!

Esko era um ninja estático, seus músculos tensos como cordas de violino, olhando de cima para Stagger. O arame farpado no pescoço de Esko parecia muito mais grosso agora. Ele disse algo para Bega, dando-lhe algum tipo de ordem, então Bega seguiu cautelosamente até o seu Honda vermelho, mantendo um olho em Stagger e outro em Esko o tempo todo, como se não quisesse perder nada. Todo o movimento dentro do quadro de visão de Joshua estava perfeitamente coordenado, como se todos tivessem ensaiado antes. Esko abriu as pernas um pouco, encontrando uma posição melhor para algum movimento inescapável que pudesse acontecer. Tudo estava correndo para a frente, com exceção de Joshua, que estava parado, como uma rocha num riacho.

– Não se mexa ou eu vou cortar você, seu filho da puta! Jonjo, basta dizer uma palavra! Estou aqui pra você, baby!

Bega entrou no carro, ligou-o e abriu a porta do carona. Dois dados de pelúcia pendiam do espelho retrovisor. Joshua, completamente nu, encostou-se na parede, sentindo o frio nas nádegas.

Havia uma cadeira de balanço amarela na varanda que ele não tinha notado antes. O carteiro obeso vinha descendo pela rua, felizmente protegido por seus fones de ouvido da ira do Senhor e da miríade de males do mundo. Um homem com um dogue alemão na coleira seguia na direção de um ponto de fuga. O motor do carro roncava, Bega agora colocando óculos escuros. Alheio a tudo, um passarinho pousou no comedouro vazio que Joshua nunca tinha visto antes. Por favor, Senhor, deixe minha alma escapar livre!

– Diga pra cortar, Josh, que eu corto! – Stagger berrou.

Mas antes que Joshua pudesse escolher o que dizer, ele disse:
– Não.

– É só dizer, Joshua! Diga a palavra!

– Não – Joshua disse, um pouco mais alto.

– O quê? Não posso ouvir você!

– Não corte ele – Joshua disse novamente.

Stagger olhou para ele como se nunca tivesse lhe ocorrido que Joshua pudesse não querer que Esko fosse cortado.

– Você não quer que eu corte o cara? – perguntou, olhando para Joshua sem acreditar. – Jonjo?

E então, num estalar de dedos, Esko dá um golpe com a palma esquerda nas mãos de Stagger que seguram o cabo da lâmina, a espada caindo no chão como um garfo. Stagger parece realmente surpreso, até mesmo um pouco ofendido, como se aquela história de repente tivesse ficado séria. Esko agarra o braço direito de Stagger e o mantém esticado, depois empurra o pulso para trás até Stagger arriar nos joelhos. Tudo parece ensaiado, mesmo quando Esko força mais o pulso para cima e Joshua ouve o estalo, e mais outra vez até Stagger gritar como um cão enforcado. Nesse momento Bega se assusta. Esko solta o braço de Stagger, que cai no chão. Nenhuma palavra é proferida. Há muito tempo, Joshua tinha uma voz e uma garganta por onde vinha essa voz, mas agora tudo se foi, porque nada se ouve quando ele diz novamente: "Não." Esko agacha-se para dar um soco no nariz de Stagger, que começa a sangrar. Stagger fecha os olhos de dor e os abre desafiadoramente para encará-lo, a dor em seu rosto transformada em ódio. Bega buzina. Esko se levanta. Stagger, seu nariz um sol vermelho explodido, move a mão não quebrada para pegar a espada. Esko pisa em seu braço. Stagger se debate como um tentáculo cortado. Esko chuta-o na cabeça. Bega buzina novamente. O dogue alemão e seu dono observam a tudo como se estivesse acontecendo na tela. É um lindo dia de abril.

Joshua cai na cadeira de balanço, sentando bem em cima dos testículos, mas incapaz de mudar para uma posição confortável.

– Não – ele diz. – Por favor.

INT. LABORATÓRIO DO PORÃO – NOITE

Um zumbi nu se contorce em uma mesa de cirurgia. Está amarrado com cintas em torno do pescoço, pulsos e pés. Seus olhos rolam para trás e seu RUGIDO é de ferir os ouvidos. O major Klopstock e o Cadete estão de pé ao lado dele, ambos vestindo aventais cirúrgicos e luvas, uma série de bisturis brilhantes em uma bandeja ao alcance.

MAJOR KLOPSTOCK
Tem certeza de que está pronto para isso?

O Cadete assente sem dizer uma palavra. O major K coloca a máscara cirúrgica, assim como o Cadete. Apenas seus olhos preocupados podem ser vistos agora. O major K pega o bisturi maior, olha para o Cadete mais uma vez – que faz um gesto de sim com a cabeça – e então faz um corte profundo no meio do abdômen do zumbi. Uma massa de podridão e pus irrompe da incisão. O Cadete vomita. O major K põe o bisturi de lado e mergulha as mãos dentro do zumbi que, alheio ao que acontece, não para de rugir e revirar os olhos enquanto seus intestinos BORBULHAM no abdômen podre.

MAJOR K
Vamos, Sr. Fígado, fale comigo.

O major K vasculha dentro do zumbi e então finalmente puxa o fígado e mostra para o Cadete: o fígado é de um amarelo muito doentio, mas de alguma forma parece vivo. O Cadete corta em volta do fígado até separá-lo do corpo. O major K abaixa sua máscara. O Cadete sacode a cabeça. O major K assente.

MAJOR K
Tudo bem então. Nada de beijos para mim hoje.

Ele morde o fígado.

Enquanto não estivermos livres dos tormentos da existên-cia, todos nós, mais cedo ou mais tarde, reexaminamos o passado para reconhecer as poucas boas decisões que poderíamos ter tomado, por menores que parecessem na época. Na verdade, um espermatozoide do orgulho futuro já estava nadando na direção do óvulo do ego de Joshua, pois – enquanto o carteiro se afastava balançando o bundão ao ritmo de sua música interior, enquanto Stagger se contorcia de dor na calçada – ele inesperadamente ganhou uma presença de espírito e reagiu como se tivesse sido treinado para tal contingência. Limpou a sujeira, escondeu a espada atrás da máquina de lavar roupa, vestiu uma cueca (limpa), enfiou Bushy na bolsa esportiva, improvisou uma tipoia para o braço quebrado de Stagger e o levou ao hospital – tudo isso antes que alguém pudesse chamar a polícia. Stagger não queria lidar com a lei, muito menos com a ordem, e nem Joshua. Sem fé, nada de bom podia acontecer; Joshua acreditava que havia uma maneira de esconder de Kimmy as diabruras daquela manhã.

 Na sala de espera da emergência, Joshua colocou a bolsa pesada no chão, enfiada debaixo de uma cadeira. Parecia desrespeitoso, mas Bushy estava morto demais para entender de respeito. Os bêbados residuais da noite anterior dormiam com sua toxidade alcoólica em posições impossíveis, em bancos tão desconfortáveis que devem ter sido projetados para desencorajar de sentar. Um sujeito magricelo com o uniforme completo do Chicago Bulls interrogava o bebedouro ("O que você quer? Que caralho você quer? Quer o quê?"), que se recusava a cooperar. Era muito difícil para Stagger ficar sentado com a tipoia de Joshua, então ele ficou de pé, embalando o braço encostado no peito. Ainda com suas Crocs verdes e a cueca boxer de Joshua, ele lançava olhares ameaçadores para o interrogador, suas trancinhas como cordas cobrindo as orelhas. As áreas machucadas de seu rosto fundiam-se em uma enorme contusão centrada em torno da boca, feito uma maquiagem terrivelmente borrada. Joshua poderia dizer que Stagger não se importaria de sair na briga com o magricelo, que estava fixado no bebedouro a soltar desafiadoramente uma bolha ocasional. Ele tentou chutar o garrafão azul de água como se fosse uma cabeça, mas sua calça do Bulls caída no meio da bunda impedia que ele erguesse a perna.

– O que aconteceu com a minha espada? – perguntou Stagger. Seus lábios estavam inchados, grandes como lesmas, e ele arrastava as palavras.

– Não se preocupe com isso agora – disse Joshua. – Eu guardei.

– Você deveria ter me deixado cortá-lo.

– Sinto muito.

Stagger se inclinou sobre uma lixeira e cuspiu uma saliva sanguinolenta.

– Vou precisar da minha espada de volta – disse Stagger.

– Primeiro vai precisar que o braço volte pro lugar.

– Eu vou ficar bem. Eu me sinto nu sem minha espada.

– Você vai ter sua espada de volta. Mas ainda assim se sentirá nu.

– Você devia ter sido forte, Jonjo. Devia ter me deixado cortá-lo.

Um casal de idosos bem-vestidos sentou-se na ponta de suas cadeiras, pronto para ser atendido. O pé esquerdo da mulher estava quebrado, como evidenciado pelo hematoma barroco que rimava perfeitamente com o seu blazer azul-marinho. O homem lia calmamente o *New York Times*, enquanto a mulher, segurando um de seus sapatos como uma Cinderela, estava paralisada diante do interminável replay da estátua de Saddam sendo derrubada na TV muda. A forma como o homem e a mulher ocupavam seu espaço juntos trouxe à imaginação de Joshua uma vaga ideia de como devia ser a sala de estar dos dois na Gold Coast: nas paredes, quadros cubistas de terceira categoria e exorbitantemente caros; objetos exóticos no consolo da lareira; jarras de cristal em uma bandeja de prata: xerez para as damas, scotch para os cavalheiros.

Ideia de roteiro 135: *Uma mulher doente terminal bota o pé na estrada para a Califórnia com o marido, que sofre de Alzheimer. Eles fizeram essa mesma viagem cinquenta anos antes em sua lua de mel. Ela lembra de tudo, ele não lembra de nada. No meio do caminho, ela percebe que ele pensa que ela é sua amante. Título*: O fim do passado.

— Eu já fui casado, sabe — disse Stagger. Um guarda de segurança, com braços que mais pareciam presuntos e portando um cassetete, entrou na sala para advertir o encrenqueiro magricelo que, por não estar bêbado o suficiente para ignorá-lo, sentou-se na mesma hora e calou a boca.

— Foi mesmo? — perguntou Joshua. O guarda de segurança ficou postado do lado do sujeito dos Bulls, a mão no cassetete. Joshua teria gostado de testemunhar uma surra; mais alguns ossos quebrados certamente combinariam com o espírito do dia. A sequência infindável de Saddam foi interrompida por pessoas insanamente alegres em suas roupas de cores brilhantes e pulando como loucas em câmera lenta diante de um fundo branco ofuscante. Tamanha alegria inabalável só estaria disponível aos que se

consideravam indestrutíveis e imortais. Não haveria shows de câmera lenta para Bernie, ou para a mulher de pé quebrado.
— Cindy agora vegeta em algum lugar em Naperville. Casada com um ex-namorado do colegial. Com quem ela estava trepando durante a Tempestade no Deserto.
— Ela estava na Tempestade no Deserto?
— Não, homem. Eu estava. Presta atenção.
— Ah, sim — disse Joshua. — Isso eu sei.

Um cartaz na parede da sala de triagem mostrava o esqueleto e os músculos de um ser humano sem pele. Nunca se podia ver depósitos de gordura nesses espécimes perfeitos, muito menos bócios. Ninguém oferecera analgésicos para Stagger, então cada vez que se mexia, ele estremecia com dores excruciantes. E também não conseguia ficar deitado quieto na maca: as correntes de sua imensa energia atravessavam seu corpo, sua paisagem muscular vibrava com ela. Um Stagger esfolado se assemelharia muito ao sujeito esqueleto-e-músculo na parede.
— Então, como era a sua ex-mulher? — perguntou Joshua. Depois de desapontar Stagger nas trincheiras, ele sentiu-se obrigado a mostrar interesse em sua vida bizarra. Se Joshua o tivesse deixado cortar Esko, seria o bósnio que estaria ali agora olhando para o cadáver editado na parede.
— Cindy era meio pirada das ideias. Tinha pesadelos com vampiros. Vampiros que chupavam seu sangue.
— Vampiros? Por que vampiros?
— Sei lá que porra era isso. Ela leu em algum livro e isso bagunçou os miolos dela. Ela escrevia pra mim, quase todos os dias. Primeira folha, preocupações com o maridinho, medo de que ele fosse feito em pedaços. Segunda folha, fofocas. O resto, vampiros.

Era difícil imaginar como seria Cindy, que tipo de pessoa teria se casado com Stagger. Era difícil imaginar Stagger de forma diferente do que era nesse momento, qualquer que fosse o momento. Nesse aspecto, ele não era diferente de um vampiro.

Um enfermeiro moreno entrou na sala trazendo a bolsa New Balance.

– Isso é seu? – ele perguntou.

O enfermeiro usava um jaleco de mangas curtas, expondo os braços e o peito peludos, um estetoscópio em volta do pescoço como uma cobra de estimação. Nos velhos tempos de John Wayne, antes dos prazeres democráticos da analgesia, os enfermeiros costumavam segurar os pacientes para a cirurgia, derramando uísque em suas gargantas quando não forneciam madeira para roer e evitar a dor. Joshua pegou a sua bolsa e agradeceu com um aceno de cabeça. Não havia lugar para colocá-la, a não ser ao pé da maca de Stagger. Perguntaram a um mestre zen uma vez qual era a coisa mais valiosa do mundo: "A cabeça de um gato morto", ele disse. Porque você não podia estabelecer um preço por ela.

O mesmo enfermeiro havia limpado o rosto de Stagger há não muito tempo, mas voltou a olhá-lo com uma expressão de preocupação. "Você está bem?", perguntou para Stagger, que assentiu com a cabeça. O enfermeiro assentiu da mesma forma e saiu. As mulheres nunca assentiam desse jeito. Joshua nunca tinha visto Kimiko assentir sem palavras. Ela sorria, olhava intensamente, revirava os olhos e apertava os lábios, erguia o queixo e contraía as narinas, mas assentir com a cabeça não.

– Estou escrevendo o roteiro de um filme sobre zumbis – disse Joshua.

– Como se chama?

– *Guerras zumbi*.

– Você vai fazer um filme?

– Altamente improvável neste momento – disse Joshua. – Ou nunca.

– Você já fez algum filme?

– Eu pareço alguém que fez filmes?

– Por que está fazendo isso, então?

– É o que eu faço. Não sei fazer outra coisa.

– Se precisar de ajuda com a parte das guerras, ficaria feliz em ajudar. Ou se você precisar de um dublê.

Joshua pegou um estetoscópio solto por ali para escutar seu próprio coração. Como bateria um coração partido? Seu coração estava funcionando bem, mas havia o barulho do estetoscópio raspando suas roupas e o zumbido de seu sangue. Havia camadas vivas para ele, o corpo sempre o último a desistir.

– Os zumbis são legais, mas se eu tivesse que escolher meus mortos-vivos, eu ainda preferiria vampiros – disse Stagger. – Por uma coisa, eles podem fazer sexo, e muito sexo. Acho que era disso que Cindy gostava.

– É isso – disse Joshua. – Sexo é um dos motivos de não sermos todos mortos-vivos.

Stagger gemeu e ajustou sua posição, quase chutando a bolsa perto da maca, então Joshua largou o estetoscópio e pegou a bolsa.

– Por que eles não estão te dando analgésicos? – disse Joshua.

– Devíamos pedir um.

– Isso não é nada – disse Stagger.

– Você fraturou um braço. Não é pouca coisa.

– Não é nada, acredite. Eu conheci um sujeitinho escroto, o único que pisou numa mina terrestre em toda a operação Tempestade no Deserto. Perdeu as pernas, o pau também. Hoje dirige sua cadeira de rodas por aí, como um pensionista profissional. Deixa eu te dizer: isso é que não é pouca coisa.

Tempestade no "Dejeto", na fala mal articulada de Stagger. Joshua podia sentir o *rigor mortis* de Bushy na bolsa; o peso estava distribuído de forma diferente. Ele não conseguia encontrar um lugar para botar a bolsa.

– Provavelmente nada de alteres por um tempo – disse Stagger. – É a pior coisa pra mim.

Uma jovem residente entrou pela cortina da sala de triagem. Seu crachá dizia Dra. Ehlimana K, como se tivessem lhe dado o nome de um remédio homeopático. Usava um lenço na cabeça e parecia doente, completamente pálida e esgotada de lidar com as lesões e queixas de outras pessoas. Ela poderia reconhecer e diagnosticar sua própria doença? A capacidade de imaginar todos os piores resultados, sempre calculando as probabilidades de seu próprio sofrimento e morte – isso seria aterrorizante. Automonitorar-se enquanto morre, entender o que está acontecendo. O Senhor protege os inocentes; eu estava prostrado e ele me concedeu o esquecimento.

– K significa o quê? – Joshua perguntou.

– É um sobrenome bósnio – disse ela. – Você nunca poderia pronunciá-lo.

– Você é muçulmana? – perguntou Stagger.

– Sou médica – disse ela. – Isso é tudo o que importa para você.

– Eu já tive um amigo bósnio – disse Joshua. – Há muito tempo.

A Dra. Ehlimana K colocou os raios X no negatoscópio e ligou. O braço de Stagger parecia demolido, tão quebrado que Joshua ofegou de choque. Você poderia esmigalhar um corpo com um pé de cabra que ainda assim viveria. Piada de guerra de Bega bêbado: um morteiro atingiu sua unidade, caiu nos pés do sargento e o desmembrou todo. Não sobrou nada, só o cu, que agora é capitão.

– Ruptura total! Boa notícia: não será necessário cirurgia, então colocar o gesso vai ser fácil – disse a Dra. Ehlimana K. – Como conseguiu fazer isso?

– Caí da bicicleta – disse Stagger. A Dra. Ehlimana K ignorou o sarcasmo. Continuou olhando para as radiografias, como se quisesse recompor alguma beleza perdida.

– Aposto que não estava usando capacete – disse ela.

– Eu pareço estar com o cérebro danificado? – disse Stagger.

Ela tocou o rosto dele para ver o machucado feio, em seguida pressionou seus ossos da face e têmporas. Ele franziu o sorriso numa careta de dor resignada.

– Isso foi de cair da bicicleta também? Uma tomografia computadorizada pode ser uma boa ideia.

– A senhora não vai querer saber o que tem dentro dessa cabeça – disse Joshua.

– Não é nada – disse Stagger.

A Dra. Ehlimana K apontou para a bolsa.

– O que é isso? Você estava planejando ficar no hospital? Pode não ser necessário.

– É a coisa mais valiosa do mundo – disse Joshua.

– É um gato morto – disse Stagger.

Uma vez que Joshua assumiu a responsabilidade por Stagger, ficou difícil livrar-se dele. E não ajudou o fato de Joshua perceber que, se não tivesse distraído Stagger, o impasse com Esko teria terminado em empate, ou, na pior das hipóteses, com Esko sendo fatiado. O que poderia ter sido é o que nunca aconteceu, costumava dizer Nana Elsa. Ela nunca quis falar sobre sua experiência do Holocausto. O que devia ter acontecido nunca aconteceu. Só aconteceu o que aconteceu. Tudo o mais é besteira.

Joshua estava cansado de carregar a bolsa de Bushy, mas também não podia deixá-lo para trás. Sua mente se recusava a pensar num futuro em que teria de enfrentar Kimmy. Agora estava com fome e irritado. Stagger enfim se acalmara depois de tomar uns analgésicos fortes, mas tudo o que comeram enquanto esperavam uma eternidade para a tomografia foram sacos de biscoitos de bichinhos que o enfermeiro providenciou. Depois de quarenta e cinco minutos convencendo o claustrofóbico Stagger a se deitar e deslizar túnel adentro, seu cérebro parecia surpreendentemente intacto e saudável.

O pescoço do taxista não era diferente de um tronco de árvore com trepadeiras subindo até a coroa calva. O hospital fez Stagger usar uma camisola, para que ele não fosse preso com a cueca de Joshua por atentado ao pudor. Seu braço direito estava engessado até o bíceps, fazendo uma curva no cotovelo. O táxi se arrastou até chegar na Lake Shore Drive, preso num engarrafamento por conta de um jogo dos Cubs. Já era noite, as luzes urbanas estavam acesas, a cidade cintilando de desespero.

– Jonjo! – disse Stagger. – Preciso dizer uma coisa.

– Por favor, não – disse Joshua. – E pare de me chamar de Jonjo.

– Não foi culpa sua.

– O que não foi culpa minha?

– Aquele cara ter me arrebentado.

– Foi culpa minha?

– Não, não foi. Mesmo que você devesse ter me deixado cortá-lo.

Em uma linguagem obscura, o taxista falou com alguém que poderia estar em qualquer lugar da Terra, ou – por que não? – em outro planeta. De repente, tudo à sua volta, todos à sua volta – exceto Stagger – eram alienígenas. **Ideia de roteiro 142:** *Alieníge-*

nas disfarçados de taxistas abduzem a noiva do personagem principal e ele tem que viajar a um planeta remoto para salvá-la. Título: Jornada para o amor.
— Também outra coisa — disse Stagger. — Eu nunca fui casado. Eu estava de sacanagem com você.
— Você era louco desse jeito antes da Tempestade no Deserto?
— A Tempestade no Deserto foi um feriado na praia — disse.
— Mas houve toda uma vida antes disso.
— Você precisa de ajuda, Stagger.

Stagger deu de ombros, como se tudo já tivesse sido tentado. Seu gesso estava apoiado na bolsa entre eles, sem dúvida esmagando o corpo duro de Bushy. Joshua sentia-se incomodado com aquilo, mas não pôde formular nada para justificar uma queixa. Stagger estava patético naquela camisola fedorenta de hospital, os dedos inchados e brancos do gesso.

— Onde está minha espada? — perguntou de repente Stagger, e Joshua gemeu de contrariedade.

— Está atrás da merda da máquina de lavar. Você queria levá-la para o hospital e discutir o incidente com a polícia? Vamos pegar a sua espada no devido tempo, prometo. Primeiro precisamos sair desta situação seguros e ilesos.

— Máquina de lavar? Por que a máquina de lavar?

— E por que não, cacete? Está onde está e vou buscá-la quando puder. Agora estou exausto. Deus! Tome outro comprimido!

Stagger abriu o frasco de comprimidos com os dentes e virou-o na boca para tomar outra dose de analgésicos. Eles ficaram sentados em um silêncio pesado enquanto o táxi rastejava pela Lake Shore Drive. Joshua observava as ondas agitadas por um vento noroeste, chocando-se contra as muretas de concreto, espumando de fúria. Quando criança, ele gostava de ver o gelo cobrindo o lago até o horizonte. Em dias insanamente frios e ensolarados, quando a carne se desprendia dos ossos e não havia um pássaro à vista, a superfície do lago congelado fulgurava com gelificação perfeita. Mesmo que não congelasse realmente por todo o seu caminho até o Michigan, o lago de alguma forma conseguia completar-se, alcançar suas possibilidades mais remotas e depois parar lá. Quando o punho do frio relaxava, o gelo começaria a rachar e as banquisas seriam empurradas de encontro à costa, formando cadeias de montanhas de gelo. E então tudo se descongelaria e retornaria ao seu cinzento rotineiro. Qualquer ponto determinado é o ponto final de alguma coisa. Nada é sempre um começo.

– Eu gostaria de falar uma coisa – disse Stagger, mas o celular de Joshua tocou naquele instante. Joshua verificou a tela do telefone: Kimiko M. Casa. Ele ignorou a chamada, mas algo dentro dele – a próstata, talvez – apertou.

– Eu gosto do seu cheiro – disse Stagger. – Pronto, falei.

– Ok, você falou – disse Joshua. – Poderíamos não falar sobre isso, por favor?

– Tudo bem. Nenhuma palavra. Fechei a boca.

Kimiko M. Casa. **Ideia de roteiro 144**: *Um homem salva a vida de seu camarada, o que impressiona tanto a sua namorada que ela sugere um* ménage a trois.

– Eu só quero que você saiba que eu não sou gay – disse Stagger.

– Eu não perguntei, então você não tem que dizer – Joshua disse. – Isso é algo que você terá que resolver sozinho.

Havia um sujeito na ciclovia ao longo da Lake Shore Drive, pedalava com esforço tão evidente que parecia estar no seu quadragésimo quilômetro, jogando a cabeça para o lado para impulsionar o corpo à frente. Um sem-teto cambaleou – não como um zumbi – na direção do ciclista para pedir alguma coisa, mas o ciclista limitou-se a passar acelerado. Joshua virou-se para olhar o rosto do ciclista enquanto passavam por ele e pôde ver a dor. Volta, minha alma, ao teu repouso.

– Você acha que poderíamos encontrar outro gato como este? – disse Stagger, batendo com o gesso na bolsa.

– Onde? Não é como ir a uma loja de gato. Ele não é um aspirador de pó. Ela saberia – disse Joshua. – E Bushy saberia.

Stagger abriu a bolsa para olhar o rígido Bushy, cujos olhos estavam abertos.

– Era um bom gato – disse Stagger.

– Ele era um devasso – disse Joshua. – Por favor, feche a bolsa. Ele está olhando pra mim.

– Meu braço está quebrado – disse Stagger.

O celular de Joshua tocou novamente e era, novamente, "Kimiko M. Casa".

– Ah, meu Deus! – disse Joshua, e atendeu.

Kimmy esperava no alto da escada, sua pose e postura não prometiam nada de bom. Kimmy com sua roupa de trabalho severa: a saia justa, o blazer de ombros largos, as mãos na cintura, o cabelo em um rabo de cavalo apertado. Joshua sempre gostou da linha suave do seu maxilar, mas agora parecia que ela estava escondendo lâminas de barbear sob a pele. Ele parou ao pé da escada, com a bolsa na mão, sem saber se ousaria subir como se tudo estivesse normal. No centro dele, onde costumavam ficar suas modestas tripas, havia agora uma câmara vazia e superaquecida.

– Quem é o seu amigo ferido? – perguntou ela. Um passo atrás de Joshua, como um guarda-costas, Stagger tentou esticar seus lábios tumescentes num sorriso.

– É Stagger – disse Joshua. – Meu senhorio.

Kimmy olhava fixamente para Stagger, o mártir indefeso: rosto machucado, braço quebrado, pés descalços, camisola verde-meleca, tranças ridículas. Kimmy tinha muitas perguntas, mas não perguntou nada.

– Ouvi falar tanto de você, Sr. Stagger – disse ela.

– Prazer em conhecê-la, Sra. Casa – Stagger respondeu.

– Não consigo achar Bushy – anunciou Kimmy. Aquele era o momento de falar claro e encarar as consequências, até porque Kimmy estava olhando para a bolsa New Balance. No entanto, em vez de falar claro e encarar as consequências, Joshua subiu o primeiro degrau sem ir mais longe. Ficou perto o suficiente para sentir seu cheiro: o perfume de lavanda não conseguia esconder um cheiro úmido de ansiedade e frustração, como quando estava menstruada.

– Ele deve estar caçando esquilos ou coisa assim – disse Stagger.

– Por favor, Sr. Stagger, fique fora disso – disse Kimmy. – O assunto é entre mim e o meu parceiro.

Parceiro, como se fossem uma firma de advocacia. Joshua subiu mais alguns degraus e alcançou o nível dos olhos de Kimmy. Ele insensatamente considerou beijar seu rosto.

– E aí, parceiro? – disse ela, o gelo em sua voz se estendendo por todo o caminho até o seu próprio Michigan particular. Seus olhos estavam escuros e pressagiavam – como diriam em um romance – alguma coisa. – Seus amigos vieram aqui pra te ver.

INT. LABORATÓRIO SUBTERRÂNEO – DIA

Uma luminária lança um círculo estreito de luz sobre a mesa, onde há uma seringa e um caderno. O major K está encurvado sobre a mesa, com a cabeça entre as mãos. Ele se senta e soca o rosto.

      MAJOR K
  Faça isso logo, droga! Seja homem! Você tem de fazer isso!

Finalmente, ele pega a seringa e olha para ela. Limpa com um pano um ponto em seu braço e mergulha a agulha nele, esvaziando a seringa. Ele a retira, desmonta cuidadosamente e joga fora. Depois se senta e fecha os olhos. Sua mandíbula está cerrada a ponto de quebrar.

MOMENTOS DEPOIS

O major K abre os olhos, pega uma caneta e abre o caderno. Escreve a data no alto da página.

INSERIR

A letra do major K.

MAJOR K
(v.o.)
Tensão muscular. Respiração irregular. Desespero. Pensamentos suicidas.

Joshua entrou na sala de Kimmy como em um pesadelo mobiliado. Tudo era esmagadoramente familiar, mas ainda assim inquietantemente desordenado – as flores no vaso pareciam agressivas, os livros na mesinha de centro rosnavam para ele – principalmente porque Ana e sua filha estavam sentadas no sofá de Kimmy. Com o rosto pálido e desprovido de covinhas, Ana esfregava as mãos. Vestia a blusa branca de mangas bufantes, sem as manchas de chocolate. A filha (qual era o nome dela?) levantou-se para oferecer a mão a Joshua, como se o recebesse numa reunião marcada.

– Já nos vimos uma vez, mas você não deve se lembrar de mim – disse ela. – Meu nome é Alma.

Joshua apertou sua mão – firme e confiante –, mas não conseguiu pronunciar uma palavra. *Divirtam-se, crianças*, ela disse a ele na casa de Ana antes de sair. Stagger estendeu a mão do braço engessado e eles trocaram sorrisos calorosos, quase conspiratórios. Talvez já se conhecessem. Tudo era possível com Stagger, ou este dia, ou este pesadelo. O Senhor é um grande conspirador, o astuto atormentador dos inocentes. Ana não olhou para ele nem disse nada a Joshua, que ficou grato por sua contenção.

– Talvez você possa contar ao professor Josh por que estão aqui – disse Kimmy. Ana se levantou e respirou fundo, Alma olhando para ela, ansiosa para ouvir sua próxima fala. Joshua colocou a bolsa New Balance sobre a mesa com o vaso de flores, como se estivesse se preparando para ser esbofeteado. Os olhos de Ana estavam com um tom de verde mais escuro na luz difusa da sala de Kimmy. Talvez se todos ficassem em silêncio o maior tempo possível, eles poderiam sair daquele momento para o próximo, e depois para o próximo, até que todos os momentos anteriores fossem apagados da memória e tudo pudesse começar de novo. O sonho americano final: o eterno presente, onde nada aconteceu antes do que está acontecendo agora.

— Eis o que fiquei sabendo, professor Josh, enquanto esperávamos que nos enriquecesse com sua presença — disse Kimmy. — O marido dela expulsou-as de casa. Ele disse que já não se importava. Estava cansado de ser padrasto e marido.

Alma assentiu, confirmando o resumo da catástrofe que se desenrolava.

— Uma situação familiar muito complicada. Uma trama digna de um romance russo de mil páginas — prosseguiu Kimmy. — O problema é que eu não suporto romances russos.

— Eles não são russos — observou Joshua. — São bósnios.

— Tanto faz. Eles são estranhos — disse Kimmy. — Na minha sala de estar. Na minha casa.

Uma centrífuga de terror girou em seu estômago. Ele não poderia ter imaginado que a cabine do medo pudesse oferecer serviços como este. Nem o vaso nem as flores se mexeram, nem os livros na mesinha de centro foram afetados pelo que estava acontecendo. A mente de Joshua ansiava chegar a um perfeito estado de vazio — ele poderia estar atingindo o satori, não fosse o vil homenzinho no porão apertado, fazendo anotações, regozijando-se: um dia, quando estivermos todos mortos e desaparecidos, esta será a página de um roteiro.

Ele não gostou daqueles braços de Kimmy cruzados no peito. Isso traduzia a sua determinação de infligir o castigo mais brutal sem chance de perdão. Enquanto isso, Stagger foi até a estante e inclinou o pescoço para ler as lombadas dos livros. Joshua poderia aprender muito sobre a arte do distanciamento psicótico de Stagger, que estava esfregando sua testa neste exato momento, como se para estimular um pensamento adormecido. Kimmy era muito senhora de si para perdoar; sempre confiante de que sabia diferenciar o certo do errado, ela odiava o errado. Joshua realmente precisava se sentar. Talvez pudesse fugir dali e se juntar aos fuzileiros navais, ir para o Iraque, perder sua sanidade com honra. Ser como Stagger, um homem imune ao sofrimento e à sanidade. Onde estava a espada samurai? Na lavanderia, sim, ele a deixou lá. Pode vir a ser útil para um futuro haraquiri.

– O que você acha que devia fazer aqui no caso, Jo? – perguntou Kimmy. – Porque estou completamente estupefata.

Todos esperaram que ele dissesse alguma coisa. Todos puderam ver que ele estava vazio de explicações ou ideias. Enquanto Kimmy estava estupefata. Ele achou *estupefata* uma palavra estranha para usar naquele contexto em particular.

– Por que nós simplesmente não nos sentamos e conversamos? – disse Joshua. – Vou tentar explicar.

– Esko também disse que agora estamos livres para ir morar com o professor Josh – disse Alma. De alguma forma, ela parecia alegremente tranquila com tudo aquilo. Quão cedo você pode aprender a ficar fora de sua própria vida? Para vê-la como se estivesse acontecendo na tela? Ana ladrou alguma coisa em bósnio para Alma, mas ela ignorou a mãe na maior facilidade. Stagger sorriu para algum livro sinistro na prateleira de psicologia do sexo. *Estupefata*. Que porra é essa? Joshua colocou a mão na cabeça, sabendo que sua paralisia aliada aos gestos de ansiedade o acusavam.

Quando me vejo amarrado pelos laços da morte, invoco Deus para fazer de mim um completo catatônico. Coppola já havia simulado um ataque epiléptico em uma reunião com executivos predadores do cinema. A boca de Joshua, no entanto, estava seca demais para espumar. Ana saltou do sofá na direção de Alma, como se fosse esbofeteá-la, mas a garota recuou, desobediente e habilmente, para continuar seu testemunho.

– Ele disse que o professor Josh agora pode nos alimentar e foder conosco – disse Alma. – Corrigindo: nos alimentar e foder *com ela*.

– Por favor, pare! – disse Ana.

– Só estou reproduzindo o que o seu marido disse.

Havia ainda um modo de explicar isso de alguma forma aceitável: marido com ciúmes patológico mais professor com devoção excessiva igual a terrível, *terrível* mal-entendido. Kimmy olhava para Ana, para Joshua, para Ana, para Joshua – como crianças culpadas, os dois evitavam claramente o contato visual. Por que era tão difícil dissimular? A única coisa que os pais precisam conceder aos filhos para aumentar suas chances de sobrevivência neste mundo punitivo é a habilidade de mentir de forma flagrante e inflexível. Bernie era bom em mentir, como muitos homens de sua idade e geração, mas ele não soube ensinar a Joshua como olhar nos olhos de uma mulher e enganá-la.

– Eu entendi – disse Kimmy. – O professor Josh. Sim.

– Só estou dizendo o que ele disse – repetiu Alma. Ela se sentou, aliviada por ter contribuído para aquele desmascaramento completo. Os adolescentes deviam ser obrigados a aprender a mentir; isso devia fazer parte do currículo do ensino médio. Devemos aprender a nos preocupar com o significado das afirmações, não se são verdadeiras. **Ideia de roteiro 151:** *Acampamento de Verão Subterfúgio, onde todo mundo é mentiroso, exceto um menino,* *que continua sendo castigado por sua sinceridade suicida, servindo de lição para o resto. Título*: A mentira dos outros.

Ana sentou no sofá para dedicar-se totalmente ao pranto. Joshua jamais a ouvira chorar, nunca imaginou que chorasse – de repente ela era outra pessoa, alguém de garganta convulsionada por emitir gritos pungentes que não poderiam ser interpretados como outra coisa senão sofrimento. Stagger chegou a erguer os olhos do livro que estava folheando – que era *Perversões femininas*, muito apropriado.

– Há algo que você gostaria de me dizer, Jo? – perguntou Kimmy. Houve um tempo em que a mãe de Joshua costumava dizer a mesma frase, esperando que o pequeno Josh implorasse perdão. Um dia, ele não tinha nada a dizer, e disse isso, foi pura poesia.

– Não fui eu – disse Joshua.

– Não fui eu o quê?

– Não fui eu.

– Tente outra vez.

– O marido dela esteve na guerra da Bósnia. – Joshua tentou outra vez.

– Vamos primeiro concordar com alguns fatos: você teve relações sexuais com a esposa dele, que por acaso também é sua aluna. Sim ou não?

– Ele foi da Polícia Especial.

– Sim ou não?

O gelo na voz de Kimmy começou a rachar. Joshua quis pegar as mãos dela e cobri-las de beijos, mas sabia que não seria um gesto prudente. Ele disse:

– Eu estava tentando ajudar.

– Sim ou não?

— Sim, teve — disse Alma, e Ana, com as lágrimas escorrendo pelas faces, virou-se no sofá para estapear o bíceps de Alma. Um hematoma se formaria ali.

— Ele é um homem extremamente perigoso — disse Joshua.

— Bem, devemos chamar a polícia, então? — disse Kimmy.

— Nada de polícia! — Ana gritou.

— A polícia nos deportaria — disse Alma, segurando o bíceps. Vestia uma blusa Abercrombie & Fitch, e o gel no cabelo dava um moderno efeito despenteado. Você apostaria que os garotos do colégio deviam correr atrás dela feito lêmingues.

— Não se preocupe. Não sou eu que vou chamar a polícia — disse Kimmy. — Vocês agora são da responsabilidade do professor Josh. Ele agora pode alimentar e foder com quem quiser. Exceto comigo. Estou fora.

Desinteressado do drama, com toda aquela dor assassinada dentro dele, Stagger continuou operando à margem: agora estava lendo cartões-postais e bilhetes na geladeira, inclusive o Post-it do sol sorridente que Kimmy deixara para Joshua antes de sair. Stagger lutou para abrir a porta da geladeira com a mão do braço engessado, evitando por algum motivo fazê-lo com a esquerda.

— Na verdade, sabe o que mais? Você, professor Josh, é que está fora — disse Kimmy. — Sim. Saia.

Era absolutamente espantoso para Joshua que ele ainda estivesse de pé e falando, enquanto seu único e verdadeiro eu se enrolava no chão imundo do seu ser para contorcer-se como um feto na frigideira. O homenzinho à mesa anotou isso também. E o atrativo gancho acima da mesa.

— Fora! — disse Kimmy.

Stagger finalmente conseguiu abrir a geladeira e pegar uma garrafa de cerveja. Ele estava tão indiferente quanto o vaso, as flores e Deus.

– Onde você guarda o abridor de garrafas? – Stagger gritou da cozinha.

Se isso estivesse acontecendo num filme, agora seria um bom momento para o corte: todos se encolheram ao mesmo tempo quando Kimiko bateu a porta atrás deles com fúria. "Isso é loucura", disse Stagger, a garrafa de cerveja entre as mãos. Ele tentou morder a tampa, mas Alma pegou a garrafa e abriu-a com um isqueiro que tirou do bolso num passe de mágica. Stagger comemorou, impressionado. Eles estavam unidos no desinteresse, em sua ausência do momento.

– Sinto muito – disse Ana. Havia muitas perguntas que Joshua poderia ter pensado em fazer a ela: por que neste mundo de Deus você veio logo para a casa de Kimiko? Você não entendeu que o sexo consensual é uma transação concluída? Por que não cuida da sua própria vida e fica longe da minha? Neste país todo mundo é constitucionalmente obrigado a cuidar da sua própria merda de vida. Resolvemos nossos assuntos desta forma. Caso contrário, o contrato social valeria tanto quanto o papel higiênico.

– Está tudo bem – ele disse, dissimulado.

CORTE: Um SUV do tamanho de uma fortaleza entra no quadro.

Estacionou bem na frente da casa, e Rachel e Janet saíram pelas portas. Mamãe parou atrás de Janet para olhar o seu filho, incapaz de analisar aquelas presenças estrangeiras em volta dele. Janet abriu a mala do carro para pegar uma torta grande, mas, antes de fechá-la, notou Joshua e os incongruentes outros: Stagger seminu com uma das mãos no gesso e uma cerveja na outra; uma mulher com rímel manchado; uma adolescente Abercrombie & Fitch.

– Ruibarbo – proclamou Janet, de torta na mão.
Todos ficaram imóveis, contemplando a torta de ruibarbo.
Quando me encontro estupefato e preso pelos laços da morte, pelas agonias do abismo etc. e tal, quando sou atingido pelo sofrimento e pela aflição, por favor, Senhor, tirai o meu da reta sem graves repercussões.
– Não é hoje o dia de jantarmos com Kimiko e você? – perguntou Janet. – Vocês não nos convidaram? É hoje à noite, não é, Rachel?
– Hoje à noite – confirmou mamãe.
– Puta que pariu – disse Joshua.
– Joshua! – disse mamãe.
– Onde está a sua bolsa? – perguntou Stagger.
– Por favor, explique – disse Janet.
Joshua procurou em sua mente algo para dizer, algo que lhe permitiria evitar explicar, mas nada surgiu.
– Agora não é um bom momento – disse ele.
– Agora é o único momento – insistiu Janet.
– Você deixou a sua bolsa lá, Jonjo – disse Stagger.
– Nós devíamos é sair daqui – sugeriu Joshua.
– Que bolsa? – perguntou Janet. – Quem são essas pessoas? Por que não sei o que está acontecendo? Não estou gostando disso nem um pouco.
Todos entraram no carro, mas não foram a lugar algum. Ficaram sentados em silêncio até as janelas embaçarem. Janet ligou o motor e o aquecimento, e virou-se para enfrentar Joshua e Ana no banco de trás. *A degradação de Joshua Levin*, uma autoria de Yahweh Bundão.
– Muito bem, Jackie – disse Janet. Sua mãe também estava de frente para ele. – E aí?
– Jan... – Joshua gemeu. Por que era tão difícil falar? Stagger estava no último banco de trás com Alma, que comia a torta com

os dedos, dando alguns pedaços para ele na boca. Ela deve estar doidona, Joshua calculou. Este deve ser o vínculo entre eles.

– Não me venha com Jan isso, Jan aquilo! Fale!

E ele falou, necessariamente omitindo alguns detalhes lúbricos. Mas deixou que a história saísse dele como era, relatando aos jorros e *huns* sua confusão, reviravoltas e a ausência de um arco narrativo compreensível. Ele até admitiu o fato de que o marido de Ana – assim como Kimmy – tinha razão de estar puto. "Atos foram cometidos", admitiu. "Os sentimentos estavam feridos." Sua franqueza o fez querer vomitar. Se saísse vivo daquilo, nunca mais iria parar de mentir. Ele abriu a janela, depois fechou. Abriu, fechou. Para baixo, para cima. Sete vezes para cima, oito vezes para baixo.

– Você não é mais meu irmãozinho desde os tempos em que era meu irmãozinho, Jackie, mas me parece que você só fez merda nessa história – disse Janet.

– Janet! Olha a língua! – disse mamãe. Ela costumava ter um porquinho do palavrão: Janet e Joshua tinham de colocar uma moeda de 25 cents a cada vez que proferiam um palavrão. Eles nunca descobriram como ela gastou o dinheiro. O auge da adolescência de Janet teria dado para pagar umas férias na França.

– Cala essa boca, Rachel, caralho!

Mamãe revirou os olhos para aquele palavreado. Era seu gesto de desamparo – ela revirou os olhos nos dias do seu casamento e do divórcio; ela provavelmente os reviraria para o Messias.

– Ouça, Janet... – interveio Joshua.

– Não, ouça você, Joshua. Eu sei o que eu disse sobre a Srta. Mitsubishi...

– Matsushita – disse Joshua.

– Tá, tá, Matsushita. A questão é: ela é boa para você. Ela é uma pessoa séria.

Nunca ficara claro para Joshua por que Janet não gostava de Kimmy. Ele achava que elas se dariam superbem, por serem mulheres bem-sucedidas profissionalmente e tudo mais, mas algo dera errado em algum momento, o qual passou totalmente despercebido a Joshua.

– A torta está deliciosa, senhora – disse Stagger lá de trás.

– Obrigada – disse Janet, sem se incomodar em olhar para ele.

Ana olhava para a rua lá fora: as árvores acastanhadas mal dando flores, as gavinhas sombrias da vegetação de abril, a varanda arrumada de Kimmy. Stagger e Alma continuaram comendo a torta, como se fosse um bolo de casamento.

– Não é culpa dele... – disse Ana.

– Por favor, fique fora disso – disse Janet.

– Tínhamos paixão – disse Ana.

– Paixão? – Janet zombou. – Paixão já virou nome de marca.

– O que está feito não pode ser desfeito – disse Joshua.

– Sim, pode! – gritou Janet. – Pode ser desfeito. Tudo pode ser desfeito. Volte lá e caia de joelhos para desfazer esse rolo. Diga a ela que esta mulher – Janet apontou para Ana – te drogou e te estuprou. Diga a ela que não foi você quem fez isso. Diga que nunca mais vai fazer isso. Mostre alguma liderança. Desfaça essa merda!

– O gato está morto – disse Stagger, com a boca cheia de torta de ruibarbo.

– Como é? – disse Janet.

– O gato está morto – repetiu Stagger, engolindo.

– Que gato?

– O gato de Kimiko. Está na bolsa. Que está na casa – disse Stagger. – Eu acho que o gato é um problema gigantesco para Jonjo. Nesta situação específica.

– O gato? – Janet virou-se e viu pelo para-brisa um esquilo cansado de invernos congelando a meio caminho de uma árvore.
– A curiosidade não matou o gato. Foi o marido maluco de Ana – disse Stagger, e Alma riu. Ela era um pequeno paciente, pensou Joshua, crescendo para tornar-se um muito grande.
O esquilo serpenteou rapidamente em volta do tronco da árvore, primeiro descendo, depois subindo, como se tivesse lembrado de algo importante – talvez a ausência do gato, a liberdade gratuita. Janet começou a bater no volante com as palmas das mãos. Muitos anos atrás, em um apocalíptico acesso de raiva adolescente, ela bateu no aquário de Joshua com uma concha de sopa, esmagando depois com o pé os peixinhos tropicais caídos no chão.
– Qual é o problema de vocês? – Ela começou a gritar. – Por que todo homem da minha vida é um idiota de merda? Por que não podem simplesmente estragar com a vida de vocês sem me envolver? Eu não quero ter de lidar com o seu maldito gato no meio da minha separação!
Ela ficou batendo no volante com fúria aterrorizante, o SUV sacudia. Quando parou, o silêncio que se seguiu foi ainda mais aterrorizante.
– Tudo bem – sussurrou Janet. – Todos pra fora.
Alma abriu a porta e saiu na mesma hora, como se estivesse esperando por aquele comando o tempo todo. Stagger teve dificuldade para sair, por conta do braço quebrado, mas Alma o ajudou. Joshua armazenou a estranheza daquela amizade instantânea dos dois para uma melhor compreensão no futuro.
– Obrigada pela torta, senhora! – disse Stagger.
– De nada – disse Janet. – Eu devia ter colocado veneno.
O banco traseiro estava coberto de restos de torta. Joshua mostrou-se relutante em deixar o carro, não queria ficar lá fora, exposto. Em algum momento da história humana, alguém em

algum lugar pensou em fazer torta de ruibarbo. Como a humanidade chega a uma decisão dessa? Se Deus não existe, quem fez a primeira torta de ruibarbo? Mamãe assentiu com a cabeça, aprovando as instruções de Janet. Na adolescência, Janet e Joshua faziam longos debates tentando determinar qual deles era mais amado e compreendido pela mãe. No final, eles dividiram a diferença: Joshua era o mais amado e Janet, a mais compreendida.

– Fora. Todos vocês. Saiam – repetiu Janet.

– Janet! – implorou mamãe. Ana abriu a porta e saiu.

– Aproveite resto do dia – Ana disse, sem sarcasmo na voz. Ela era uma pessoa difícil de magoar, Joshua percebeu, porque já deve ter sido duramente magoada na vida. Foi então que ele reconheceu que o que aconteceu entre os dois não podia ser apenas sexo. Ela estava certa: a transação não fora concluída. Havia mais.

– Você também, Rachel! Cai fora – gritou Janet.

Joshua ainda não conseguia se mexer, mas Ana segurou a maçaneta da porta, mantendo-a aberta para ele, e ele a seguiu.

– Pra fora, Rachel!

A mãe saiu resmungando. Stagger ofereceu a mão quebrada para ajudá-la a descer do degrau alto do SUV. No momento em que pisou no chão, a mãe virou-se para Joshua e lhe deu um olhar de censura – há muitos anos, esse olhar significaria nada de filmes no resto do ano letivo. Janet acelerou e foi embora.

– Janet venceu outra vez – disse Joshua.

– Oh, não, Joshua Levin, foi você – disse a mãe. – E foi o que melhor aprontou até agora.

– Vai se foder, mãe – disse Joshua.

Ela estava prestes a revirar os olhos quando os gritos de Kimmy saíram da casa e quase estouraram os tímpanos de todos. Ela deve ter descoberto a coisa mais valiosa do mundo.

INT. LABORATÓRIO DO PORÃO – NOITE

Mulher, vestindo luvas de látex, prepara uma seringa e suga algo na placa de Petri com a agulha. Depois tira bolhas de ar da seringa com umas batidinhas. Ela se vira de frente para uma gaiola com o Menino dentro, visivelmente zumbificado, GEMENDO de fome. O major Klopstock dorme em outra gaiola, mas a porta está aberta. A Mulher se aproxima da gaiola do Menino. Quando ele tenta agarrá-la entre as barras, ela o pega pelo pulso para evitar suas unhas compridas e crava a agulha no seu braço. Enquanto ela esvazia a seringa, o Menino UIVA, contorcendo-se de dores terríveis. De repente, ele se cala. A Mulher o observa. O Menino morto-vivo parece morto, seu cabelo grande demais espalhado em volta da cabeça como um halo. A Mulher fecha os olhos derrotada e tira as luvas de látex. Olha para a gaiola do major K. O sono dele é tão profundo que parece que nunca mais poderá acordar.

Joshua estava no escuro ao pé da escada; no alto havia luz.
Ele precisava subir, mas Bushy cravou as garras em sua panturrilha, agarrando-se a ele quando pisou no degrau seguinte. Joshua deu-lhe uma palmada para espantá-lo, mas Bushy continuou agarrando sua perna, avançando na direção dos seus olhos com a intenção de arrancá-los à unha. Se Joshua pudesse alcançar a luz, Bushy seria queimado por ela como um piolho na brasa do cigarro, e Joshua estaria seguro. Mas ele também não queria matar Bushy. A única coisa que podia fazer, assustado e zangado, era subir na esperança de que a situação se resolvesse por si só. Antes disso, ele acordou.

Seu primeiro pensamento consciente foi com Kimmy, e a simples verdade se apresentou: ele a magoara, e de forma cruel. Ela depositara nele todo o seu amor e confiança, e ele balançou o pau para tudo, traindo-a. Daqui por diante, sempre que ela pensasse nele ou falasse dele, seria com uma sensação dilacerante no estômago; como a lembrança de uma intoxicação alimentar. Onde antes havia amor, agora haveria ódio e cólicas estomacais medonhas. Ela não teria nenhum remorso de contar a todos os seus amigos – seus amigos de fato – os detalhes da dimensão sórdida da calhordice de

Joshua. Enquanto ela vivesse, haveria pelo menos uma pessoa no mundo – e provavelmente muitas mais – considerando Joshua pior do que uma salmonella. E havia um problema: o bócio do julgamento dela incharia para sempre no seu pescoço, forçando sua cabeça a curvar-se.

Então ele pensou em Bernie e nas suas células malignas; mas não, não podia pensar nisso agora. Não havia nada que pudesse fazer agora; nem sequer telefonar para Janet. Bernie já era um rapazinho, capaz muito bem de se defender sozinho até Joshua poder se recuperar.

Ouviu a porta do quarto abrindo; som de pés no chão, xixi escorrendo na privada. Podia dizer que era Ana: o cuidado discreto para não acordá-lo; o desconforto em seus passos; a graciosidade. Ela também estava magoada. Com quantas camadas de dor o Senhor nos modelou?

Em um dos roteiros meia-boca de Joshua, um cientista, o Dr. Oldenburg, descobria portais entre vários universos paralelos, onde os mesmos acontecimentos se sucediam, só que com um ligeiro atraso. O Dr. Oldenburg descobriu como se transportar de um universo para outro viajando no tempo, o que era útil quando precisava evitar a morte da mulher amada. Mas depois, ele descobriu que o número de universos era infinito, assim como o número de diferenças entre eles. O Dr. Oldenburg era super-herói em um universo e indefeso em outro – para salvar sua amada tinha de encontrar o universo certo. *A vida certa*, era o título do roteiro. Não funcionou porque todos os mundos eram tediosamente confusos, as diferenças entre eles obsessivamente mínimas, e por isso enfadonhas. Além disso, ele nunca chegou perto de concluir o roteiro. Mas agora, quem sabe?

Ele fingiu dormir quando ela estava voltando para o quarto.

Ele a ouviu parar e sabia que ela estava olhando para ele, talvez esperando que estivesse acordado. O que ela via? Um homem-

-salmonella de trinta e poucos anos, dormindo num sofá de cueca e camiseta. Havia pelo menos uma maneira de medir a qualidade de uma vida: se você dormia num sofá do seu próprio apartamento aos 33 anos, as coisas não estavam indo bem. Ela permaneceu ali (onde, exatamente?) por um tempo, e Joshua se fez ficar tão quieto que suportou uma coceira animalesca espalhando-se por todo o seu couro cabeludo até a coluna, ou fosse lá o que restou dela. Quando ele sucumbiu e decidiu coçar sua caspa a ponto de sangrar, ela entrou sorrateiramente no quarto. Ele tinha visto uma vez uma propaganda de tratamento capilar em que um dos extasiados usuários de determinado xampu era apontado como um sobrevivente da caspa.

Uma hora mais tarde, tentou abrir a porta do banheiro, mas estava trancada. Tentou de novo, perplexo com a resistência. Por um momento, parecia que estava dentro de uma de suas armadilhas oníricas, mas então ouviu suspiros e gritos e pensou ser Ana chorando. Ele tirou a mão da maçaneta, porque não queria lidar com aquelas lágrimas. Ana, no entanto, saiu do quarto vestindo uma camisa azul de linho, uma camisa dele. Onde ela a encontrou? Era uma camisa de verão, guardada no fundo do closet.

– Eu estava com frio – Ana disse, segurando o cotovelo como John Wayne.

– Está tudo bem – disse Joshua. O cabelo curto dela estava todo desgrenhado, as pontas eriçadas. Pela primeira vez, ele notou sua estrutura maciça, obstinada, combinando com as linhas grossas e escuras das sobrancelhas. – Acho que sua filha está no banheiro.

– Ela terá estado lá dia inteiro – disse Ana.

Joshua bateu na porta, só para ter certeza de que Alma sabia que estavam lá fora, que sua mãe agora podia ouvi-la chorar. Como exatamente eu acabei vindo parar aqui, pensou ele, na frente de um banheiro de lágrimas? Alma saiu, vestindo apenas um top mínimo e calcinha, seus seios de filhote sobressaindo. Ele podia sentir o seu cheiro: ela cheirava à adolescência matinal, a glândulas e hormônios, à solidão adulta em gestação. Ela passou rápido por ele, dando um sorriso que o faria duvidar de tê-la ouvido aos soluços. Talvez não estivesse chorando mas gemendo de prazer. Ele descartou o pensamento como obsceno e trancou a porta atrás de si.

Fez xixi na frente da pintura de caça à raposa. Havia um pássaro pousado na copa de uma das árvores observando com indiferença a luta da raposa. Joshua nunca tinha visto aquele pássaro antes, mesmo que esquadrinhar o quadro todo tivesse sido parte de seu ritual urinário desde que fora morar naquele apartamento. Que tipo de pássaro era? Um rouxinol? Ele não tinha ideia da aparência dos rouxinóis. Como costumam cantar à noite, ninguém os vê. O pássaro era acastanhado e difícil de ver, pequeno e separado da cena de caça. Por que o pintor esconderia um rouxinol na pintura? Havia mundos de criaturas vivas que Joshua nunca veria, ainda assim confiava cegamente que de fato existiam. Ouviu Ana e Alma discutirem em bósnio lá fora. Talvez não fosse um rouxinol. Talvez fosse um busardo esperando a raposa descer. Ele já tinha visto um busardo no Arizona uma vez: parecia um abutre, feio, imundo, de cabeça pelada. Talvez este fosse um busardo britânico: contido, classudo, insípido, como a rainha ou o príncipe consorte morto de uma rainha qualquer. **Ideia de roteiro 163**: *A princesa deixa o palácio X para curtir uma noitada – digamos, para encontrar-se com seu jovem amante –, mas ela o encontra morto. Terroristas muçulmanos o torturaram para obter a informação que lhes permitiria chegar até a princesa. Agora eles estão atrás dela. Enquanto isso, um implacável repórter de tabloides segue o rastro do traidor real. A única ajuda que a princesa recebe: um belo taxista de Londres, cujo nome é Will. Título*: Will, o príncipe do povo.

Joshua sacudiu a cabeça e examinou seu rosto no espelho. Havia uma espinha subcutânea se desenvolvendo bem no canto onde uma narina encontrava a face – altamente espremível. Então ele inclinou o nariz e pressionou a unha mais afiada contra a minúscula protuberância. Willy e a princesa caem de amor temporário um pelo outro. Mas quando ela volta ao palácio, não há como Willy substituir o príncipe idiota de orelhas de abano. Milagrosamente, a espinha saltou. Willy agora sabe demais – ele a viu sentada na privada, o que poucos mortais viram. O MI5+2, uma agência supersecreta, despacha assassinos atrás dele. Sua única esperança: a própria princesa. Título do segundo filme: *O triunfo de Willy*.

Que merda, pensou Joshua. Isso tudo é inútil. Eu vou morrer um amador, um sobrevivente da caspa.

Ana preparou um café bósnio numa panela. Era espesso e forte; ela tomava puro, enquanto Joshua precisou acrescentar leite e um monte de açúcar para torná-lo saboroso. Beberam-no junto à janela, debaixo dos sinos de vento silenciosos pendurados com os fios todos embaralhados. Ela arregaçou as mangas em silêncio, olhando para o deserto de vielas e telhados de garagem. Chicago era uma paisagem que ninguém se importava de olhar.

– Eu perdi meus sonhos – disse Ana.

– Seus sonhos?

– Quando acordo, esqueço meus sonhos. Muitas coisas acontecem, então não me lembro – disse. – Como se vivesse e perdesse a vida.

– Eu também – disse Joshua. – Exceto que eu os perco antes que eles aconteçam.

Ele estava montando uma frase para explicar sua luta perpétua com seus sonhos inconclusivos, quando Alma saiu do quarto, pronta para o dia. Com o cabelo penteado e de rabo de cavalo, ela parecia radiante e feliz. Beijou Ana na testa, então surpreendeu Joshua fazendo o mesmo com ele. Era possível que estivesse cantarolando alguma música quando saiu, fechando a porta suavemente atrás de si. Onde ela poderia ir tão cedo num sábado de manhã?

— Ela está feliz? — perguntou Joshua. — Com o que poderia estar feliz?

— Ela está viva — disse Ana. — Ela está feliz.

— Eu estou vivo e não estou feliz.

— Ela tem futuro.

— Você está feliz?

— Não. Mas não me sinto miséria.

— Miserável.

— Não me sinto miserável.

Alma entrou correndo, voltando ao quarto para pegar alguma coisa. Ao sair de novo, ela estava colocando uma bandana na cabeça com pressa. A confiança de seus movimentos, a agilidade de seu corpo, o sorriso aleatório que ela lhes deu sem dizer uma palavra. O que há de errado com os adolescentes?, Joshua se perguntou. Indestrutíveis, entram e saem do inferno como bem entendem. Os pequenos pacientes têm tanto de si mesmos e eles sabem que sempre terão mais, então podem dar-se ao luxo de continuar desperdiçando. Um dia, mais cedo ou mais tarde, ficam desprovidos de si mesmos e entram na punitiva idade adulta. Uma vez na maturidade, você começa a gastar sua vida limitada, cada dia é um a menos para viver.

— Você já leu *Anna Karenina*? — perguntou Ana.

— Nunca terminei — disse Joshua. — Demasiado extenso para mim. Eu nunca poderia me lembrar de todos aqueles nomes.

— Você deveria ler. É lindo. É sobre vida real.

— É, a vida real. Não tenho nenhum interesse nisso no momento. A vida real me deixa doente.

— O que você escreve?

— Em meus roteiros? — O plural era ao mesmo tempo enganador e humilhante. — Todos os tipos de coisas.

— Sobre o quê?

— Oh, eu não sei... O que estou escrevendo agora chama-se *Guerras zumbi*.

— Sobre o que é?

— Sobre zumbis. E guerras.

Sentiu-se embaraçado ao falar sobre isso. Ela entendia de guerras. Ela saberia o que era de fato real e legítimo. Ela conhecia a morte.

— São só coisas comerciais. Só que ninguém compra. Coisas bizarras.

— Deve ser bom — disse ela, e parecia acreditar nisso.

— Meu pai está com câncer de próstata — disse Joshua sem pensar. — Não sei o que fazer.

Ele se arrependeu de dizer isso assim que acabou de falar: agora uma resposta era necessária; agora a empatia era necessária. Mas não queria resposta ou empatia; queria que o câncer de próstata de Bernie não existisse. Queria não pensar nisso. Ele mexeu o café e ficou olhando o redemoinho bege na xícara.

— A maioria dos homens tem câncer de próstata. A maioria vive — disse Ana. — Melhor câncer.

— Não há câncer bom. Todo câncer fode com o seu corpo e com a sua cabeça.

Ela acariciou o rosto dele.

— Muitos homens sobrevivem de câncer de próstata.

Ele queria fugir do carinho dela, para mostrar que não precisava de nada, mas a sua mão era quente e suave, reconfortante.

– Sabe o que é bom em você? – ela perguntou.
– Por favor, me diga uma coisa boa.
– Você é bom.
– Há um abismo cultural aqui. Uma coisa que eu não sou é bom. Sou uma salmonella egoísta.
– Seu rosto fica vermelho.
– Eu coro? Acho que não.
– Para Tolstói, pessoas boas coram.

Ana agarrou a mão de Joshua e pressionou sua palma no rosto dela, como se para fazê-lo tocar o seu próprio rubor, ou, talvez, para mostrar que não tinha medo de contaminação por salmonella. Seu rosto estava quente, sua textura agora familiar a ele.

– Você me faz corar – disse ela.

Ele puxou a mão das mãos dela. O café em sua xícara ainda girava, lentamente, em torno de algum centro imaginário. Houve uma primeira pessoa que colocou leite no café. Quem foi a primeira a mexer?

– Eu acho você muito atraente, Ana, e doce – ele disse –, mas não poderíamos suster este tipo de arranjo por um muito tempo. É meio errado.

– O que significa *suster*?
– Sustentar. Manter. Tanto faz. Já não sou seu professor.

Ana pôs a própria mão no rosto, como se quisesse se lembrar do toque de Joshua.

– Eu não tenho para onde ir.
– Eu sei. Mas não podemos viver assim.
– Temos que viver. Assim ou de outro jeito.
– Vamos pensar em outra coisa, então.

Ela estava sentada com as pernas cruzadas, a camisa de Joshua mal cobrindo o seu traseiro. Ele podia ver a maciez, o brilho diáfano de suas coxas; podia perceber a beleza de seu corpo expressa nesse detalhe particular, como podia perceber suas covinhas evanescentes e os imperfeitos sinais de nascença espalhados ao longo do pescoço e o fato de que, se seus mamilos despertos fossem seus olhos, ela seria ligeiramente estrábica. Podia perceber que eram essas imperfeições que de alguma forma a tornavam mais autêntica, mais real dentro do espaço que ele compartilhava com ela. A distância, Kimmy parecia uma propaganda de namorada, sem uma imperfeição – agora que ele tinha ido embora, ela era definitivamente uma pessoa completa, concluída, cada andaime fora finalmente retirado. Ana levou os lábios à borda da xícara e ele observou como o café fluía para sua boca em pequenos goles. Ele quis beijá-la, mas um beijo naquele momento teria confirmado um acordo tácito que ele não estava disposto a assinar, prometendo um futuro. Tomou um gole de café, o amargor completamente derrotado pelo leite e pelo açúcar. Ela passou a língua atrás dos lábios, como se para espalhar o sabor pelas gengivas, as duas covinhas dançando no rosto. Havia uma maneira bósnia de beber café, esfregando-o nas gengivas como heroína? Como ela beberia vinho? Provavelmente devia ficar ainda mais bonita.

– Por quê? – ele perguntou de repente.

– Por que o quê?

– Por que fizemos isso? Por que você dormiu comigo?

Ana bebeu mais café e riu, olhando para Joshua.

– Eu gosto de você – disse ela. – Eu queria.

– Por favor, Ana. Você arriscou, e perdeu, tudo só porque gosta *de mim*?

Ela sorveu outro gole de café, esfregou-o nas gengivas com a língua.

– O que posso perder que não perdi antes? – ela disse. – Perdi minha juventude na guerra. Perdi minha vida. Perdi meu emprego porque vim para América. Perdi meu marido.

— Você tem sua filha.

— Minha filha — disse Ana. — Ela já é supervelha na vida. Tinha três anos quando seu verdadeiro pai foi morto na guerra. Ela só saiu de casa para passear quando tinha seis anos. Não podia brincar na rua, porque atiradores de elite gostam de matar crianças.

Ela estava com raiva agora, seus olhos a ponto de chorar.

— Na semana passada, ela viu na televisão alguém matando cachorros com gás venenoso. Na televisão, por nada, e ela viu. Não conseguiu dormir. Não conseguiu comer.

— Por quê?

— Por quê? Porque os cachorros não fizeram nada a ninguém. Como você pode perguntar isso?

Sua raiva era linda: seus olhos brilhavam na luz da manhã, mais verdes do que nunca, e ela lambia os lábios entre um pensamento e outro. Sua língua nunca parava de se mexer.

— Você acha que eu tenho alguma coisa agora? Eu conheci Esko na guerra, e perdi ele na guerra também. Homem bom, mas ele vem do front e me odeia porque eu não entendo o que está acontecendo no front. Ele me odeia porque sou mulher. Ele me odeia porque sou médica e vejo pessoas morrendo todo dia no hospital, então eu não choro por ele. Ele não sabe brincar com Alma, não sabe conversar com ela. Ele não é pai verdadeiro dela. Ela vê ele louco todo dia. Ele grita e quebra coisas. Ele mal pode esperar para voltar para front. Ele quer morrer. Sempre tenho de dizer: um dia, depois da guerra, tudo será bom. Eu digo a ele, digo a Alma, digo a mim mesma: um dia será bom.

Ela parou para servir mais café na xícara de Joshua, tornando-o mais escuro. Ela encheu a xícara dela também e tomou um gole.

— Você sabe quando eu decido vir para América? Um dia, eu estava dirigindo. Vejo caminhão vindo na minha direção. Eu não quero parar. Eu não me importo. Quem se importa? Se caminhão se importar, ele vai parar. Ele parou, no último momento. Foi como acordar. Eu estava muito assustada. Eu decido: preciso sair daqui ou morrer. Não quero morrer.

Uma lágrima rolou por seus lábios, e Joshua não pôde suportar vê-la chegar no queixo. Ele colocou açúcar e leite e mexeu seu café muito além do necessário. O pavor da vida: que há sempre muito mais para as pessoas do que dizem as propagandas. Ninguém realmente viveu toda aquela felicidade que se via na televisão, nas revistas, em toda parte à sua volta. Quem foi a primeira pessoa a declarar a felicidade? Deviam ter fuzilado o filho da puta, ali mesmo. Ou apenas deixá-lo sucumbir lentamente às células malignas.

– Dia bom é hoje. E hoje envenenam cães que não fizeram nada a ninguém. Onde está bom? Onde estou eu? Eu? – implorou Ana. Ela tocou seu braço e uma corrente atravessou o corpo de Joshua. Ele não tinha ideia de que tais coisas pudessem estar dentro das mulheres.

– Você já viu uma pessoa morta? – perguntou Ana.

– Não – Joshua disse, mas não era verdade, estritamente falando.

– Como dia sem luz. Como bola sem ar. Apenas vazia.

Joshua tinha machucado a cabeça e, quando Bernie o levara ao hospital para suturar, ele vira os pés roxos inchados de um cadáver a caminho do necrotério, onde, talvez, tenha sido esvaziado. Ele, e todo mundo, sempre imaginava zumbis inchados e pesados de carne podre. Mas e se eles estivessem vazios, como sacos, como prisioneiros de campos, sua fome insaciável sendo o único remanescente da vida? Isso permitiria alguma empatia com eles, um desejo de salvá-los, em vez de simplesmente explodi-los.

– Eu não sou velha. Eu amo vida. Pode ser muito difícil, mas amo. – Ana continuou seu monólogo. – Eu tenho alma. Eu tenho paixão. Não quero ser vítima. Eu sou forte.

– Cada coisa esforça-se, tanto quanto está em si, por perseverar em seu ser – disse Joshua.
– O que significa isso? – perguntou Ana. – Eu não sou coisa.
– Isso é Spinoza.
– O que é Spinoza?
– Baruch Spinoza, o filósofo.
– Não gosto de filosofia – disse Ana. – Não gosto de falar sobre nada.

Seu corpo tinha um cheiro que fazia Joshua querer lamber sua pele como sorvete. Voltou a mexer o café.

– Você é como aquele caminhão – disse ela. – Eu não me importo.

– Tudo bem, mas por que você me quer? Você merece algo melhor do que eu, melhor do que um maldito caminhão. Eu não sou bonito. Eu tenho caspa. E olhe para este lugar – ele apontou para tudo em volta deles –, isto é uma garagem para o fracasso. Não há nada aqui que você possa querer. Se quer arriscar tudo, deve arriscar por um homem melhor, embora eu me sinta lisonjeado.

– Eu quero pegar o que eu quero – Ana disse e acariciou sua face. – Todo homem acha que deve ser o melhor. Todo homem acha que pessoas gostam dele quando ele ataca. Mas quando você ataca, não acredita que pessoas gostam de você. Porque você não gosta quando outras pessoas atacam. Você mente para fazer pessoas gostarem de você, e quando elas gostam, você não confia nelas porque você mente.

– Eu não ataco – disse Joshua. – Mas eu minto, embora não muito bem.

– Você acha que homem é trabalho. De manhã, você vai trabalhar para ser homem. Você acha que trabalho é tudo. Mas não é nada. É só trabalho.

– Que trabalho? Não sei do que você está falando.

Ana balançou a cabeça, perdoando sua ignorância.

– Você não é forte.

– Obrigado! – disse Joshua. – Finalmente! Obrigado por sua sinceridade!

Ele percebeu na mesma hora, naturalmente, que teria preferido se ela o tivesse considerado forte. Ela agarrou as mãos dele e segurou-as nas suas, como se estivesse a ponto de pedi-lo em casamento. Baruch estava errado em uma coisa: o desejo nascido da tristeza é muito mais forte do que o desejo nascido da alegria. Na verdade, talvez o desejo nasça somente da tristeza, da devastação diária de se morrer continuamente. Ana era muito maior do que ele, ou do que qualquer coisa que um dia ele viesse a ser. Em seu caminho através do deserto, ele estava passando por ela como se por uma memória de uma floresta verdejante.

– Você é melhor – disse Ana. – Você é triste. Você cora. Você é caloroso.

– Caloroso? Provavelmente é estresse.

Ela colocou as mãos dele nos seus quadris e se aproximou para pressionar seus lábios com sabor de café nos dele.

Sentia-se como um hóspede em sua própria cama, o que a tornava mais confortável. Desta vez, ele não estava traindo Kimmy, tecnicamente, então o corpo de Ana parecia diferente. Por um lado, havia mais corpo: ela estava encharcada e ele lambeu seus mamilos estrábicos em círculos concêntricos, até que a forma de seus seios o levou para as axilas, e então ele desceu pelo lado até o umbigo e ela abriu as pernas quando a língua dele desceu mais em direção ao clitóris perfeito. Vazia, ela não era. Seu rosto estava manchado com a umidade dela, tanto que ele teve de engolir, e sua língua queimou com aquilo. Ele empurrou a língua dentro dela, enquanto ela se erguia e mexia os quadris, e deslizou-a pelo clitóris, para cima e para baixo, penetrando-a com dois dedos, e ela gozou, batendo nas costas dele com os calcanhares, recitando algo em bósnio, falando em línguas e rimas.

Então ele foi para cima e seu pênis estava dentro dela, e ele a beijava, a mesma língua faminta agora dentro de sua boca. Longe, lá no fundo de tudo o que restava de sua mente, a luz da razão lutava bravamente para não ser extinta, e ele percebeu que usar um preservativo teria sido uma boa ideia, mas não havia como e por que sair de dentro dela, porque ela o acolheu e ele estava com ela em cada movimento, em cada suspiro, beijo e lambida – ela o deixou entrar tão profundamente que ele não precisava pensar nela, e, assim, não precisa pensar em si mesmo, mas é claro que ele estava pensando em não pensar em si mesmo e estava a ponto de começar a pensar em si mesmo quando ela mordeu a sua face, como se quisesse espalhar a dor, e doeu, e ele adorou, pôde sentir a pele romper-se e começou a gozar, e ela também.

EXT. ESTRADA – DIA

O major Klopstock, Ruth, o Cadete e o Menino caminham cheios de cansaço e fome evidentes em seus passos. Aqui e ali, um veículo queimado tombado em uma vala. Uma gigantesca nuvem de fumaça paira no horizonte. As sombras bamboleantes dos zumbis escalam uma colina distante na direção de uma única casa lá no topo.

A tripulação do major K encontra um caminhão-tanque. O corpo do motorista ao volante foi claramente devorado pelos vorazes mortos-vivos, sua caixa torácica aberta e desprovida de órgãos. O major K contorna a cabine, verifica o porta-luvas, não encontrando nada de útil. Quebra a caixa sob o caminhão e encontra dois galões de gasolina, ambos vazios. Ele pensa depressa, tira os galões e dá um para o Cadete. Primeiro ele, depois o Cadete, sobem a escada do caminhão em direção à escotilha no topo, mas o galão do Cadete BATE no reservatório. Todos ficam paralisados: eles podem ouvir claramente outra BATIDA em resposta de dentro do caminhão – eles se entreolham. O major K bate novamente: DUAS BATIDAS LONGAS, DUAS CURTAS. A resposta: DUAS BATIDAS LONGAS, DUAS CURTAS. O Cadete desce, põe o galão no chão e destrava sua arma. O major K puxa sua arma e vai até a escotilha.

MAJOR K
Tem alguém aí dentro?

Ele pode ouvir VOZES, mas nenhuma palavra. Ele grita outra vez. Agora, ouve nitidamente as palavras que lhe são ditas. Ele recarrega o revólver.

MAJOR K
(para sua tripulação)
Para trás!

Ruth dá alguns passos para trás, mas o Cadete gesticula para ela afastar-se o máximo que puder do caminhão e levar o Menino consigo. Eles se afastam mais para ficar a uma distância segura. O Cadete aponta sua arma para a escotilha. O major K a destranca cautelosamente, salta do caminhão e corre para ficar ao lado do Cadete. Eles observam, suas armas preparadas.

A escotilha abre. Uma por uma, vivas, pessoas imundas saem de lá se arrastando e cegas pelo sol. É claro que elas não sabem onde estão ou o que está acontecendo. Os refugiados olham ao redor, confusos. Eles parecem ser uma família. O PADRE (50) desce a escada.

PADRE
¿Qué está pasando?

Sua face ainda doía; ainda havia as marcas dos dentes de Ana. A impudente complexidade de tudo aquilo o fez sentir-se exausto porém maduro, como se tivesse sido iniciado num domínio brutalmente autêntico – não numa propaganda para um idiota feliz –, onde as pessoas estavam perdidas, mas ainda conseguiam lutar e viver. Agora ele tinha uma ferida a mostrar para entrar no mundo real. Agora estava pronto para se colocar na frente do caminhão chamado Billy Cooperman.

Billy estava por cima, mesmo que seu nome parecesse pertencer ao reino da pornografia barata. Graham o conhecia há anos e, às vezes, enviava os alunos até ele, porque Billy parecia ter descoberto um jeito de contratar talentos criativos locais antes que eles acabassem na Califórnia com suas almas esmagadas pelos Morlocks de Hollywood. Ele apostava suas fichas cedo, perdia algumas, ganhava outras, mas no geral, Graham estava convencido, ele estava destinado a ser um vencedor, por uma razão muito simples: acreditava pra caralho em si mesmo. *Guerras zumbi* parecia bastante promissor, pensou Graham, e era hora de Joshua conhecer pessoas e aprender a cavar o seu espaço. Claro, ele poderia enlouquecer e pegar um avião até Los Angeles para conhecer pessoas (Quem eram *as pessoas*, na verdade?, Joshua se perguntava. O que é um *espaço* real?), mas isso significava hotéis e passagens de avião, jantares sofisticados e ostentosos, toda essa merda deslumbrante necessária para se ter um respeito mínimo, que nunca acontece. Ou poderia começar em casa, antes que Billy acertasse em cheio. O pior cenário possível: Joshua iria aprender uma coisa ou duas sobre como vender o seu peixe.

A coisa toda, por menor que fosse, teve uma espécie de orquestração cinematográfica: Graham fez o contato; Joshua enviou páginas de *Guerras zumbi*; Billy concordou em conhecê-lo. Mas assim que uma reunião de almoço foi marcada, Joshua ficou superenvergonhado, como se estivesse bêbado e nu na frente de seus avós (o que de fato aconteceu pelo menos uma vez). Agora tudo era como se tivesse sido arranjado décadas atrás, naqueles tempos felizes antes de a equipe de demolição bósnia entrar na sua vida por uma porta e Kimmy fugir pela outra, antes de Ana tomar posse dele, antes de Bernie lhe enviar seu torpedo cancerígeno. As intenções e propósitos de sua vida ou do *Guerras zumbi* não eram fáceis de lembrar, mas ele estava cansado demais para resistir ao fluxo. E o homenzinho clamava naquele espaço apertado do porão, faminto por experiências notáveis.

Billy estava esperando por Joshua no Sushi Samurai, pelo menos uma garrafinha de saquê já consumida. Ele lembrava a Joshua outra pessoa, alguém ainda irrecuperável na sua memória: baixo e retesado como um bailarino, com um nariz pontudo, boca pequena e topete pompadour de playboy. Usava um blazer azul-marinho estilo navy, como se tivesse acabado de estacionar seu iate na esquina, a camisa branca desabotoada para revelar um triângulo peludo no peito. Ele não disse nada ao abrir os braços para fechá-los em torno de Joshua num abraço. Billy esfregou suas costas e apertou-o, como se estivesse verificando se havia microfones sob as roupas de Joshua. Sob os refletores do sorriso de sobrevivente de botox que Billy exibia, Joshua alojou sua bunda na cadeira.

– E então? – perguntou Billy, ainda de pé.
– E então?
– E então, o que os seus instintos lhe dizem?
– Sobre o quê? – perguntou Joshua.
– Sobre mim! – O sorriso de Billy permaneceu inalterado, as sobrancelhas meio erguidas no que deveria significar surpresa. Como se aprende a mexer as diferentes partes do rosto de forma independente? Os instintos de Joshua só diziam que ele estava roncando de fome e arrependimento, que deveria estar comendo um cheeseburger em outro lugar. Pensou em se levantar e ir embora, mas depois teria de encarar Graham e explicar tudo. Você tem que agarrar uma chance pelas bolas, Graham dissera. Por que uma chance teria bolas?, eis a pergunta irrespondível. Por que não teria, por exemplo, seios? Ou algum outro tipo de protuberância oportunista? Por que não agarrar uma chance pelo nariz? E como uma chance reagiria, se realmente tivesse um corpo, ao ter uma de suas partes agarrada? A mente humana não requer o conhecimento adequado das partes componentes do corpo humano.

– Você tem que seguir seus instintos – disse Billy. – Cérebro é para amadores.

O garçom, corpulento e lento demais para ser um profissional – facilmente desprezado como o irmão mais preguiçoso da família, o filho pródigo que voltou da faculdade como um fracasso lapidar – aproximou-se cautelosamente, a caneta em riste. Billy ajustou o sorriso para lhe dizer umas palavras distorcidas.

– Como? – disse o garçom.

– É japonês – disse Billy. – Significa: "Meu japonês é ruim."

– Eu sou coreano.

– Meu japonês ainda é ruim! – Billy riu, o leal soldado do exército cada vez maior de pessoas que riem das próprias piadas. Elas riem porque percebem que ninguém mais vai rir ou deveria rir. Um sintoma de deletéria solidão, observou o homenzinho. Um dia só haveria gargalhadas solo, as ruas ecoando os rugidos da solidão abismal. Joshua abriu seu guardanapo, enfiando uma ponta para cobrir o peito, ainda que apenas para evitar que testemunhasse aquele intercâmbio embaraçoso. O garçom olhou para o bar, como se pedindo ajuda. Não havia ninguém no bar, nenhuma ajuda iminente.

– Alguma coisa para beber? – perguntou a Joshua.
– Que tipo de chá verde você tem?
– Verde. E mais verde – disse o garçom. Ele já não gostava de Joshua, por conta de sua afiliação com Billy.
– Verde, então – disse Joshua. Ele ia comprar um chá verde caro em Chinatown para dar a Bernie. O garçom os abandonou para o conforto do bar vazio, onde releu os pedidos com uma expressão confusa no rosto. Joshua poderia afirmar que todas as rotas de fuga dele estavam obstruídas.

Billy era um especialista em sushi, comia-o com os dedos, como se fazia no Japão. Ele passara um verão em Tóquio, onde havia aprendido o idioma. A comida em Tóquio era inacreditavelmente cara. Um abacate custava cem dólares, disse Billy, e se fosse cúbico, custaria ainda mais. Os japoneses cultivavam legumes em caixas para economizar espaço. Ele não gostava de abacate porque era a única fruta com gordura, e muita. A gordura era seu principal inimigo. A gordura era o próprio diabo.

Habilmente, colocava na boca um pedaço de sushi após o outro, falando de lado, grãos de arroz despencando no seu guardanapo. Estava na cara que Billy se conhecia bem e gostava muito de si mesmo; ele velejaria na companhia de si mesmo até o fim do mundo, ida e volta. Joshua ouvia sem sequer tocar na sua salada de algas, pensando sem pensamentos: havia uma refugiada em casa (lar?) esperando por ele para compartilhar sua dor; havia um pai se enchendo de células malignas; todo o resto eram, bem, algas marinhas. Ele sorvia o chá verde de vez em quando, com impaciência. Billy teria lido as páginas de *Guerras zumbi*? Joshua considerou por um momento que, primeiro, ele nunca enviara página nenhuma e, segundo, ele nunca havia escrito nada e tudo acontecera somente na sua cabeça. **Ideia de roteiro 168**: *Um roteirista desesperado depara com um produtor de cinema em um bar e vende o seu peixe. O produtor adora o roteiro e quer começar a filmar imediatamente. O roteirista logo depois descobre que está pirando. Sua carreira, inclusive o produtor, não passam de frutos da sua imaginação. Título*: Tiro na cabeça.

O chá verde tinha um monte de antioxidantes, disse Billy, e eles eram bons no combate ao câncer. Ele esvaziou sua tábua de sushi, tirou o guardanapo do peito, espalhando arroz por todos os lados, e limpou a boca. Agora sim, estava pronto para falar de negócios. Uma confusão momentânea obrigou Joshua a tirar o último pedaço de sushi de seu prato. Imaginou de repente o que Kimmy acharia de Billy e suas projeções machistas, de sua necessidade de dominar pelo sorriso.

– Vamos fingir que não nos conhecemos – disse Billy. – Vamos fingir que estamos em uma festa. Todo mundo está caindo de bêbado. Há uma orgia no quarto de hóspedes com um rodízio de personagens. Você tem exatamente cinco segundos para me vender o seu peixe. Venda-me *Guerras zumbi*.

Com a boca cheia de unagi, Joshua desacelerou a mastigação para pensar num modo de evitar esse teste ou, se isso se revelasse difícil, de levantar dali e ir embora. O garçom iria entender. Ana iria entender. Até mesmo Kimmy iria entender. Joshua engoliu.

– *Guerras zumbi* é a história de um homem comum tentando sobreviver em circunstâncias difíceis – ele arriscou.

— Nada mau. Nada mau mesmo. Mas deixe-me dar-lhe alguns conselhos. Nunca, nunca use a palavra *comum* quando apresentar um roteiro. Jamais. Outra coisa: *tentando*. Heróis não tentam. Ou eles fazem ou não fazem. Em geral fazem. *Sobreviver: verboten!* A menos que seja uma história do Holocausto. E a palavra *circunstâncias* tem sílabas demais, fáceis de atrapalhar.

— Sabe de uma coisa? — disse Joshua, se levantando, se atrapalhando com o guardanapo. — Não estou achando isso uma boa ideia.

— Sente-se — disse Billy.

— Você me desculpe. Houve um mal-entendido. Não estou preparado para isso.

— Sente-se! Agora mesmo.

Joshua sentou. Billy estava olhando para ele de forma tão intensa que pareceu a Joshua que o sujeito fosse socá-lo. Nervoso, tomou um gole de seu chá verde.

— Eu sei o que você está pensando: você acha que eu não sei merda nenhuma. Tudo bem! Eu não sei merda nenhuma — Billy disse. — Mas deixe-me dizer-lhe uma coisa: estou tão cansado de pessoas como você, Joshua, que acham que sabem o que é a vida mas não têm experiência nenhuma. Nenhuma. Zero. Nada. Elas acham que podem me enrolar, como se eu não soubesse de nada. O que você esperava quando veio aqui? O que você acha que eu faço? O que eu faço? Você sabe? Diga-me: o que eu faço?

Billy manteve seu sorriso de botox à espera de uma resposta, e foi seu aspecto imutável que obrigou Joshua a dizer alguma coisa.

— Você é um agente. Você representa clientes.

— Errado! Está enganado! Tente novamente.

— Eu realmente não posso fazer isso.

— Eu faço o meu pessoal parecer bom para que eu possa vender os seus produtos. Eu posso vender uma página da lista telefônica como se fosse um tratamento para *O retorno do Titanic*. Eu faço as coisas acontecerem. Isto é o que eu faço. Eu sou agente porque tenho uma agência. Eu sei que você não tem um agente, mas você tem agência, Joshua?

Quando Joshua compreendeu a pergunta, Billy fez sinal para o garçom com um ligeiro giro do dedo indicador numa pirueta, como se exigindo pressa. Em vez disso, o garçom se deslocou com uma velocidade propositalmente lenta entre as mesas vazias, empurrando as cadeiras de lado.

– Não, você não tem – disse Billy. – É por isso que você precisa de um agente.

O garçom chegou, visivelmente exausto por seu zigue-zague em câmera lenta. Billy pediu uma porção de bolas de mochi sem consultar Joshua, balançando a cabeça como se espantado com a perfeição de suas escolhas. A energia do homem era não só abundante quanto desesperada, portanto patética.

– Você tem de descobrir o que fazer com todo esse potencial que tem, porque o potencial pode arruinar as chances de uma pessoa – disse Billy quando o garçom se afastou. – Sim, os zumbis poderiam ser mortos o dia inteiro que nenhuma pessoa com sanidade mental torceria por eles. Sim, Deus os criou para os garotos e videogames. Sim, há muita redenção, soldados assassinos, cabeças explodindo e referências culturais até encher o saco. Sim, o personagem principal é um médico. Sim, tem de ter uma mulher. E sim, eu posso conseguir alguém muito legal para o principal papel feminino, Gwyneth ou alguém assim.

– Gwyneth? Gwyneth Paltrow? Conhece a Gwyneth Paltrow?

– Você está de sacanagem comigo? Claro que não. Foda-se Gwyneth Paltrow, ela está acabada. Eu estava pensando em Gwyneth Szpika. Uma estrela em ascensão. Maravilhosa em *Improv Hamlet* – disse Billy. – Isto é Chicago. Só se ganha muito quando se aposta cedo.

O garçom derramou água por toda a mesa enquanto enchia o copo de Billy e depois deixou cair os pauzinhos sujos, que rolaram no chão. Billy e Joshua eram os únicos fregueses no restaurante, talvez os últimos antes que fechassem as portas para sempre e liberassem sua equipe contratada para buscar pastos de chá mais verdes. O garçom chutou os pauzinhos para longe, debaixo de alguma outra mesa, em algum futuro indeterminado.

– Eu vou ser franco com você, Joshie: preciso de você tanto quanto preciso do cabo de uma vassoura quebrada enfiado no meu cu. Tenho tantos clientes que vou ter que começar a dispensá-los. Por quê? Porque ninguém acredita no meu pessoal mais do que eu. Todo artista tem que acreditar em si mesmo. Sim, claro! É um clichê. Mas o que acontece quando se sente como se toda a sua crença tivesse sido drenada? Quando não há mais nada no tanque? É aqui que eu entro: eu acredito em você! Sou como um banco suíço de crenças. Eu as guardo para sempre.

Ele estava enxugando a água em torno de seu copo com um guardanapo.

– Vê aquele garçom? Ele nunca conseguirá nada no mundo dos garçons. Por quê? Porque ninguém acredita nele. Você acha que o chefe dele acredita nele? Você acredita nele? Eu não.

Joshua olhou para o garçom. Ele estava lá, logo ele era crível. Para Joshua, parecia que o maior problema do garçom era o simples, esmagador e mal pago tédio: a dor nas panturrilhas, os mesmos babacas exigentes, a mesma música ambiente em loop, os mesmos pedidos, sempre e sem parar. Enquanto isso, em outro lugar, em todos os lugares, o mundo se desfraldava como uma bandeira. E a tarefa básica na vida de todos era fingir que tudo significava mais do que mera sobrevivência.

– Eu sei o que você está pensando, Josh: por que George acreditaria em mim, logo em mim, um novato recém-chegado? Por que George iria querer desperdiçar seus recursos em um cliente com outra ideia de zumbi quando todas as equipes de filmagem do mundo poderiam passar os próximos zilênios filmando apenas os roteiros de zumbis comprados que já existem? Bem, Josh, vou ser franco com você.

Billy demorou a ser franco por um longo momento, seu olhar fixo em Joshua, que fez a pergunta óbvia: – Quem é George?

– Eu sou George – disse Billy.

– Eu pensei que você fosse Billy.

– George para os clientes, Billy para os amigos.

– Por quê?

– Esse meio não presta, Josh. Deixe que eu me preocupe com tudo isso. Não existe *eu* em *equipe*.

– Tem, sim – observou Joshua.

– Como é?

– *Eu* com o *q* no meio.

Não fosse a música ambiente melosa pingando dos alto-falantes do bar, eles teriam afundado em um silêncio constrangedor.

– Joshie, eu gosto de você – Billy/George disse, seu rosto se fechando –, mas você nem sabe que não sabe do que está falando.

Estava claro que não havia esperança disponível ali. A prática de vender o peixe estava agora terminada, era hora de voltar para a trincheira. E, pela primeira vez, Joshua pensou em si mesmo como um homem que sabia algo que outros não sabiam: ele sabia de Ana; sabia do câncer de seu pai; sabia do homenzinho no porão apertado. O que exatamente ele sabia de todas essas coisas, isso ele não sabia, mas sentia o peso desse saber na sua cabeça, nos seus músculos; a porta abriu e ele estava entrando.

– Eu lhe digo que isso obviamente não vai dar certo – disse Billy/George. – Mas eu gosto de você, e Graham é meu amigo, então vou te dar uns conselhos de graça. Em primeiro lugar, cave o seu espaço entre os roteiristas, abra o seu caminho até lá. Agora mesmo estão filmando muita coisa para a TV em Chicago, porque somos muito mais realistas do que Los Angeles. Envie algumas amostras do seu trabalho, depois de revisá-las primeiro. Tem passividade demais nesse roteiro, umas ironias acadêmicas. E muitos cenários caros. Vocês amadores costumam fazer o filme na cabeça. Uma dose extra de café espresso e as galáxias colidem. Mas pegue o seu primeiro emprego, depois pegue outro, e depois um pior, e antes que você perceba, estará escrevendo para Michael Bay.

– Quem é Michael Bay?
– Quem é Michael Bay!? Não acredito que você esteja me perguntando isso.

Billy/George colocou a mão no peito fingindo surpresa. Ele tinha um anel de ametista cor-de-rosa. Joshua deveria sentir-se desapontado, mas em vez disso sentiu como se tivesse ganhado um concurso: Billy/George era mais desesperado/iludido do que ele; a experiência de Joshua agora possibilitava que ele visse isso claramente. O garçom colocou a conta na frente de Billy/George, que a empurrou para Joshua sem olhar para ele.

– Ele me perguntou quem é Michael Bay – disse ao garçom, ou para si mesmo, ou a qualquer pessoa disposta a ficar horrorizada com a ignorância.

– Quem é Michael Bay? – perguntou o garçom.
– Quem é Michael Bay? – Billy/George apertou a cabeça numa descrença exibicionista. – Digamos apenas que ele é dono de uma ilha inteira.

Eu sei o que sei, pensou Joshua. E posso fazer, *seja o que for*. Ele tinha peso; se relacionava com pessoas reais; tinha coisas a dizer e transmitir. Era um roteirista, mesmo que não tivesse nada para mostrar. Fodam-se Billy e George e toda a sua laia! E mais do que todos os outros, foda-se Bega!

Ele não faltaria ao workshop desta noite.

Mais tarde, na Coffee Shoppe, turbinado com uma sequência de cappuccinos fortes como colisões galácticas, ele criou uma cena inteiramente nova, e depois outra e, em seguida, outra. Pela primeira vez em muito tempo, pôde perceber o farol distante de um roteiro concluído, o fim de *Guerras zumbi*, onde mais adiante as luzes de seu melhor eu piscavam timidamente.

Seguiu direto para a casa de Graham, depois da Coffee Shoppe, e afundou no futon sem nem sequer olhar para Bega, que já era o único presente na sala, lendo os jornais espalhados sobre a mesa. Seu traje de hoje era uma camiseta onde se lia *Sarajevo* na forma do logo da Coca-Cola. Tinha uma laranja nas mãos, a qual, por algum motivo, ficava beijando. O som dos beijos irritou tanto Joshua que ele ficou passando a língua nos dentes como um pugilista de gengivas sanguinolentas, o que, consequentemente, lembrava os lábios de Ana e tudo o que se seguia. Mas ele conseguiu ligar o computador e manter-se ocupado, ou aparentando estar ocupado.

– Sinto muito por tudo – disse Bega, sem tirar os olhos dos jornais.

– Que tudo? – exclamou Joshua.

– Por gato.

– Vá se foder!

– Que mais posso dizer? Desculpe.

– Era o gato da minha namorada. Ela o amava. Ele era seu melhor amigo.

Kimmy já não era mais sua namorada, e nunca mais o seria, mas a mentira não lhe deu prazer. Bega beijou a laranja outra vez, depois começou a descascá-la com os dentes, cuspindo os fragmentos na página não lida. O que ele ia fazer com a casca? Joshua esperava que ele a deixasse cair no chão para que Graham visse e depois o insultasse de escória estrangeira.

– Como você explicou gato para ela? Só por curiosidade – disse Bega, deixando cair a casca em uma lata de lixo a seus pés. Havia até uma caixa de lenços na mesa, de modo que ele partiu a laranja em gomos e alinhou-os no papel. – Você pode dizer a ela que gato atacou você e você teve que matar ele.

– Vá pro inferno – disse Joshua.

– Estou brincando. Sinto muito por gato.

– E quanto a Stagger?

– Quem é Stagger?

– Seu amigo assassino quebrou o braço de Stagger, chutou-o na cabeça. Tive que levá-lo ao hospital. Ele nunca mais será o mesmo.

Era difícil imaginar a vida de Stagger sendo diferente do que era – uma vida de certa forma inarruinável, sua insanidade como armadura. O telefone no bolso de Joshua, pressionado acidentalmente contra seus testículos, tocou e vibrou prazerosamente, indicando uma mensagem de texto.

– Esse Stagger. Bem, foi uma luta justa.

– Justa? Por favor, não fale mais comigo.

– Ok. Não falo.

Gomo por gomo, Bega devorou a laranja, depois jogou a casca na lixeira. Filho da puta, pensou Joshua.

– Ei, escute o que seu amigo Rumsfeld disse – Bega disse, mas Joshua não mostrou nenhum sinal de que o ouvira. Em vez disso, ele abriu o arquivo *Guerras zumbi* que ocultou o protetor de tela: uma foto do locutor de notícias em *A noite dos mortos-vivos* não conseguindo explicar os desdobramentos cataclísmicos. Ele começou a ler uma de suas cenas recém-escritas, procurando por ironias acadêmicas, se perguntando onde estaria Graham. Seu rosto doía, sentia-se inchado. A sala cheirava à laranja de Bega enquanto ele lia no jornal:

— "Existe no povo iraquiano um respeito pelo cuidado e pela precisão que foi levado em consideração naquela campanha de bombardeio. Não foi uma longa campanha aérea. Não durou semanas. E houve danos colaterais mínimos, danos não intencionais." — Que coisa linda! Rumsfeld é gênio! Você também deveria ficar agradecido, Joshua. Um gato gordo já é um dano colateral mínimo.

As palavras de Bega pronunciadas com forte sotaque bósnio fizeram com que Joshua ficasse ainda mais irritado.

— Vá se foder — disse Joshua. — Você não sabe de nada. Não sabe do gato, não sabe de mim, não sabe deste maldito país.

— O que eu sei é que você fez sexo com esposa de Esko.

— Eu pensei que você fosse meu amigo. Você trouxe um assassino para a minha casa.

— Casa é de Kimmy.

— Nós dividimos o aluguel. Além disso, não é da sua conta.

— Ninguém morreu. Você deve ter respeito pelo cuidado e pela precisão.

— Vá se foder!

— Eu pensei que devia estar lá para proteger você se Esko saísse de controle. Você não conhece aquele cara. Poderá ter quebrado seu pescoço fácil.

— Poderia ter quebrado meu pescoço — corrigiu Joshua com prazer.

— Poderia ter quebrado seu pescoço — disse Bega. — Você não ia querer ficar sozinho com Esko, acredite em mim.

— Obrigado por salvar minha vida, então! — disse Joshua. Seu telefone tocou, mas ele ignorou, imerso em uma visão de socos na cara de Bega, com o som de ossos rachando. Soltar alguns zumbis vorazes agora que arrancassem a carne de seus ossos seria ótimo também.

– Ana e Alma estão com Kimmy agora? – perguntou Bega.

– Mesmo que estivessem, eu não diria a você. E também não estão na minha casa.

– Esko está muito abalado. Anda bebendo demais, falando sozinho. Ele pode ter ideias, sabe.

– Então por que você não me deixa em paz e vai cuidar do seu amigo terrorista?

– Eu entendo que você está com raiva. Eu estou lá para te ajudar.

– Eu estou aqui para te ajudar.

– O quê?

– Você disse "eu estou lá para te ajudar". Está errado: eu estou aqui para te ajudar.

– Eu estou aqui para te ajudar – disse Bega.

– Bem, então saia daqui – disse Joshua.

Dillon entrou e sentou na outra extremidade do sofá, interpondo sua presença entre os dois.

– Eu acabei de ver a coisa mais doida – disse ele.

Mas nem Joshua nem Bega demonstraram interesse pela coisa mais doida. Graham entrou, jogou seus papéis na mesa e se sentou. Todas as manchas em sua testa estavam unidas em uma frente sólida e vermelha.

– Se alguém aqui disser as palavras *armas de destruição em massa* – disse Graham –, eu vou vomitar na cara de quem falar.

– Eu acabei de ver a coisa mais doida – Dillon repetiu para Graham, tentando impressioná-lo, mas ele o ignorou também. O telefone de Joshua vibrou, mais uma vez. Houve um tempo em que o telefone não vinha embutido em você, um tempo em que se podia ficar em paz com as pessoas que estavam ao seu lado. E quando não havia ninguém por perto, você podia ficar sozinho, consigo mesmo. Agora a sua teia de aranha estava sempre sendo puxada.

Alice saiu do banheiro e deu um sorriso angelical para todos, fizera uma escova perfeita no cabelo. Fazia tempo que não vinha ao workshop. Quarentona rechonchuda, com cara de lua e olhos grandes e redondos, que Joshua não achava bonitos, mas confortáveis de olhar, como uma nuvem num céu perfeitamente azul. Da última vez que a vira, ele se imaginara se aconchegando em seus braços.

– Boa noite, senhores! – disse ela.

– Eu acabei de ver a coisa mais doida. – Dillon tentou de novo e, felizmente, Alice disse: – E o que foi que você viu, Dillon?

– Eu vi um cão com rodinhas no lugar das patas traseiras.

– Que incrível – Alice disse e sorriu para Dillon, que se remexeu no sofá com o prazer de sua atenção.

– Era tipo metade cão, metade skate – disse ele.

Joshua leu na tela do computador, pronunciando cuidadosamente cada palavra, como se estivesse fazendo um teste:

– "Ruth abre a porta da gaiola e entra. O menino permanece imóvel, de bruços. Ela se ajoelha ao lado dele e o vira. Os olhos dele estão fechados, ele parece pacífico, ao contrário do rosto atormentado de zumbi que tinha antes. De repente, seus olhos se abrem."

Alice arfou de susto.

Ela estava no meio de uma jornada espiritual de autolibertação, trabalhando em um roteiro sobre uma mulher de Idaho que morava no mesmo casebre há quarenta e sete anos, comunicando-se com os anjos todos os dias. – Uma história real – disse ela.

– Ela certa vez foi ao céu e sentou-se no trono de Deus. – Alice podia visualizar esta cena na sua cabeça: o trono de ouro; a luz divina o cercando; anjos saltitando por toda parte; e lá estava Candy, recém-saída de um casebre para encontrar-se com o Senhor.

– Isso vai ser caro – disse Graham. – Um cenário sem Deus sai consideravelmente mais barato.

– "Ruth pega o menino em seus braços e acaricia seu cabelo comprido" – Joshua continuou. – "Ele sorri debilmente. As feridas em seu rosto agora sangram devagar. Ele levanta a mão com algum esforço e toca o cabelo da mulher. Ela sorri para ele. O menino geme. Ela o coloca sentado. Menino: 'Estou com fome.'"

Joshua ergueu os olhos. Ninguém disse nada. Graham gesticulou em direção aos outros sugerindo uma rodada de comentários. Bega deu um trago espalhafatoso num cigarro apagado.

– Está muito bom – disse Bega. – Melhor do que antes.

– Eu realmente gosto que ela tipo arrisque a vida tipo entrando na gaiola – disse Dillon.

– Eu acho lindo – disse Alice.

– Mas o menino estava morto, não? – disse Graham.

– Morto-vivo, estritamente falando – disse Joshua.

– Eu sei, mas seu cérebro estava morto, não é? – disse Graham, pressionando o dedo indicador na covinha do queixo. Ele nunca usava outro dedo para ajudar o seu queixo a atingir o clímax. – Não entendo muito de história, ou de fisiologia zumbi, mas humanos não podem viver sem cérebro. Se ele estava morto ou morto-vivo, então seu cérebro estava morto. Estou entendendo isso errado?

– Cérebros zumbis são infectados por um vírus que os transforma em mortos-vivos – disse Joshua.

– É tipo estar desligado, tipo estar no modo sono profundo – disse Dillon.

— O que eu quero dizer é que o cérebro do menino não tem mais conserto – disse Graham. — Ele não pode simplesmente acordar e pedir a merda de um sanduíche.

— Suspensão da descrença – disse Bega. — Zumbis não existem, a menos que você acredite neles.

— É o poder do amor – disse Alice.

— O poder do amor? — Graham olhou para Joshua, depois para Bega, depois para Joshua, como um advogado diante de um júri. São Pacino observava a cena tristemente. Então Graham explodiu em gargalhadas, e Bega se juntou a ele e até Dillon riu. Alice não riu, ficou desenhando ao acaso. Eu me deitaria nela como um potro, pensou Joshua. Graham enxugou suas lágrimas de tanto rir.

— O poder do amor! – disse ele. — Eu estou fodido.

Heroicamente, Alice ignorou o insulto e perguntou a Joshua:
— O que acontece depois?

— O menino se recupera, mas eles têm que fugir porque os soldados encontram o laboratório. Eles partem à procura do pai.

— Eles vão encontrar o pai? – perguntou Bega.

Joshua nem se incomodou em olhar na direção dele.

— Pode ser que sim. Eles terão que saber como primeiro – disse Joshua.

— Bem, deixe-nos saber o que acontece – disse Graham. — Quase tudo no mundo depende disso.

— Eu acho que eles deveriam encontrá-lo – disse Alice.

Graham encerrou a sessão sem perguntar sobre o almoço com Billy/George; deve ter recebido um relatório completo e ficou puto por desperdiçar sua influência. Joshua levou um tempo guardando seu computador e suas anotações. Dillon demorou-se por ali também, fingindo estar folheando os livros de Graham, até que, abruptamente, voltou-se para Joshua e disse:

— Posso fazer uma pergunta?

Joshua ergueu os olhos, e Dillon estava ruborizado até as orelhas, mordendo os lábios compulsivamente.

— Você gostaria de tipo sair para beber alguma coisa? Talvez? — perguntou, rangendo os dentes com um sorriso acanhado. Seu boné de caminhoneiro estava torto; havia uma mancha visível em seus óculos de aro grosso; ele estava suando.

— Acho que não — disse Joshua. — Eu acho que não podemos namorar e nem mesmo ser amigos, Dillon. Porque eu te acho um idiota.

Seu telefone tocou e ele finalmente tirou-o do bolso para ler a maldita mensagem. Dillon sentou-se de novo no futon, olhou para Joshua e disse:

— Sabe uma coisa, Joshua? Você é um idiota.

EXT. FLORESTA – DIA

O major K, Ruth, o Menino e o Cadete saltam por pedras e troncos caídos, os galhos de árvores chicoteando seus rostos. Os refugiados seguem atrás deles aos trambolhões, todos perseguidos por zumbis que, extremamente magros e lentos como são, vêm de todas as direções. Podemos reconhecer Bócio entre eles, bem como o Paciente de Câncer. O Menino tropeça, bate com a cabeça numa pedra e desmaia. O Cadete se detém para ajudá-lo, enquanto o major K e Ruth hesitam, depois decidem voltar. Os zumbis então começam a correr na direção deles, o que permite que os refugiados sigam correndo para escapar. O Cadete olha para o major K, que na mesma hora entende o que precisa ser feito. Quando o Cadete tira seu rifle do ombro, o major K pega o Menino e sai correndo, seguido por Ruth. O Cadete enfrenta os zumbis que avançam, pegando um de cada vez com tiros precisos que explodem suas cabeças. Muitos zumbis caem, no entanto mais continuam chegando. De repente, eles estão perto demais para ele atirar. Ele começa a lutar, esmagando algumas cabeças com a coronha do rifle, até que um morto-vivo arranca a arma de suas mãos. De longe, o major K e Ruth observam com choque e assombro.

                   RUTH
Eu nem sabia o nome dele.

MAJOR K
Angel. Angel Rodriguez.

O major K põe o Menino no chão e tira o lança-foguete das costas. Os vorazes zumbis se atiram sobre o cadete Rodriguez, que URRA de terror. O major K carrega seu lança-foguete com a única granada que tem e retorna correndo. Os zumbis, imperturbáveis, estão ocupados demais despedaçando a carne espasmódica, Bócio o mais voraz de todos. O cadete Rodriguez continua GRITANDO quando o major K chega perto o suficiente para poder apontar para a pilha de zumbis. Em meio ao caos, por um breve momento, os olhos do major K e do Cadete se encontram. O major K lança a granada. O cadete Angel Rodriguez e os zumbis são todos engolidos por chamas apocalípticas.

Bernie estava deitado de costas feito um besouro, a perna esquerda imobilizada, o braço preso a um desalentador dispositivo de infusão, o que sobrava dele enfiado debaixo de um cobertor como um segredo vergonhoso. Alguma coisa em algum lugar apitava de vez em quando, irritantemente. A janela do hospital dava para telhados cobertos de beemotes de ar-condicionado, para toda a propriedade irreal e mais janelas, para o nada sólido e reflexivo do centro da cidade. Os olhos de Bernie estavam semifechados; mesmo assim ele sorriu quando Noah tentou arrombar a caixa vermelha de lixo hospitalar na parede. Uma televisão no canto superior mostrava a estátua de Saddam caindo como uma ereção perdida. Este ano, somos escravos. No ano que vem, pode ser que sejamos todos livres. E um ano depois, provavelmente seremos escravos de novo.

– Pare com isso. Noah! Pare – gritou Janet, apertando com impaciência o botão de chamada da enfermagem no controle remoto da cama.

– Você é jovem demais para cair no chuveiro – disse ela a Bernie. – A idade mínima para isso é 79. – Então, sem sequer olhar para Noah: – Pare com isso, eu já disse!

O garoto enfim abandonou sua tentativa, mas voltou sua atenção para o banheiro, no qual desapareceu inquietantemente.

O sorriso de Bernie permaneceu inalterado, mesmo que ele fechasse os olhos para indicar que a ouviu.
– Sim! – O berro da enfermeira veio através do alto-falante.
– Posso falar com o Dr. Hashmi de novo? – Janet disse. – Esta é a terceira vez que eu estou perguntando. Ele voltou pro Paquistão ou algo assim?
– Ele irá aí assim que puder – disse a enfermeira. – Ele tem muitos outros pacientes, sabe.
– Eu só preciso falar com ele sobre o meu pai idoso. Os outros pacientes são idosos?
– Os outros pacientes precisam da atenção dele agora – disse a enfermeira. – Ele estará aí assim que for possível. Obrigada!
Bernie estava completamente fora de órbita agora, entupido de analgésicos até às orelhas. Apesar de todas as suas diferenças filosóficas, os Levin sempre estiveram firmemente unidos em sua fé no gerenciamento da dor. O consenso era de que a dor não era um ganho, já a ausência de dor era um ganho imenso. Um som de chuveiro vindo do banheiro fez Janet apressar-se para limitar os estragos de Noah, que, desta vez, foi apenas o seu casaco de moletom da Universidade Northwestern quase encharcado. Janet ordenou que seu primogênito se sentasse na cadeira debaixo da TV e não se mexesse. Ele sentou-se, ainda olhando para a caixa vermelha com um misto de travessura e malícia, arquitetando planos na cabeça. Como se a imobilidade dele fosse de natureza muito temporária, Janet tirou uma revista do Homem-Aranha de sua bolsa e enfiou nas mãos dele. Quando ela encontraria tempo para simplesmente amá-lo, em vez de mostrar-se sempre tão ocupada em controlá-lo?
– O Dr. Osama disse que o quadril de Bernie está machucado, não fraturado. Embora ele vá precisar de uma cirurgia de substituição um dia – Janet sussurrou, enquanto Joshua lhe dava o

abraço fraternal necessário. – Quanto a mim, preciso de uma infusão urgente de martíni.

Ela era mais alta do que Joshua, por isso tinha de se inclinar para colocar a cabeça no ombro do irmão. Ambos ficavam desconfortáveis nessa posição, mas as regras do consolo entre irmãos exigiam que permanecessem abraçados por um tempo. Um velho, magro feito um varapau, passou pelo corredor empurrando morosamente o andador do qual pendia sua bolsa de colostomia quase cheia. Sua camisola hospitalar não estava fechada nas costas, então sua bunda seca e macilenta estava lá para a contemplação geral. O rosto de Noah se iluminou com a alegria de haver testemunhado um atentado ao pudor. **Ideia de roteiro 185**: *Um adolescente descobre que o querido avô de sua namorada tinha sido guarda em um campo de extermínio nazista. Os avós do rapaz são sobreviventes da guerra, mas ele está tentadoramente perto de tirar a virgindade da garota, então quando um caçador nazista chega à cidade em busca do vovô, ele tem que distraí-lo o tempo suficiente para poder levá-la para a cama. Uma comédia desenfreada do Holocausto. Título:* Desejo indomável.

– Tudo ficará bem – disse Joshua.

– Não me diga que vai ficar bem – disse Janet, afastando-se. – Eu nem consigo me lembrar mais do que é ficar bem.

– É apenas um machucado – disse Joshua. – Ele está com boa aparência.

– Boa aparência? Isto aqui não é um concurso de beleza. Ele quase fraturou o quadril em pedaços. E, em breve numa vida perto de você, demência senil, fraldas geriátricas e viagens culpadas diárias até à casa de repouso.

Bernie era branco feito papel, o que facilitava que seus sinais e manchas de idade se multiplicassem. Ele estava babando no travesseiro, uma mancha úmida crescendo sob a bochecha. Tudo em Joshua queria ligar para Kimmy e contar-lhe do pai que estava com os dois pés na senilidade como sobre uma mina terrestre. Ela tivera de cuidar dos próprios pais quando eles abandonaram a vida levando seus ossos semirressecados e fraturados. Ela era o tipo de pessoa que poderia falar com ele sobre tudo isso – com sua voz sábia de terapeuta, ela poderia dizer-lhe o que fazer, e como fazer. Mas, na verdade, ele nunca se atreveria a pedir-lhe conselhos ou socorro, ou a ligar para ela de novo. E ele também queria ver os lábios de Ana dizendo que a vida não era essa miséria. Em um universo perfeito, poderia convencer Kimmy e Ana a um permanente *ménage à trois* e ser para sempre a carne no meio desse sanduíche de conforto. No entanto, este universo não era perfeito, mal chegava a ser um mundo.

– Nós pensaremos num jeito – disse Joshua. Ele sabia que deveria ser corajoso o suficiente para contar a Janet sobre a próstata de Bernie, mas os médicos certamente iriam encontrar o diagnóstico na ficha dele e contariam a ela o que precisava ser contado.

– Jackie, eu te amo. Eu daria meu fígado se você precisasse – disse Janet. – Mas não me fale que vamos pensar num jeito. Não se pensa num jeito. Não é assim que se faz.

O velho apareceu na porta do quarto de Bernie e olhou para dentro. Ele parecia um abutre emaciado, com dedos compridos e unhas não aparadas. Ficou parado em silêncio, observando, farejando a morte. O pescoço de Bernie estava fino, os lóbulos das orelhas, carnudos e grandes, as orelhas imensas. O corpo deitado naquele leito de hospital não devia pertencer ao pai que Joshua conhecia. Para onde foi o verdadeiro Bernie? O nome dele na verdade era Shmuel, mas nos seus tempos de colégio seu nome do *shtetl* praticamente servia como um dispositivo contraceptivo, então ele se apresentou como Bernie para sua primeira namorada gói. Nossos pais sempre adoraram ídolos, no começo e mesmo depois.

– Onde eu moro, sempre se pensa num jeito, o dia inteiro. Não para nunca, nem por um segundo – disse Janet. – Há tanta coisa para se pensar num jeito, mas estou tão cansada.

O velho se virou e começou a afastar-se em um ritmo mortalmente lento. Havia um risco de sangue seco no interior de sua coxa. Noah se levantou para segui-lo, mas Janet olhou dura para ele até ele sentar-se de novo e voltar para o conforto do Homem--Aranha.

– Você sabe o que Noah me perguntou outro dia? – sussurrou Janet.

– De onde vêm os peitões?

– Ah, para com isso! Não! Ele é uma criança meiga. Não! Ele perguntou, "Quem fez a primeira pessoa?". E depois: "A primeira pessoa era um menino ou uma menina?".

– O que você disse?

– Eu disse que era uma pergunta complicada. E ele disse, "Acho que cada pessoa é a primeira pessoa".

– Você devia estar economizando dinheiro para a terapia dele – disse Joshua. – Vai ser muito cara.

– Você não acha isso meigo, mesmo assim? – disse Janet. Uma lágrima cintilou no canto de seu olho e depois evaporou. – Cada pessoa é a primeira pessoa.

– Ele pode ser meigo – disse Joshua. Ele nunca vira Noah sendo meigo, só quando não passava de um bebê arrulhando, e mesmo assim descrevê-lo como meigo seria um exercício puxado de imaginação.

– Você falou com Constance? – perguntou Janet.

– Eu acho que eles não estão mais juntos – disse Joshua. Bernie estava sorrindo e babando em seu sono, ensaiando para uma vida futura no oblívio livre de dores.

– Uma merda nunca acontece sozinha – disse Janet. – Coitado.

Ela colocou o cabelo atrás da orelha para se inclinar e beijar Bernie. O pesado brinco esticou o buraco do seu lóbulo e parecia enorme – Janet tinha as orelhas de Bernie. Ela havia sido a menina do papai; ele a levava aos jogos de beisebol, e até para pescar; interrogava e investigava os namorados dela, nenhum deles era digno de sua filha. Quando Doug insinuou seus passos para entrar na vida dela, primeiro com os glúteos musculosos, Bernie achou-o indigno, mas não conseguiu externar sua opinião a Janet, porque ela parecia tão feliz. Agora ela não conseguia mais lembrar do que é ficar bem, e Bernie estava apagado como uma luz.

– Tem outra coisa – disse Janet. – A próstata dele está fodida.

Joshua se virou para olhá-la com incredulidade.

– Eu sei – disse ele por fim.

– Você sabia?

– Ele me contou.

– Por que você não me contou?

– Ele me pediu para não contar. Achei que fosse um tipo de segredo para ficar só entre homens.

– Sei. Os homens e seus segredos. Onde estaríamos sem eles. Só que ele também me pediu para não te contar.

Ela sentou na beira da cama do pai.

– Ele me mandou um torpedo – disse Joshua. – Imagine só. Ele aprendeu a digitar. Constance ficaria orgulhosa.

Bernie começou a roncar, a respiração dolorosamente constante e tão alta que eles não puderam deixar de reconhecer – e confirmar só de olhá-lo – que um dia, em breve, Shmuel Levin terminaria com toda essa trabalheira de respirar e se retiraria finalmente do reino terrestre de navios de cruzeiro e sofrimento. Cada pessoa é a primeira pessoa. Cada morte é a primeira morte. Sem emitir um soluço, o rosto de Janet ficou de repente molhado de lágrimas. A TV agora exibia um trailer de um filme do Batman e Noah olhou para cima: um homem adulto que gostava de se vestir de morcego estava frente a frente com um palhaço em algum tipo de confronto. O spandex derrotando a morte: esses filhos da puta não conseguem crescer nunca, muito menos morrer; esses trajes ridículos para evitar a mortalidade. Janet cobriu o rosto com as mãos para enxugar as lágrimas.

– Você vem para o Seder? – ela perguntou.
– Eu tenho que ir?
– Sim.
– Tudo bem, eu vou.

Ela pegou o controle remoto e desligou a TV, depois apertou o botão de chamada, e em seguida apertou outra vez, mas não houve resposta.

– Você poderia me fazer um favor? – ela disse. Sempre que Janet pedia um favor, Joshua costumava estremecer e se encolhia, mas não havia como negar qualquer coisa a ela numa hora dessas.

– Diga – disse Joshua.
– Doug vai passar lá embaixo para pegar Noah. Você poderia se encarregar dele?
– Me encarregar de Doug? Tipo, para sempre?
– Engraçadinho – disse Janet, sem rir. – Você realmente se encarregaria dele por mim? Que amor. Só tem uma coisa, é que para mim ele já está morto.

Devia estar lhe tomando uma energia enorme cumprir aquela sua rotina de Janet-venceu-outra-vez todos os dias; não era à toa que estava tão desgastada.

– Você poderia levar Noah lá para baixo então? Não quero ter que colocar os olhos naquele babaca. – Janet sentou-se ao lado da cama de Bernie e começou a pressionar furiosamente o botão de chamada. – Por favor!

* * *

Um dia, Noah se lembraria de sua infância em tecnicolor, onde ele seria um menino pensativo, sensível e dedicado à leitura, um menino que o doloroso rompimento dos pais transformou em um pequeno paciente ao longo da vida, e que por isso teria o direito de ressentir-se deles até a morte. Era uma aposta segura que ele seria incapaz de lembrar de si mesmo como um pestinha egoísta que não demonstrava qualquer consideração pelos outros. Decerto iria editar o longo passeio no elevador do hospital em que deixou o seu tio ainda mais transtornado por ele apertar os vinte e dois botões antes que o tio pudesse intervir para detê-lo.

Como eu era quando criança?, Joshua se perguntou enquanto o elevador arrancava, acelerava e parava em um andar após o outro. Ele lembrava de ter sido um menino pensativo, que gostava de ler num canto tranquilo, que no cinema se escondia debaixo da poltrona de sua avó olhando furtivamente para o *Doutor Jivago*. Mas também era um menino solitário, cuja ira contra os pais em guerra era expressa aleatoriamente: escondendo a carteira de Bernie atrás do fícus murcho; mijando dentro da trituradora de papel; jogando as chaves do carro de Rachel no lixo; lendo qualquer coisa, menos a Torá no templo; sabotando o Seder usando a voz do Pateta quando era sua vez de ler. Nunca lhe ocorrera que tivesse feito tudo isso simplesmente por ele ser quem é, um idiota congênito que, talvez, teria feito as mesmas coisas se o casamento dos pais não tivesse implodido de forma tão ignominiosa. A história americana: nós nos reinventamos para punir os outros pelo que acreditamos que fizeram com a nossa versão anterior. Por sua parte, Joshua tinha certeza de que a capetice de Noah não tinha nada a ver com Doug e Janet, mas a natureza sinistra do menino acabaria enterrada sob camadas alternadas de autopiedade e culpa dos pais. Kimmy saberia o que dizer sobre isso, porque ela compreendia os misteriosos caminhos que os pequenos pacientes tomavam para se transformarem impiedosamente em si mesmos.

— Ei, Noah, deixe-me fazer uma pergunta! — disse Joshua quando pararam no décimo segundo andar. — O que você vai ser quando crescer?

Noah olhou para ele, não tão surpreso pela pergunta, mas porque o tio nunca lhe perguntava nada.

— Não sei — disse Noah. — O que posso ser?

— Você poderia ser um bombeiro — sugeriu Joshua.

— Bombeiro? Quem quer ser bombeiro?

— Muitos garotos. É uma profissão muito nobre. Eles combatem incêndios. Salvam vidas. No 11 de Setembro, eles salvaram centenas de pessoas.

— Por que você não é um bombeiro?

Quando Joshua tinha a idade de Noah, ele queria ser piloto de lancha, afinador de piano, físico nuclear, treinador de macacos. Nunca um bombeiro. Os irlandeses do sul de Chicago viravam bombeiros. Não os judeus do norte.

— Quando eu tinha a sua idade, eu queria ser bombeiro. Era o meu sonho. Mas aí minha mãe e meu pai se divorciaram — disse Joshua.

A súbita centelha de dor no rosto de Noah causou uma onda de prazer vergonhoso no peito de Joshua.

— Bem — disse Noah no sétimo andar. — Eu acho que não quero ser bombeiro.

O garoto realmente tinha algum sentimento, ainda não se transformara em um sociopata. Um andar após o outro, eles adernavam com os solavancos do elevador que descia ao som de chiados e guinchos da maquinaria.

No terceiro andar, Noah disse: — Vou ser médico.

* * *

Doug, o ex-dançarino de concursos, rei do sobe e desce de quadris; Doug, o gerente de um suspeito fundo de lavagem de dinheiro que certa vez o fez passar meses em Dubai; Doug, o sedutor saradão, o cuzão casual. Doug sendo Doug. O que ela viu nele? O que ela não queria ver agora? Houve uma época em que Doug oferecia a seu jovem cunhado sábios conselhos sobre os vários meios de se conseguir uma trepada; em outra época, dividira com ele uma carreira de cocaína de qualidade Wall Street. Houve uma época em que Doug dava umas piscadelas para Joshua do outro lado da mesa nos jantares de família, como se confirmando a viabilidade de algum plano conspiratório. "Vai dar tudo certo", sinalizavam as pálpebras espasmódicas de Doug. "Não se preocupe com isso." Mas a conspiração nunca evoluía, simplesmente porque Joshua nunca conseguiu entender do que se tratava.

– Como está Bernie? – perguntou Doug. Ele trajava um terno de corte moderno, a gravata relaxadamente solta, os óculos escuros erguidos na testa bronzeada. Até se parecia com Billy/George, percebeu Joshua na hora: tinham a mesma eletricidade subcutânea, o mesmo brilho intenso da dissimulação em suas respectivas superfícies. Noah estava encostado no quadril de Doug, abraçando sua coxa, ansioso para fugir de seu tio passivo-agressivo. Um pequeno comboio de pessoas obesas em cadeiras motorizadas cruzava lentamente o amplo saguão do hospital.

– Não está muito bem, não – disse Joshua, na vã esperança de que Doug pudesse se sentir culpado, o que obviamente não aconteceu.

– Coitado – disse Doug.

– Vamos, papai – disse Noah.

– Estimo suas melhoras. Eu gosto de Bernie – disse Doug.

– Eu também – disse Joshua.
– Tenho certeza de que os médicos estão cuidando bem dele – disse Doug. – Este hospital é de primeira linha.
– E como você está? – perguntou Joshua. Noah estava observando o comboio de cadeiras avançar para os elevadores, agora de costas para Joshua, Doug acariciando sua cabeça distraidamente.
– Estou bem – disse Doug. Ele estava tentando ler Joshua, supondo – corretamente – que Joshua na verdade não estava nem aí para o seu bem-estar.
– Janet também está bem – disse Joshua.
Doug assentiu com uma vaga nostalgia, como se resgatando o nome dela de um passado muito remoto. – Ótimo – disse ele. – Fico feliz por isso.
– Ela vai te destruir – disse Joshua. – Vai te rasgar em pedacinhos.
Doug deu uma gargalhada. Riu como alguém que acabava de receber uma boa notícia, acariciando o cabelo louro do filho o tempo todo.
– Eu duvido seriamente disso – disse ele. – E não é algo com que você deva se preocupar.
Quando o comboio de cadeiras motorizadas chegou aos elevadores, Noah virou-se e olhou para Joshua com o que poderia ser interpretado apenas como desprezo amargo. O que diferenciava este pesadelo de qualquer outro?
– Vamos embora daqui – disse Noah ao pai. – Vamos ao cinema.
Doug puxou um maço de notas, tirou uma de vinte dólares e entregou-a a Noah. – Vá comprar o que quiser – disse ele. Noah estudou os vinte dólares, em seguida correu na direção de uma loja da TCBY, onde com aquela grana ele poderia comprar litros de iogurte com alto teor de frutose.

– Muito bem – disse Doug. – Vamos conversar como homens. Como os homens conversavam? De peito nu? Durante uma queda de braço? Assentindo o tempo todo com a cabeça sem falar?
– Sei que isso é difícil para a família – disse. – Mas vai passar.
– Claro que vai passar – disse Joshua. – Assim como um furacão passa, arrasando comunidades inteiras.
– Eu não preciso de sermão – disse Doug.
– Do que você precisa, então? – Joshua disse.
– Estou indo para o Iraque – disse Doug.
– Você entrou no exército? – perguntou Joshua. Doug tinha o exército dentro dele; nunca ocorrera antes a Joshua, mas Doug era de fato soldadesco. Talvez fosse o jeito com que se postava diante de Joshua: reto como uma flecha, mãos nos quadris, pés plantados e afastados, queixo empinado. Ele podia vê-lo ladrando aos seus subordinados, com uniforme de camuflagem para o deserto, os óculos escuros sob o capacete, a pistola na coxa, cuspindo areia. Ele adoraria o cheiro de napalm pela manhã.
– Porra, não! Eu não sou tão louco – disse Doug. – Don Rumsfeld e o pessoal dele estão montando uma equipe para fazer a economia funcionar. Eu costumava fazer umas coisas para ele quando ele estava em Chicago. Vamos distribuir dinheiro, muita grana. Vamos dar aos enrabadores de camelos uma amostra inicial do capitalismo de mercado. É um trabalho dos sonhos. Eles estão precisando de muita gente, você não acreditaria.
E lá estava o Doug, piscando para ele novamente, como sempre, do outro lado da linha que os separava, querendo incluir Joshua, mesmo que não precisasse fazê-lo.
– Suponho que você vai precisar de baldes de dinheiro para o divórcio – disse Joshua.
– É. Deve ter muita indenização – disse Doug. – Você devia vir comigo, faturar uma grana. Você ainda poderia escrever seus roteiros para se divertir.

– Noah sabe que você está indo?
– Vou contar a ele – disse Doug, olhando para a TCBY.

O fim do pesado comboio estava entrando no elevador que os levaria a algum tipo de paraíso desinfetado. Noah estava voltando, com seu pote de iogurte, lambendo os beiços antes e depois de depositar uma porção na boca.

– Eu ficarei lá e cá, mas pelo visto mais lá do que cá. Eu ia pedir para você cuidar de Noah. Jan pode ser um pouco, sabe como é, sufocante. O garoto precisa de um homem na vida.

– Claro – disse Joshua, o homem.

– Eu não estou indo lá para atirar nos cabeças de turbante e dormir numa tenda. Então, não deve ser muito difícil.

– Não se deixe matar.

– Nada! – disse Doug. – Deve ser um passeio.

EXT. MILHARAL – DIA

Um campo a perder de vista. Ruth rompe a selva verdejante do milharal, enquanto o major Klopstock traz Jack firmemente preso às costas. Eles se movimentam rápido. Ruth de vez em quando verifica se A JOVEM continua atrás dela. A JOVEM tropeça e cai de joelhos, depois se levanta e segue andando. Ela olha para Ruth para sinalizar que não lhe falta determinação para prosseguir.

Um coro de zumbis GEME E UIVA em algum lugar ao longe.

Uma fotografia aérea revela que o major K, as mulheres e o menino estão no centro do milharal, enquanto os zumbis inabaláveis estão por toda a volta, vagando a esmo. Nem o major K e seu grupo, nem os zumbis sabem que uma unidade de soldados fortemente armados os está cercando. Dois círculos concêntricos, no centro do qual está o major K.

O que você faz depois de ver o próprio pai doente e indefeso, depois de se encontrar preso entre a sua irmã e um marido que vai para o Iraque, depois de ter sido promovido, contra a sua vontade mais secreta, ao posto de tio responsável? O que você faz? O que você faz em vez de ir para casa (lar?), onde uma refugiada e sua filha estão alojadas, dando um tempo para saber o que farão da vida? O que você faz se houver decisões a serem tomadas, penitência e reconstrução a serem feitas depois que você foi bombardeado pela vida? O que você faz? Você faz o que deve: você vai beber na fonte da virilidade, porque é isso o que você sabe fazer, porque é lá que está a cabine central do medo.

O Westmoreland estava mais cheio do que de costume, o que significa que havia só duas mesas ocupadas e Bega sentado no bar, lendo jornal novamente. Paco ainda estava lá, atrás do balcão, parecendo imóvel em sua eterna posição diante da TV, só que o aparelho estava desligado. O bócio parecia um pouco maior, sua nova cabeça visivelmente pronta para eclodir.

Irritado, ao ver a cara debochada de Bega, Joshua sentou-se na extremidade mais distante do balcão. Bega não se preocupou em falar com ele, nem mesmo quando Paco se aproximou para atender o pedido de uísque de Joshua.

— Ei, Paco — disse Bega. — Você sabe o que o Departamento de Segurança Nacional diz em casos de terrorismo se você ligar para eles?

Paco sacudiu a cabeça para Joshua ver, e era difícil saber se isso significava *Não, eu não sei* ou *Eu não acredito que esse sujeito está tentando falar comigo.*

— Escute só. — Bega leu: — "A hora de se preparar é agora. A luta contra o terrorismo começa na sua casa... Armazene sacos de lixo grandes e fitas adesivas para lacrar janelas, portas e aberturas de ventilação para evitar a contaminação externa. Embora não haja uma forma de prever o que vai acontecer ou quais serão suas circunstâncias pessoais, há coisas que você pode fazer agora."

Kontaminasao, pronunciou Bega. Paco voltou para entregar a bebida de Joshua, balançando a cabeça novamente, um movimento agora sem dúvida limitado — não fosse pelo crescimento do bócio, talvez estivesse girando a cabeça como uma clava. Desta vez, ele parecia estar expressando algum tipo de descrença. Bega estava olhando para os dois para detectar suas reações, mas Joshua evitou o contato visual.

— "Podemos estar com medo ou podemos estar preparados" — Bega concluiu, com uma risadinha de zombaria.

Ele se levantou e capengou ao longo do balcão para sentar na banqueta ao lado de Joshua.

— Tenha medo ou se prepare, Josh!

— Considere-se inexistente — disse Joshua.

Bega deu de ombros, acendeu um cigarro e deu um longo trago, apoiando-se no balcão.

— Por que a TV está desligada? — Joshua perguntou a Paco.

— Cubs já perderam — disse Bega. Como Paco decidia quando falar?

— Vejo que está mancando — disse Joshua. — Espero que sinta dores terríveis.

– Ferimento de guerra – disse Bega, deixando a fumaça sair pela boca e o nariz. Ela passou flutuando por Paco e foi até a tela escura da TV, como um pensamento inacabado. – Perna paralisa se fico sentado por muito tempo. Tenho que estar sempre em movimento. Como tubarão.

Joshua virou o uísque e tossiu quando o álcool desceu queimando sua garganta até o estômago. Pensou em levantar-se para terminar a bebida em uma das mesas vazias, mas isso seria uma declaração aberta, acarretaria dramas, chamando muita atenção. Desejou ter uma faca para pregar a mão de Bega no balcão. E depois eles conversariam sob tortura, Joshua fatiando os dedos de Bega até ele entender o que precisava ser entendido.

– O que você vai fazer? – perguntou Bega enquanto Joshua experienciava uma fração de *déjà vu*.

– Sobre o quê? O que exatamente você quer de mim, Bega?

– Eu não quero nada de você. Eu só gosto de ver como você não sabe merda nenhuma.

– Merda nenhuma sobre o quê?

– Sobre pessoas. Sobre mundo. Sobre tudo.

– E como você sabe dessa merda toda?

– Eu observo. Eu presto atenção. Eu sei.

– Devo ter medo de você? É isso que está me dizendo? Porque eu não tenho nenhum.

– Você deveria ter medo de você.

– Não tenho medo de nada. Estou cagando pra isso – Joshua disse, e pediu outro uísque. *Kontaminasao* é o caralho. Bega ergueu a mão mostrando dois dedos para indicar que também queria um.

– Eu não vou pagar bebida nenhuma pra você – disse Joshua.

– Tudo bem – disse Bega. – Eu pago pra você.

Paco serviu os uísques e voltou ao seu lugar, pegando o *Sun-Times* de Bega no caminho e abrindo nas páginas de esportes.

— Então — disse Bega. — Um bósnio, que chamamos de Mujo, odeia gato da esposa e quer se livrar dele. Ele coloca gato num saco, pega carro e sai da cidade para uma floresta bem longe. Ele deixa gato sair do saco, dirige de volta para casa, gato está sentado na escada esperando por ele. Dia seguinte, esposa vai trabalhar, Mujo faz mesma coisa de novo: gato no saco, sai da cidade, entra mais fundo na floresta, deixa gato sair, volta para casa. Gato está sentado na escada esperando por ele.

Por que ele queria trazer a história do gato de novo? Joshua iria sair na porrada com ele, se precisasse. Daria uma cabeçada, chutaria seus joelhos e depois enfiaria o pé na cara dele. Paco levantou os olhos do jornal para ouvir Bega. Ele nunca prestava atenção nos fregueses, mas ali estava ele, enfeitiçado por Bega.

— Dia seguinte, mesma coisa: gato no saco, sai da cidade, ainda mais para dentro da floresta, gato sai do saco. Mas aí, Mujo se perde na floresta, não consegue encontrar saída. Então ele liga para esposa em casa. "Como está tudo?", "Tudo bem", diz ela. "Gato está em casa?", pergunta Mujo. "Sim", diz ela. Ele diz: "Você pode passar telefone pra ele?".

Bega bateu no balcão com a mão aberta, exortando Joshua e Paco a rirem. Joshua reprimiu um risinho débil para manter sua máscara de raiva, mas Paco riu exatamente uma vez, o que, no sombrio mundo do Westmoreland, era o equivalente a uma sonora gargalhada. O riso acabou valendo dois drinques por conta da casa.

— Eu dormi com Ana uma vez também — disse Bega de repente. — Foi bom.

A confissão coincidiu com o retorno da sensação de queimação no estômago de Joshua até a garganta.

— Lá em Sarajevo. Ela era viúva antes de Esko. Estávamos cansados. — Bega deu um gole no uísque, estalando os lábios. — A gente precisa levar vida como ela é. Precisa nadar na catástrofe.

– Qual é o problema das pessoas? – Joshua ofegou, sua garganta ainda queimando, mas agora acompanhada pela dor nos pulmões. Derrama a tua ira sobre os babacas que não te conhecem, sobre as nações que não invocam o teu nome! Seus olhos agora estavam molhados. Ele não queria que Bega pensasse que ia chorar. Como devia ser: todos os dias de sua vida você acorda sabendo um pouco mais. Como acaba sendo: quanto menos você souber, menos se importará, quanto menos medo tiver, melhor será.

– *Das pessoas?* Você acha que é especial? – disse Bega. – Você acha que é herói dela?

– Não acho nada – disse Joshua. – É só que eu não posso voltar ao que era antes.

– Ninguém pode – disse Bega. – Bem-vindo ao mundo.

– Esko sabe que você dormiu com Ana? – perguntou Joshua.

– O que acontece na guerra, fica na guerra – disse Bega. – Não se pode nunca voltar ao que era antes. A guerra destrói todo o antes.

Joshua pediu outra rodada. Havia uma parte dele – principalmente abdominal – que queria dar uma cotovelada no nariz de Bega e quebrá-lo, que adoraria ver um rio de sangue correndo por aquele balcão imundo, colorindo as poças de cerveja, encharcando as bolachas. Mas havia outra parte dele para quem o gesto simples de erguer o cotovelo do balcão exigia esforço e convicção que já não possuía. Aonde fora parar a sua *konviksao*?

– O que você vai fazer com Ana? – perguntou Bega.

– O que eu vou fazer? Nada. O que eu posso fazer? Cabe a ela – disse Joshua. – Foi ela que sofreu maus-tratos.

– Maus-tratos? Esko nunca tocou nela.

– Como você sabe?

– Eu sou amigo deles. Eu moro perto. Eu sei.

As pessoas, ele quis dizer de novo, mas uma coisa lhe ocorreu, com toda a força do uísque, ele também estava se transformando em uma dessas *pessoas*. Todos no Westmoreland eram estrangeiros, sendo Bega o principal deles; todos em todos os lugares eram estrangeiros e estranhos, o mundo igualmente povoado de *pessoas*, aqui, na Bósnia ou na porra do Iraque. Ele ia embora da América, Joshua ia sim, a banqueta do bar e o Jim Beam eram as únicas coisas que lhe davam uma tênue conexão. E depois que partisse, ele ficaria longe, para nunca mais voltar. Como John Wayne no final de *Rastros de ódio*, indo embora mais uma vez, para sempre e heroicamente, segurando o cotovelo até a porta se fechar na sua cara.

Eu não terei medo. Eu estarei preparado, pensou Joshua. Mas preparado para o quê? A noite lá fora estava fora da ordem, com o tipo de vento que o fazia rilhar os dentes e apertar a pele dos braços. *Eu nem consigo me lembrar mais do que é ficar bem.* Como seria ficar bem? A única coisa boa de que Joshua podia se lembrar foi de ter visto *Despertar dos mortos* com Kimmy em seus braços. E este ficar bem em particular já não estava bem e nunca mais estaria. Ana mordendo o seu rosto enquanto gozava foi também quase ficar bem. Ele tocou a ferida no rosto como se quisesse confirmar que não estava imaginando a sua vida até aquele momento. A Magnolia estava deserta, nem mesmo um alarme ocasional de automóvel se incomodava de fornecer evidências de presença humana. Nenhum rouxinol também. Esta noite, Bega dissera que gostava dos zumbis de Joshua. Ele estava muito bêbado, mas gostava dos zumbis, e Joshua acreditou porque Bega estava bêbado demais para mentir e Joshua bêbado demais para não acreditar nele.

Parado debaixo da janela do apartamento, ele ficou observando a sombra de Ana entrar e sair do quadro fracamente iluminado. Ele nunca olhara de fora para alguém que estivesse dentro do seu apartamento – quando não estava lá, não havia ninguém. Como que o tempo passava mesmo quando você não estava lá, ou quando estava dormindo? Antes de tudo isso (o que era exatamente *tudo isso*?), nunca houve ninguém no seu espaço para testemunhar a pretensa permanência do objeto: pode ser que todos os objetos dentro do seu apartamento se desintegrassem quando ele não estava lá para olhá-los, reintegrando-se em sua inelutável visibilidade apenas depois que ele retornasse, razão por que eles sempre pareciam tão estáticos. E o que aconteceria se um dia ele não voltasse? O nada substituiria permanentemente a estase e reinaria no espaço que uma vez hospedou o seu ser. Esta noite, a sombra dos passos de Ana era seguramente o que mantinha tudo de pé.

O problema dos zumbis, Bega dissera, era que quanto mais mortos-vivos, menos vivos. Além disso, cada pessoa viva era sempre um zumbi em potencial. "Bósnios dizem: nós fodemos com ouriços", dissera Bega, rindo e dando tapas no balcão como um doido, as garrafas de cerveja saltando. Qual era a graça disso? Qual era até mesmo o significado? Nada do que ele dizia fazia muito sentido.

Na rua, o vento quente fazia os galhos rirem de nervoso. Os edifícios, os automóveis, a cidade pareciam retesados em sua imobilidade, como se, de corda dada, estivessem prontos para saltar num frenesi. Os rouxinóis podiam sobreviver em Chicago? Seriam aves migratórias ou ficam tremendo de frio dentro dos buracos das árvores durante todo o inverno? A escuridão dominava todo o entorno de um ponto luminoso na portaria.

– Boa noite, doce príncipe – Stagger cumprimentou-o.

– Eu não estou de bom humor, Stagger – Joshua rosnou, subindo as escadas. – Não foi um bom dia.

Stagger exalou uma enorme nuvem de fumaça, infundindo na noite um cheiro de maconha. – O que há de errado? Conte aqui pro seu senhorio – disse ele.

– Muitas coisas estão erradas. Na verdade, quase tudo está errado – disse Joshua.

– Eu tenho um inibidor de estresse caseiro bem aqui na minha mão. Esta merda pode suavizar até as rugas da bunda da sua avó – Stagger disse, oferecendo-lhe um baseado grosso. Joshua já tinha colocado a mão na maçaneta da porta para subir até o seu apartamento, mas a pequena brasa do baseado brilhava na frente dele como um farol. Tirou o baseado das pontas dos dedos de Stagger e sugou uma verdadeira nuvem de tempestade. A queimação do álcool em seu peito se reativou, e ele começou a tossir tão violentamente que teve de se sentar. Seu senhorio esfregou suas costas, um pouco dedicado demais. Joshua devolveu-lhe o baseado.

– Eu sonhei ontem à noite que eu era um jogador de hóquei mexicano – disse Stagger, puxando a fumaça. – Eu usava patins, equipamento de proteção, mas também um sombrero. Cara! Por que um sombrero? Eu batia num cara com o meu taco, arrebentando o focinho do sujeito, quebrando os dentes. Mas na cabeça estava lá o sombrero. Caralho!

Stagger passou o baseado para Joshua.

– Sombreros são esquisitos – disse Joshua, e inalou sem expectorar.

Eles ficaram passando o baseado entre si por um tempo, embora uma bola de dor pela tosse ainda estivesse profundamente alojada nos pulmões de Joshua. Este filho de Israel geme de fadiga e clama ao Senhor sob o peso de sua obra. – Cachimbo da paz. Somos caciques fumando uma da boa – disse Stagger.

Aos poucos, os núcleos de ansiedade na mente e no corpo de Joshua encolheram e começaram a se dissipar. Ele gostou daquele relaxamento e afundou na cadeira de vime. A noite estava estranhamente quente. Por que não havia pensado em drogas antes? O álcool certamente ajudava um pouco, mas ele devia fumar ou cheirar algo todos os dias. As drogas eram uma solução tão simples e prazerosa, e altamente disponíveis também. Havia uma boa razão para que milhões de americanos bons e decentes se drogassem todos os dias, legal e ilegalmente, buscando sua própria felicidade sem estresse e com sucesso. Uma ideia se abriu diante dele como uma toalha de praia: ele poderia comprar um pouco desse bagulho, ou até mesmo uma droga melhor, e compartilhá-la com Bernie. Ajudaria em todos os problemas, médicos e mentais. Bernie estava drogado mesmo, mas com uma droga sem a menor graça. Agora era a hora de Joshua experimentar um bagulho qualquer que lhe proporcionasse um estado verdadeiramente alterado de consciência enquanto se conectava com Bernie Levin em uma viagem de zepelim às alturas. E enquanto estivessem viajando: devia haver outras coisas que eles poderiam fazer juntos também, Joshua e seu pai. Embora ele não pudesse pensar em outras coisas agora. Abrupta e dolorosamente, como ferro em brasa, ficou claro o pouco tempo que restava para fazerem qualquer coisa.

– Merda de sombrero – disse Stagger.

O tempo talvez passe quando você está ausente, não quando você está *realmente* ausente, porque se você estiver *realmente* ausente, é porque está morto. O tempo flui, tudo bem, mas pode parar a qualquer instante. E, nessa hora, Joshua riu consigo mesmo: a vida era como aquele baseado queimando inexoravelmente na direção da ponta dos dedos – uma vez fumado, não pode ser desfumado. Stagger estendeu o braço e colocou o baseado diante da boca de Joshua, para que ele só precisasse inclinar-se à frente e puxar a fumaça, e foi exatamente o que ele fez.

– Eles não têm a menor ideia do que estão lidando na porra daquele deserto – disse Stagger. – Acham que nós vamos foder com os caras e que, mais cedo ou mais tarde, eles vão aprender a gostar disso. Quem não gostaria de ser fodido pelo único superpirocão que resta no planeta?

Joshua teve dificuldades em processar as afirmações de Stagger, então continuou rindo até as lágrimas escorrerem por suas faces. Ele enxugou o rosto molhado nos ombros e puxou outra generosa porção de THC. O Messias, no dia em que decidisse aparecer, certamente seria um sumo traficante; a promessa de salvação nada mais é do que a promessa de estar eternamente viajando, sem jamais descer. Haverá um tempo de angústia tal como nunca houve desde o início das nações. Mas todo aquele cujo nome está escrito no livro receberá a graça de um pouco de crack e flutuará como uma andorinha no céu amigável. Haverá um grande respeito pelo cuidado e pela precisão, então tudo vai ficar bem. De tanto rir, o rosto de Joshua ficou dolorido.

— Se houver dor no coração de cada homem, você tem de atirar na cabeça. Bang! — Stagger transformou sua mão em uma arma, usando três dedos para fazer o cano.

A dor no coração tinha razão, pensou Joshua. Na verdade, ele pode até ter dito isso, mas não havia como saber direito, pois Stagger não reagia, nem para concordar ou discordar. Cada pessoa é a primeira pessoa, mas quem será a última pessoa? Nem todo mundo pode ser a última pessoa. Haverá muita briga para se chegar a ser a última pessoa. Ele sentiu que estava suando.

— A única coisa em que você pode confiar são nos seus companheiros — continuou Stagger. — O idiota deitado no beliche acima de você, um sujeito logo do Kansas, entre todos os outros lugares.

Quem será o sortudo que verá tudo ir pelos ares? Para a última pessoa, tudo é passado. Não há futuro no fim do mundo. Como os zumbis lidam com o tempo? Ele iria pesquisar isso no verbete

"Tempo" na *Enciclopédia Zumbi*. Se os mortos-vivos podiam voltar, como eles se lembravam de tudo o que aconteceu em seu passado de mortos-vivos? Será que se lembravam de terem mastigado o intestino das pessoas? Talvez seja por isso que pareciam tão acabados e exaustos: eles não podem voar para a porra de céu nenhum. Talvez Stagger tenha enrolado outro bagulho generoso de THC e sabe Deus mais o quê, pois o baseado parecia consideravelmente mais grosso quando voltou para Joshua. Pode ter sido engordado com haxixe, porque o cheiro agora era diferente. Como Joshua jamais fumou haxixe, ele na verdade não tinha como saber. Havia muito mais para descobrir sobre esta vida, uma perspectiva assustadora não fosse pelo fato de que a vida estava quase sempre acabando. E, ainda por cima, ele agora estava esfomeado feito um zumbi. E suando como um humano.

– Nós bebíamos água nas botas, cara! – gritou Stagger. – Nas nossas botas com furos de bala! Enrolávamos maconha com alface. Nós morríamos de pé. Fodíamos de pé. Cagávamos de pé.

– O quê? – Joshua foi finalmente obrigado a perguntar. Não que ele quisesse entender – a compreensão, ele percebeu, não aconteceria agora, nem em breve; na verdade, ela parecia estar permanentemente fora do seu alcance. – Do que você está falando? – Era que ele não podia se dar ao luxo de ficar mais confuso, porque a confusão o deixava tonto. Tonto e vorazmente faminto, risonho e confuso.

– Merda de sombrero – disse Stagger.

Muitas coisas o bombardeavam com cuidado e precisão naquele momento. Ele precisava que Stagger desacelerasse, ele estava enchendo o saco. Stagger agora apontava a arma de cano de três dedos para os pés de Joshua, como se estivesse disparando para arrancá-los.

– A própria liberdade foi atacada, Jonjo – disse Stagger calma e lentamente, para que Joshua pudesse compreender. – Estamos falando de coisas que importam.

– De que coisas estamos falando? – Joshua perguntou, deixando cair a porra do haxixe grosso no chão. O que importava mais era o baseado, então ele se ajoelhou para olhar debaixo da cadeira em que estava sentado, mas ali só havia escuridão, e depois fez-se luz, tudo ali embaixo começou a cintilar e a se mexer. Ele viu um rato correndo pela parede, mas era um saco plástico azul com a lista telefônica e cupons. Viu uma moeda brilhando, talvez fosse de 25 cents. Kimmy, Ana e Joshua, um trio feliz em um mundo perfeito, os três lados da mesma moeda. A saudável e feliz família Corpo, vivendo do outro lado da rua onde morava a família Pensamento, maligna e doente terminal. Até que ponto isso seria bom? Stagger estava descalço e seus dedos eram desalinhados, seus pés assimétricos em tudo, toda a sua anatomia podológica estava completamente louca. Ele usava a cueca da bandeira americana de Joshua; as estrelas brilhavam ali também. Já era verão? Onde estava o baseado? E enquanto estamos nisso, onde tudo está? No momento em que se perde uma coisa de vista, ela desaparece. Onde estão as pessoas quando não estão aqui? Para onde vai o tempo quando passa? Qual é a morada da morte? O que é um rouxinol? Onde está Bernie, para onde está indo? Ele precisava encontrar aquele baseado filho da puta.

– Você tem noção de como o Iraque é gigantesco? E continua crescendo, feito uma solitária. Sem sacanagem. – Stagger voltou a falar no volume máximo, batendo palmas, como se para reduzir o misterioso e gigantesco lugar a um uni-duni-tê. – Ele foi o primeiro homem com quem eu realmente me importei. Essa é a mais pura verdade de Deus.

– Caralho. – Foi tudo o que Joshua pôde dizer. Ele ainda não conseguia encontrar o baseado e decidiu que desistir e levantar-se não seria digno. É a regra Pottery Barn: fez merda, babaquice sua. Não faça merda.

– O que tem aí embaixo? – perguntou Stagger e, mexendo a cabeça como uma tartaruga, ajoelhou-se ao lado de Joshua para olhar sob a cadeira, depois deitou-se no chão com um grunhido.

– Não consigo achar – disse Joshua. – Eu perdi o baseado. Simplesmente desapareceu.

– Oh, cara! – exclamou Stagger. – Você quer um pouco do meu?

Só então Joshua viu que Stagger estava com um baseado na mão que, pela reforçada robustez, parecia definitivamente familiar. Joshua deitou-se no chão também, pegou o abençoado baseado e fumou-o como se sua vida dependesse daquilo, o que era verdade. Eles ficaram bafejando fumaça debaixo de suas respectivas cadeiras. Se alguém estivesse sentado numa delas, estaria inalando maconha pelo rabo. Estar vivo não passa de um amontoado de possibilidades caóticas. E de muita transpiração.

– O que é isso? – perguntou Joshua, exalando fumaça. – Não pode ser só maconha.

– Tem um pouco de maconha. Algumas coisas caseiras também. Mais um pouco de anfetamina cozida com outras substâncias químicas para potencializar o efeito – disse Stagger. – Uma antiga receita da Tempestade no Deserto. Era o que nos ajudava a suportar.

A porta da entrada abriu e eles puderam ver os pés de uma mulher: dedos pequenos e graciosos de unhas pintadas em cores celestiais. Num rompante, Joshua sentou-se reto e bateu com a testa na cadeira. Houve uma época em que a independência do seu quarto de adolescente não era respeitada por sua mãe, que entrava sem bater quando sua mão já estava na genitália. E agora, além de faminto, sua testa doía.

— Joshua? – disse Ana, suavemente.

Stagger não deve ter notado a presença dela, pois continuava divagando:

— A areia, cara. A porra da areia. Tudo que você colocava na boca era crocante. Eu odeio coisas crocantes. Prefiro lamber um cu do que comer cereais crocantes.

— Alma não está aqui – disse Ana. – Alma está em algum lugar e eu não sei onde. Estou preocupada.

Joshua ficou alongando a mandíbula, como se ela estivesse mal acomodada na articulação e, se ele a colocasse de volta no lugar, todo o resto se encaixaria, a começar pelo processamento do influxo básico de informações sensoriais. A máquina da memória logo estaria funcionando; ele podia ouvir os rangidos na cabeça. Ele não conseguia lembrar de onde saíra aquela sua cueca da bandeira que Stagger estava usando. Um presente da mãe? Ou uma aquisição irônica da época da faculdade? Não se lembrava também do sobrenome de Ana. Karenina? Eu devo estar sonhando, disse Bond-James-Bond.

— Merda de sombrero – disse Stagger.

— Dê um tempo a ela – disse Joshua, inalando em adágio e exalando em *staccato*. – Ela deve estar baixando em algum lugar. Quando baixar, voltará para casa.

— São duas da manhã – disse Ana. O seu inglês de nível cinco como segunda língua a protegia das insinuações sinistras de Joshua. De repente, ele lembrou do baseado perdido e voltou a procurá-lo. Não lhe incomodava o fato de estar ao mesmo tempo se escondendo de Ana e fugindo das necessidades dela. Não queria que ela soubesse que ele estava chapado. Ia encontrar o baseado e se recompor debaixo da cadeira para depois ressurgir e encarar Ana na forma do homem por quem ela milagrosamente se sentira atraída, um sobrevivente da caspa. Exceto era o sobrenome dela!

Ana Exceto o amava tanto que os dois iriam juntos fazer uma proposta a Kimmy. Eu estou cercado por todas as nações e intoxicado de células malignas, mas, em nome do Senhor, hei de esmagá-las uma por uma como folhas secas.

— Tudo bem, vamos sair e procurá-la! — disse Stagger. Ele conseguiu sair de debaixo da cadeira sem bater a cabeça. Era hábil nisso. Sabia rastejar dopado em qualquer tipo de terreno. Deve ter sido seu treinamento nos fuzileiros navais.

— São duas da manhã — Joshua falou debaixo da cadeira. — Quem sabe onde ela poderia estar?

— Eu vou sair para procurar — disse Ana Exceto. — Fique aqui e espere se ela vier.

— Às duas da manhã, todos os tarados filhos da puta da cidade estão na rua — disse Stagger.

O baseado não estava em lugar algum, e Joshua começou a se preocupar que ele tivesse rolado pelas escadas da portaria, caído em uma pilha de folhas secas ou de ossos de rato ou o que houvesse lá embaixo, que já devia estar ardendo e logo incendiaria a portaria. Eles precisavam sair dali, ele precisava sair do chão, descer as escadas e depois achar um canto seguro, de onde poderia assistir às chamas espetaculares. O Maior Incêndio de Chicago. Depois de tudo dizimado pelo fogo, a reconstrução poderia começar. Operação Liberdade Americana.

Ele ergueu os olhos para pedir que Stagger e Ana corressem para salvar suas vidas quando avistou o baseado, agora reduzido ao tamanho de uma barata. Stagger estava sugando-o como se fosse uma chupeta. Era desconcertante ver Stagger tirando baseados da cartola, que filho da puta engenhoso. Eles desapareciam e depois reapareciam em sua mão, tudo parte de um ciclo mágico de ser e não ser. Merda de sombrero. Joshua se levantou e se sentou numa cadeira. O que foi aquilo que Stagger lhe deu para fumar?

Coisa da boa. O Senhor sempre proverá a coisa da boa, as coisas que importam. Eu não morrerei, mas vivo permanecerei para proclamar as obras do Senhor com cuidado e precisão.

— Eu estava ligando — disse Ana Exceto. — Esko não está atendendo telefone. Eu me preocupo.

— Tudo bem. Vamos! — disse Stagger sem se mexer.

— Onde? — perguntou Joshua.

— Procurar a garota.

— A gente não tem carro — disse Joshua.

— Tem carro sim — disse Stagger.

— Que carro?

— Eu tenho um carro.

— Quando você arrumou um carro?

— Você podia ligar para Bega — disse Ana Exceto. — Ele pode ir procurar.

— Sempre tive carro — disse Stagger. — Exatamente para situações como esta.

— Eu nunca vi você dirigindo um carro — disse Joshua.

— Bega pode ver se ela está em casa — implorou Ana. Por que ela não podia ligar para Bega?, Joshua começou a pensar, mas depois parou. Pensar sem pensamentos, era nisso que ele era bom. Nisso e em rouxinóis.

— Eu nunca estive numa situação como esta — disse Stagger.

— Isso é verdade — disse Joshua.

— Estou preocupada — disse Ana Exceto. — Eu ligo para Esko. Não tenho telefone de Bega.

— Eu posso ligar — disse Joshua. — Mas não tenho o número dele.

— Nós temos que ir. Preciso da minha arma — disse Stagger.

— Vamos ligar primeiro — disse Joshua. — Vamos pensar direito.

– Nós temos que ir. Não podemos simplesmente ficar sentados aqui e não fazer nada. Nós temos que fazer o que é certo – disse Stagger. – Preciso da minha arma de destruição em massa.

– Vocês não precisam ir. Joshua pode ligar – disse Ana Exceto.

– Para quem ele vai ligar? – perguntou Stagger. – Para quem você vai ligar, Jonjo?

– Eu não sei – disse Joshua. – Para Bega? Eu não tenho o número do telefone dele.

– Viu só? – disse Stagger. – Nós temos que ir.

– Merda de sombrero – disse Joshua. – Não consigo pensar direito.

– Vamos nessa – disse Stagger.

EXT. MILHARAL – NOITE

De repente, o major K ouve um zumbi UIVAR de uma forma diferente, comunicando alguma coisa. Outro UIVO responde. Ruth fica paralisada, e A JOVEM também. O major K desamarra Jack lentamente de suas costas e o coloca no chão. Diz a ele para ficar de bruços e sinaliza para que as mulheres façam o mesmo. Ele apura o ouvido: o FARFALHAR das folhas do milharal, o ARRASTAR de pés dos zumbis, o contínuo UIVAR. Mas em seguida, um silêncio abrupto toma conta de tudo, ouve-se apenas um obscuro ROUXINOL. Os olhos de Jack se arregalam.

Stagger teve bastante dificuldade para conseguir tirar o carro da garagem, não só por encontrar-se soterrado por uma montanha de caixas e engradados com garrafas de cerveja, além de toda a parafernália dos Cubs. Era um Cadillac antigo, cor de lírio, amplo e gracioso como um aerobarco, na placa lia-se STAG. Ele depois teve trabalho para sair do beco, porque todas as latas de lixo haviam sido empurradas para o meio da rua por algum adolescente local pentelho, então Stagger simplesmente atropelou o cordão de latas, derramando o lixo todo para o desfrute dos ratos da vizinhança. Eu estou cercado pelos meus inimigos, mas, em nome do Senhor, hei de verter suas entranhas como o lixo das ruas.

– Siga reto – orientou Joshua, mesmo que ali não houvesse rua alguma para onde virar. Stagger estava praticamente levitando no seu banco, seu queixo de vez em quando batendo no peito, o que o ajudava a manter-se acordado. Ele dirigia a uma velocidade lenta demais, o peso de seus braços, um deles engessado, pressionando o volante, o eixo e as rodas, e Joshua pôde sentir o cheiro de queimado. A noite estava ameaçadoramente escura, como se alguma força poderosa tivesse desligado toda a iluminação das ruas, preparando o cenário para uma invasão roedora de zumbis raivosos. **Ideia de roteiro 196**: *Um astro do rock doidão surta durante o* *próprio show, foge do palco e se vê perdido numa cidade de cujo nome não consegue lembrar, mas cujas ruas estão tomadas por suas alucinações. Um fã adolescente o descobre trêmulo atrás de uma caçamba de lixo implorando a Deus para tirá-lo de sua viagem. O adolescente decide passar a noite com o astro do rock. Contratempos e aventuras acontecem. Poderia ser um musical:* Surtando na chuva.

    Agora que eles tinham uma espécie de meta para se concentrar, o tumulto em sua cabeça estava esmorecendo, o que seria bom se não estivesse dando lugar à náusea. Ana estava sentada no banco de trás em um silêncio *anaudaciosamente* crítico. Joshua temia virar-se para encará-la, depois de ter feito isso uma vez e o rosto dela mostrar-se sombrio; a rotação quase o fez vomitar. Será que ela chegou a perceber como eles estavam loucos? Ele captou os sinais de ondas de ansiedade que o corpo de Ana emitia, sua solidão e sua preocupação irascível, mas e ela? Teria percebido? Ele deveria estar fazendo algo a respeito. Deveria virar-se e apertar a mão de Ana em sinal de solidariedade, fazer um carinho em seu joelho, dizer algo engraçado. Mas seu rosto doía, e ele tinha certeza de que ela só demonstraria desprezo por seus gestos vazios. Ele não podia suportar ter de mexer a cabeça para a frente e para trás. Seu cérebro deve ter encolhido e agora girava no crânio como uma ervilha dentro de um Tupperware sempre que ele mudava de posição.

    Uma vez, Nana Elsa ficou sentada em absoluto silêncio durante o Seder, exceto para ler suas linhas da Hagadá, cada uma das quais tinha como alvo Bernie e soaram como se vindas diretamente da própria cólera do Senhor. Tudo porque ela havia acabado de saber que Bernie abandonara a família para ficar com uma amante. Talvez ele pudesse contar a Ana sobre Nana Elsa, sobre como ela era a mulher mais durona que ele conhecera, que sobrevivera a um campo de extermínio, que perdera toda a família, atravessara a Europa, navegara pelo Atlântico para chegar em Chicago sozinha no mundo e trabalhar em uma fábrica de botões. Mas não estava claro como isso poderia ser reconfortante para Ana. Além disso, virar para a frente e para trás não era uma boa ideia, ele estava enjoado. Como não conseguia pensar em outra coisa a fazer, então não fez nada, e foi assim forçado a reconhecer que, quando estava chapado de verdade, ele não tinha condições de oferecer o melhor de si mesmo, mesmo que Ana não pudesse ver que ele estava chapado. Seu melhor eu estava longe da cidade agora, provavelmente agachado de medo em algum lugar nos milharais de Iowa. Seu segundo melhor eu estava desamparado, se desdobrando só para manter a comida no estômago. Ele se segurou no painel. Um quebra-molas alertou Stagger para a existência da rua e do carro que estava dirigindo, cada vez mais lentamente. A explosão de consciência inesperada permitiu que ele abaixasse o freio de mão e o carro saltou para a frente e acelerou.

Em algum ponto ao longo do caminho, Stagger e Joshua conseguiram formular um plano: eles primeiro tentariam descobrir se Alma fora sequestrada por Esko, que ainda não estava atendendo o telefone. Ana não poderia opor resistência, porque eles estavam superdeterminados. Mas o plano foi imediatamente alterado, porque Stagger nem sequer consideraria a possibilidade de sair em uma missão de resgate sem sua arma. Ana implorou que ele esquecesse a história da espada. Doido como estava, Joshua sabia que não era uma boa ideia, mas Stagger mostrou-se impenetrável à ideia de largar mão da maldita espada. Com seu inglês aflito, Ana tentou convencê-lo de que Esko não era violento (ah, claro, claro!), de que Stagger não deveria manusear uma lâmina afiada estando com o braço quebrado, e então Stagger pressionou a palma das mãos bem no centro do volante e buzinou furiosamente, explodindo o silêncio da noite. Eles estavam indo pegar a maldita espada.

— Vá em frente — disse Joshua.

— Para o alto e avante — disse Stagger.

A casa de Kimmy ficava a apenas alguns quarteirões da rua, mas demorou muito tempo para chegar lá, durante o qual Joshua ouviu Ana choramingar, telefonar e ofegar no banco traseiro. Ele continuou pensando em uma frase para confortá-la, mas tudo o que sua mente emaranhada de maconha oferecia no final era: "Provavelmente tudo vai acabar bem."

Ela estava usando a camisa de flanela de Joshua e, de certa forma, parecia uma ocidental. *Provavelmente* era a palavra errada. *Tudo vai ficar bem*, ele deveria ter dito. *Tudo ficará bem*, seria melhor ainda. Ou: *Embora não haja maneira de prever o que vai acontecer ou quais serão suas circunstâncias pessoais, há coisas que podemos fazer agora.* Kimmy saberia o que dizer, e o que fazer, mas era a única pessoa que ele não poderia procurar neste momento, ou nunca mais na vida. Stagger pisou fundo no freio e Joshua quase quebrou o nariz de encontro ao painel. O tempo de percurso não foi suficiente para Joshua descobrir uma maneira de pegar a espada samurai escondida atrás da máquina de lavar sem acordar Kimmy. "Vamos pensar num jeito", disse Joshua. Eu me lembro do que é ficar bem e aquilo era exatamente o oposto.

Ideia de roteiro 200: *Uma mulher é cercada em sua casa por seu ex-namorado demente acompanhado de um parceiro insano. A única arma que ela tem para se defender é uma antiga espada samurai herdada do seu pai japonês. Depois de muito suspense e luta, ela corta o parceiro insano ao meio, como um cachorro. Na última cena, ela fica de pé sobre o ex-namorado com a espada na mão, deliberando se deve decapitá-lo ou castrá-lo. Os olhos dos dois se encontram. "Me mata de uma vez", diz ele. Ela o mata. Fim. Título*: Os babacas também morrem.

— Stagger, eu te imploro, vamos esquecer isso — Joshua tentou novamente. — Eu volto aqui amanhã e pego a sua espada. Eu prometo.

Eles estavam na frente da casa de Kimmy, longe da luz da varanda, perto de um arbusto sem nome, sem folhas e devastado pelo inverno, dentro do qual alguma coisa farfalhava – talvez a porra de um ouriço, ou um rouxinol. Ana ficou no carro, ligando para Esko repetidamente, sem que ninguém atendesse. Stagger tirou suas Crocs e entregou-as a Joshua, como se estivesse dizendo adeus. Em seguida, ajoelhou-se e esfregou lama por toda a cara, a camisa e o corpo, inclusive a cueca e o gesso, que felizmente conservou sua brancura fulgurante. Joshua olhou ansiosamente para o carro, para Ana, que apertava o telefone contra a orelha, balançando a cabeça para ele, murmurando: "Não!"

– Se você entrar aí, Stagger, ela vai chamar a polícia, vai acusá-lo de estupro. Isso se não te cortar ao meio primeiro. Por favor, vamos esquecer isso.

– A espada está atrás da máquina de lavar, certo? – sussurrou Stagger.

– Sim – disse Joshua. – Mas você nem sabe onde fica a lavanderia. Eu te imploro, venho buscá-la amanhã.

– É a minha arma. Isso é trabalho para um fuzileiro – disse Stagger. – Nenhum outro homem além de mim deve cair de amores por minha arma.

– Do que você está falando? – Joshua sibilou em vez de sussurrar, agarrando o gesso de Stagger. – Ninguém vai cair nada. Vamos lá, cara! Vamos agir como adultos!

Stagger olhou para a mão em seu gesso, depois para Joshua. Muito suavemente, ele retirou a mão de Joshua. Ele o abraçou forte e sussurrou algo ininteligível em seu ouvido. Depois subiu as escadas até a varanda, pulou a balaustrada, se preparando para subir pelo tubo da calha sob a janela do quarto de dormir de Kimmy. Como ele ia fazer isso com o gesso?

– Espere! – Joshua sibilou. – Eu tenho uma chave!
– Tire os sapatos – ordenou Stagger.
– Espere! – disse Joshua, e vomitou.

Demorou um tempo para encontrar a chave no bolso do casaco: ingressos de cinema, moedas e outras insignificâncias – muitas *insignificâncias*. Joshua empurrou a porta aberta sem um único rangido, Stagger seminu atrás dele. Não há muito tempo, Bushy tinha se esfregado nas canelas de Joshua; Bushy costumava viver ali, agora está morto, e seu espírito poderia estar em qualquer lugar, inclusive em lugar algum. O que Kimmy fez com o corpo? O que se faz com os animais mortos? Uma vez, sua mãe tinha colocado seu primeiro e único bichinho de estimação, um periquito-verde, no congelador depois de sua morte. Durante meses, o periquito ficou entre as caixas de sorvete kosher, até que um dia também desapareceu.

A casa estava escura, indiferente. Na ponta dos seus pés de ex-fuzileiro, Stagger entrou na sala, em seguida na cozinha. Joshua queria pará-lo, mas não ousou emitir um som, seu coração rufava como os tambores ao longo do Mohawk. Stagger por fim virou-se e abriu os braços. O gesto deveria significar que o lugar estava limpo e liberado, mas com Stagger nunca se sabe. Joshua o seguiu até a cozinha, onde sua fome voltou com uma urgência tão poderosa que ele abriu a geladeira sem pensar. Desta vez, não havia cerveja. Havia, entretanto, uma bandeja com sobras de sushi que parecia razoavelmente comestível e ele pegou-a, fechando a porta da geladeira com o máximo de silêncio. Colocou um pedaço de makizushi na boca, esmagou-o com os dentes e engoliu, saboreando o suficiente para saber que não estava fresco. Ele ofereceu a bandeja para Stagger, que deu de ombros e pegou uns dois pedaços não identificáveis. Os dois homens, um deles seminu e tatuado, estavam na escuridão fria e muda da cozinha de Kimmy e comiam restos de sushi – o homenzinho no porão apertado sabia que aquilo poderia vir a ser uma cena convincente num roteiro. Joshua abriu o freezer e o cheiro de sorvete e animais mortos congelados invadiu suas narinas. Poderia ser uma cena em *Guerras zumbi*: Um funcionário do necrotério tira uma caixa de sorvete de uma geladeira sem cadáver. Ele ouve um ruído vindo da geladeira ao lado. Imprudentemente, abre a geladeira ocupada, o sorvete de pistache ainda na mão.

Mastigando o último pedaço de sushi, Joshua apontou para a lavanderia, e Stagger mostrou-lhe o polegar para cima. Toda essa comunicação sem palavras: era quase preocupante que ele e Stagger se entendessem tão bem. Tudo isso teria que acabar, essa relação de camaradagem, esta noite, logo depois que eles pegassem a espada sem serem presos, logo depois que localizassem a Filha Exceto, logo depois que os efeitos da maconha passassem completamente, assim que um novo dia chegasse. Até o final da Páscoa, eu volto para minha humilde morada na rua da sanidade.

A casa escura exalava as fragâncias da vida de Kimmy: o cheiro industrial do carpete na escada, o cheiro de loja de suas quinquilharias decorativas na mesinha de centro, a lavanda sempre onipresente. Ele sentia falta deles, de todos esses odores, até mesmo o do sushi rançoso, de todos os detalhes sensoriais insignificantes de uma vida bem governada. Na próxima segunda-feira, ele imploraria a Kimmy para voltar a morar com ela; ele compraria um anel de diamante. Diria de novo, e dessa vez melhor: Não fui eu! Não fui eu de verdade!

O problema imediato, porém, era que a espada samurai estava presa atrás da máquina de lavar e não podia ser recuperada sem que se movesse aquele elefante pesado, o que, às três da manhã, certamente seria ouvido até a delegacia. Na escuridão da lavanderia, eles confabularam aos sussurros: Joshua iria para cima ficar de olho em Kimmy enquanto dormia; se ela acordasse, ele a distrairia; enquanto isso, Stagger descobriria um jeito de pegar a espada. "Isso é que é trabalho em equipe", sussurrou Stagger no ouvido de Joshua, com um bafo quente e abominável.

A passos vagarosos e silenciosos, Joshua subiu as escadas como um ninja. Os efeitos reduzidos da maconha, porém, vinham agora associados a um estado de alerta sonolento: ele tocava o corrimão tão levemente que este parecia ainda não existir, como se sua rematerialização estivesse lenta. Podia ouvir os menores estalos das paredes; por sorte avistou o ratinho de brinquedo de Bushy – um pequeno monumento de borracha a sua ausência – um segundo antes de ele guinchar sob seu pé. Kimmy devia estar inerte de tanta tristeza, incapaz de tocar em qualquer coisa pertencente a Bushy, incapaz de remover os resquícios de sua presença – ela certamente sentia mais falta do gato do que de Joshua. **Ideia de roteiro 204:** *O Sr. Grief vai até sua casa oferecer assistência após a partida final de seus entes queridos, fornecendo todos os tipos de serviços de gestão do luto. Para fazer isso, o Sr. Grief tem que trancar a própria dor bem no fundo – a perda de sua esposa. Mas quando ele conhece uma viúva enlutada, doppelgänger de sua falecida esposa, sua caixa de ferramentas para a gestão do luto se quebra.* A caixa do luto *(título?).*

Ele chegou no alto da escada. O banheiro ficava à direita, o escritório de Kimmy estava à sua frente, o quarto de dormir ficava à esquerda. De acordo com o combinado, Joshua deveria ficar ali e atentar para qualquer sinal de movimento de Kimmy dentro do quarto, agindo depressa para distraí-la somente se ela por algum motivo saísse para descer a escada. Mas a porta do quarto de Kimmy estava convidativamente entreaberta, o suficiente para ele se espremer e entrar. Seu coração começou a pular no peito; seu pau, de saudosa memória, deu o primeiro passo para a ereção, apontando na direção do anel peniano e das algemas.

Lá estava Joshua, impresente na escuridão viva, absorvendo o ar viciado de lavanda do quarto que dormia, o gosto de vômito ainda na boca, o rosto em fogo. Ele se moveu ao longo da parede, em direção à sombra mais profunda, perto da cama dela. Kimmy parecia minúscula sob a coberta, praticamente incorpórea, exceto pela mancha escura da cabeça no travesseiro. Joshua congelou e prendeu a respiração ao ouvir um grito vindo da lavanderia. Ainda assim, a cabeça de Kimmy não se mexeu.

Ideia de roteiro 205: *Um stalker esgueira-se até o quarto de uma mulher por quem é obcecado e a encontra morta. Ela obtivera uma ordem de restrição contra ele e agora ele é o principal suspeito. Ele será capaz de encontrar o verdadeiro assassino antes que a polícia o localize?*

Sentia saudade de Kimmy. Ela era melhor do que ele, boa demais para ele. Para ser um amor predestinado e malfadado, os amantes têm de possuir o mesmo grau de qualidade humana. Kimmy só podia amá-lo por compaixão, e ele nunca poderia acreditar que ela não o deixaria por um Quarto ou Quinto, ou por um incomparável gostosão de Hummer nascido na mesma categoria rarefeita que ela. Kimmy era da categoria lua de mel em Tóquio. Joshua ficava em algum lugar entre a sobrevivência à caspa e as sobras de sushi.

Era hora de dizer adeus, mesmo que furtivamente. Sentindo-se sem peso, fechou os olhos – aconteça o que acontecer! – e inclinou-se sobre ela para beijar sua sombra perfumada. Mas em vez de seu cabelo farto e sedoso, seus lábios tocaram um saco de lavanda que ela mantinha no travesseiro.

Ela se fora, se fora para sempre.

As lágrimas enevoaram seus olhos, mas ele ainda assim conseguiu atravessar a névoa para vasculhar sua gaveta em busca do anel peniano e das algemas. O anel peniano não estava em lugar algum; as algemas, ele enfiou no bolso como um ladrão experiente.

Por todo o caminho até o Ambassador, Joshua ficou imaginando todas as possíveis consequências da invasão, a mais provável com Kimmy chamando a polícia, que os prenderia por violação de domicílio; e se algum dos vizinhos tivesse visto Stagger circulando seminu pelo gramado da casa, uma acusação de tentativa de estupro poderia ser acrescentada. Mas isso tudo ficaria para se resolver no futuro, caso ele já não estivesse encerrado, o que era pouco provável. Se não existe uma única razão para se acreditar que haveria um futuro, só há um jeito de se descobrir que ele está chegando.

Stagger estava impaciente atrás de Ana, segurando a espada desajeitadamente na mão esquerda, que não estava quebrada, esperando que ela destrancasse a porta do Ambassador. Se houvesse um homem com pleno direito a uma capa e um sabre de luz, este seria Stagger. Joshua inclinou-se para ler os sobrenomes iluminados ao lado das campainhas, mas eles não passavam de palavras secretas feitas de consoantes. Pelo que sabia, uma mensagem codificada sobre a vinda do Messias estava inscrita ali: a Cabala Bósnia. No final dos tempos, não haverá futuro.

Ana não sugeriu nenhum plano de ação; de alguma forma parecia confiar neles; ela os aceitava como eles eram. Os bósnios, Bega disse uma vez, levam a vida como ela é, surfam na onda da catástrofe. E a missão de Stagger e Joshua os trouxera até ali agora, diante de uma parede de sobrenomes impronunciáveis. Se há uma coisa pela qual os hebreus deviam ser culpados, a primeira delas é toda essa loucura impronunciável. Hefzibá, pelo amor de Deus, a esposa de Ezequias.

Ana subiu as escadas à frente deles, usando a camisa de flanela de Joshua e calça legging justa, suas coxas admiravelmente bem torneadas. Há não muito tempo, Joshua estocava seu corpo entre aquelas coxas, mas agora tudo parecia um sonho molhado, mais outro sonho inacabado. Stagger subia na sua frente, grunhindo com o esforço, usando a espada como uma bengala, os dentes cerrados, as mechas de seu rabo de cavalo despenteado pendendo em torno das orelhas.

– Estou bem – disse Stagger sem ser perguntado. Que idade ele tinha, afinal? Se tivesse uns vinte anos na época da Tempestade no Deserto, ele estaria na casa dos quarenta agora. Parecia provável, mas ele era de algum modo mais velho do que isso, muito mais velho. Seu corpo estava em forma e ainda era jovem, mas o resto dele estava, digamos, excessivamente maduro. Ou talvez ele estivesse apenas caído pelo efeito rebote da droga. "Em frente", disse Stagger, com o rosto fantasmagoricamente pálido. Com todas as rugas, caretas e loucura agora ocultas por trás da palidez, Joshua pôde de repente perceber como o jovem Stagger costumava ser antes da grande festa no deserto, antes de sua carreira como senhorio e toda a loucura resultante, antes de todas essas coisas. Joshua obedientemente seguiu em frente, mas precisava mijar. O corpo nunca deixa de funcionar. A mente desliga, mas o corpo continua trabalhando, até parar. A beleza da vida é que um dia todo mundo se transforma em zumbi, depois morre.

Na frente da porta de Ana, dois sapatos grandes de sola grossa e sujos na ponta estavam em ângulo, como se afastados por desgosto. Ana endireitou-os com uma cuidadosa cutucada do pé, por hábito, sem dúvida. Parecia um gesto sem sentido, mas Joshua sabia que ela se importava com o modo como as coisas deveriam ser; ela não sucumbia e surfava. Ele, por outro lado, estava esgotado com aquela desesperança rococó de tudo. E também terrivelmente faminto ainda e com necessidade de urinar.

Ela procurou pela chave certa no chaveiro, e havia muitas. Que propriedades tinha para ter todas essas chaves? A porta foi destrancada e ela entrou. Stagger deu um passo para o lado atrás dela, meio agachado como um Jedi, sua espada bem acima da cabeça, pronta para atacar, mesmo que não pudesse segurar completamente o cabo com seu gesso. Joshua viu a cicatriz que se estendia entre as omoplatas de Stagger até a base do pescoço, onde havia a inscrição *Semper Fi* em tinta azul. Joshua não tinha ideia do significado de *Semper Fi*. Na verdade, quantos fuzileiros sabiam ler latim? Eles deveriam fazer inscrições mais no estilo americano, digamos: *Desistir nunca* ou *Nascido para matar* ou *Apetite por destruição*. Tudo deve ser mais simples e mais americano, particularmente neste momento em que devemos estar unidos porque estamos todos desmoronando.

Ana ligou a luz do corredor, expondo seu vazio. "Esko!", ela chamou, acendendo mais luzes enquanto avançava pelo apartamento. A tristeza vazia do lugar: do pouco que possuíam, Ana e sua família. Nenhum quadro na parede; nenhum tapete no chão; nenhum móvel herança de família; nenhum diploma emoldurado; nenhum videocassete inútil; nenhum livro na mesinha de centro; nenhuma mesinha de centro. Elas foram expulsas de seu próprio passado, essas *pessoas*, levando apenas suas consoantes místicas e uma prancha de surfe curtida pelo tempo para as catástrofes. Isso deixou Joshua ainda mais nauseado, como se tivesse acabado de atropelar um animal.

A última luz que Ana acendeu revelou Esko, mão esquerda sob o rosto, deitado no sofá, que era muito menor do que ele, fazendo com que seus pés ficassem no ar. Uma de suas meias tinha um furo enorme, a ponta do seu pé protuberante como uma batata descascada. Ele estava de frente para a TV acesa, onde duas mulheres, lambuzadas de óleo e brilhando com um ocre suave, lutavam em câmera lenta. Somente quando Ana parou na frente da TV, ele deu conta de sua presença. Ele olhou para Stagger em sua postura de combate com braço quebrado e, em seguida, para Joshua, que escolheu aquele momento para respirar fundo. Ana disse algo em bósnio, algo que parecia uma confrontação raivosa, mas Esko apenas deu de ombros e coçou o nariz apaticamente. O chão ao lado dele estava cheio de pratos com restos de comida e garrafas de Corona; parecia que há muito tempo ele não saía do sofá. Ana continuou falando, sua voz ficando cada vez mais áspera e contundente. O que ela estava dizendo a ele? Joshua gostaria de saber, não só porque tinha a ver com a solução do mistério da garota desaparecida, mas também porque ele realmente precisava aliviar a pressão em sua próstata e não podia sair no meio de um confronto. Ana apertou a mão contra o peito e continuou balançando a cabeça dramaticamente enquanto falava, fazendo valer o seu ponto de vista de forma categórica, depois ofereceu algo a Esko nas mãos em concha. O que quer que fosse, Esko não se importou muito. Torcendo o nariz, como se ele ainda estivesse coçando, ele olhou por cima dela para a tela, onde uma das mulheres agora se arqueava no que devia ser um prazer extremo, enquanto a outra lambia seu umbigo. Ana avançou, pescou o controle remoto em meio aos restos no chão e desligou a TV. Seu maxilar se cerrou em algum estilo fúria dos Bálcãs, enquanto ela estapeava sua face esquerda, depois a direita e, em seguida, apontou o dedo para si mesma. Nesse momento, Esko finalmente se sentou e assentiu com resignação, como se tudo estivesse se unindo contra ele para se solidificar em uma derrota incontestável. Stagger, ainda feito estátua em sua pose de samurai, encarava Esko com um foco delirante.

– Desculpem aí – disse Joshua. – Eu não quero interromper a conversa de vocês, mas será que eu poderia usar o banheiro?

Ana voltou-se para olhá-lo no que poderia ser adequadamente descrito como estupefação; Esko riu como se tivesse acabado de se lembrar da existência patética de Joshua. – Você está bem? – Stagger perguntou, sem tirar os olhos de Esko.

– Eu realmente preciso fazer xixi – disse Joshua.

– Vá fazer xixi – disse Ana.

– Eu fico aqui, Jonjo – disse Stagger. – Você vai fazer xixi.

Quando Joshua deu o primeiro passo para o banheiro, Esko saltou do sofá, transpondo o caos no chão, e correu para Joshua, que ficou paralisado no mesmo lugar. Ele certamente teria sido esmagado por um golpe impiedoso se Stagger não conseguisse balançar a espada e cortar a coxa de Esko com a ponta da lâmina. Ana gritou. O sangue jorrou instantaneamente de uma fissura aberta, desviando a aceleração de Esko. Stagger estava prestes a infligir outro golpe quando Esko colocou toda a sua força no punho cuja trajetória terminou no nariz de Stagger, que, cego de dor, explodiu. Com outro soco no queixo, Esko derrubou Stagger, que caiu no chão, por cima das garrafas de cerveja, anunciando sua aterrissagem com um gemido doloroso. Ana gritou de novo e botou as mãos na cabeça como se fosse arrancá-la e atirá-la aos homens. Esko retirou a espada da mão inerte de Stagger e virou-se para apontá-la contra Joshua, cuja bexiga milagrosamente se segurou, mesmo que o ar abandonasse seus pulmões junto com todas as palavras que ele já tinha aprendido a pronunciar. Esko disse algo em bósnio para ele, pressionando a ponta da lâmina contra seu peito. Já havia sangue nos pés de Esko juntando-se com o que vazava do nariz detonado de Stagger, mas Esko nem se importou. Ele repetiu o que disse antes e agora oferecia o cabo da espada para Joshua. Stagger parecia morto, exceto pelo sangue que fluía constantemente do nariz.

– Eu não entendo – Joshua murmurou com esforço. – Eu não entendo o que você está me dizendo.

– Ele quer que você o mate – disse Ana. – Com essa coisa.

– Oh, não, obrigado – disse Joshua. – Eu estou bem. Sério.

Esko não prestou atenção ao que Ana estava lhe dizendo e pressionou a ponta da lâmina contra a própria garganta. Joshua podia ver a pressão do aço na carne, e a veia que estava empurrando para dentro. "Por favor", disse Joshua. A ponta da lâmina rasgou a pele do pescoço de Esko, um fio de sangue emergindo; ele estava olhando para Joshua, mas olhando para algo além de seu rosto, além dele. Eu não quero que você morra, para que eu possa viver e proclamar as obras do Senhor. Ana estava falando em bósnio, parecendo calma e sensata. Esko estava a um passo de cortar a própria garganta e Joshua fechou os olhos, resignado a um banho de sangue. Senhor, por favor, salve-nos! Ou pelo menos, Senhor, *me* salve! Mas então Esko agarrou a espada pelo cabo de novo, Joshua estremeceu, e bateu com ela no chão; a espada estalou como um pão crocante. A lâmina caiu na poça de sangue, Esko abriu a mão, largando o cabo, e caiu de joelhos, inclinando a cabeça como um cavaleiro diante do rei.

Joshua levou um segundo para perceber que Esko estava chorando, apertando os dedos contra os olhos como se estivesse tentando arrancá-los. Ana se adiantou para colocar a mão no ombro de Esko, relutantemente, com cuidado, para que o gesto não fosse interpretado como uma reconciliação. Esko soluçava cada vez mais alto, forçando Joshua a recuar, como se as lágrimas dele fossem sem um ácido que pudesse queimá-lo. Ana se ajoelhou ao lado de Esko e colocou o braço no ombro do marido. "Tudo vai ficar bem", ela deve ter dito a ele. Sua ferida estava mais aberta agora que ele estava ajoelhado, mas Esko não parecia perceber ou se importar. O sangue de veludo borbulhava do corte na calça de brim, escurecendo instantaneamente. Os joelhos de Joshua fraquejaram e ele bambeou para trás e caiu no sofá. Sua próstata doía. Então era essa a sensação da sobrevivência? Havia um gancho bem acima da TV, ele poderia se enforcar. Precisava mijar urgentemente.

Stagger grunhiu e se sentou. Pegou um guardanapo imundo do chão e o pressionou contra o nariz. Ana continuava repetindo uma palavra em bósnio, uma palavra, Joshua sabia, que ela nunca diria a ele. Ele queria que ela se reconciliasse com Esko, restaurando assim alguma aparência de ordem, permitindo que ele voltasse desse exílio para a terra do antes, onde não havia humilhação, nem sangue, nem rãs, nem piolhos, nem gafanhotos, nem coágulos de escuridão ou dor, sem caos e, principalmente, sem cuecas encharcadas de urina. **Ideia de roteiro 1**: *Duas ou mais pessoas. Amor, vida, traição, dor. Título:* Que Deus nos ajude.

EXT. O FORTE DA PRISÃO – DIA

Jack está pendurado nas costas do major K, segurando seus ombros com algum esforço. O major K anda com dificuldade por causa do peso. Ruth segue aos tropeços pela lama, ocasionalmente caindo, mas ainda se levantando. São seguidos por Alicia e um bando enorme de refugiados, alguns com ferimentos de bala. Crianças BERRAM. O forte da prisão é visível no horizonte, seus altos muros com torres de vigia. As pessoas estão exaustas, mas sabem que estão quase conseguindo. TIROS na distância, zumbis URRAM.

MAIS TARDE

O major K BATE na porta de aço, esgotado, ofegando intermitentemente para conseguir respirar. Não há resposta. Ele olha ansiosamente para a multidão atrás dele, todos unidos na esperança. Jack e Ruth estão grudados na porta, desesperados para que seja aberta. O major K bate novamente. A vigia se abre. Um par de olhos ansiosos.

                    MAJOR K
Somos todos humanos.

Em sua sala de estar demolida, com o marido ferido sob seus cuidados, Ana assumiu o controle de toda a catástrofe. Deu por encerrado o drama de maneira inequívoca, a falta de sentido de tudo que aconteceu agora perfeitamente evidente. Mesmo Stagger foi obrigado a concordar, embora isso exigisse que ele deixasse o apartamento para se acalmar. Ela então interrogou Esko, que sangrava em silêncio no sofá, pressionando uma toalha na coxa para estancar o sangue: Alma, ela traduziu para Joshua, estava na casa de Bega. Joshua se levantou, confuso, esperando por mais instruções, mas tudo o que ela disse foi: "Obrigada. Você pode ir embora agora." Ela ajeitou seu sutiã, nenhum sorriso ou covinhas no rosto, nenhum amor por Joshua; ela voltara para o antes. Ele recebeu sua ordem sem questioná-la, mais porque simplesmente não sabia que outra coisa poderia fazer.

Mas havia uma última coisa de que ele precisava antes de retornar à sua vida de antes: um momento para urinar. Enquanto liberava o fluxo, ficou olhando para uma mancha de umidade na parede acima da privada: parecia uma versão lobisomem de um hassid. **Ideia de roteiro 300**: *Jerusalém é sitiada por vampiros insaciáveis...* Não! Foda-se! Chega disso, ele decidiu.

* * *

Ele teve que enrolar a calça porque a barra estava molhada de sangue, o que de certa forma deixou-a alta na cintura, parecendo calça de palhaço. Para entrar no carro, precisou puxá-la bem acima do umbigo, como Bernie fazia. Sem a espada, Stagger ocupou o banco do motorista, esquecendo de botar o cinto de segurança. Seu pescoço e as tatuagens no peito estavam cobertos de sangue seco, o maxilar cerrado em um ricto doído de raiva. Ele pareceria a propaganda de um guerreiro impiedoso, não fossem os dois lenços de papel sujos de vermelho enfiados nas narinas. Ele só podia ter cinquenta e tantos anos, no mínimo. O Senhor me ampara por meus aliados para que eu possa enfrentar os meus inimigos, e meus inimigos extasiam-se ao nos verem juntos. O sol emergia do lago como se de um esconderijo; o romper do dia insinuava-se pelo alto dos prédios, pelas copas desfolhadas das árvores e pela cidade onde alguma espécie de violência estava sempre em marcha.

A Devon Avenue estava deserta, como antes de um ataque zumbi, exceto por um único e inexplicável Lubavitcher, sombrio sob seu chapéu fedora preto de abas largas como um maldito sombrero, andando célere em direção a alguma coisa e depois dando um giro repentino para pisar na faixa de pedestres, bem a tempo de não ser atropelado por Stagger. Joshua invejava o conforto que a promessa messiânica traz, a vida de alguém cuja história sempre fora contada, o final sempre o mesmo por toda a eternidade, o futuro salvaguardado.

— Você já viu *Rastros de ódio*? — perguntou Joshua.
— O que é isso?
— *Rastros de ódio*, o filme de John Wayne.
— Não — disse Stagger. — Eu não suporto John Wayne.

– Qual é o seu filme favorito?

Stagger arrancou os lenços sujos de sangue das narinas enquanto pensava na pergunta, desceu o vidro da janela e os jogou fora.

– *Star Wars. Ataque dos clones* – disse. – Mas eu não quero falar de filmes idiotas.

– Vamos lá pegar a garota – Joshua disse sem pensar. Stagger virou-se para olhá-lo: primeiro, em descrença, e depois com o punho socando o ar.

– Isso aí, caralho! – gritou e fez o retorno na frente de um ônibus.

Enquanto seguiam em frente, poucas palavras foram trocadas. Não havia como desistir agora. O reconhecimento do fato proporcionou alegria e alívio para Joshua – haveria um fim para tudo aquilo. Ele decidiu que, na segunda-feira, escreveria um longo e-mail para Kimmy, esclareceria toda a história com sinceridade e firmeza, detalharia toda a humilhação imerecida, explicaria as circunstâncias atenuantes, aceitaria a responsabilidade, sugeriria que ele fora mais do que suficientemente castigado, salientaria o fato de que agira de forma responsável ao devolver a filha para a mãe e prometeria que iria mudar de vida, após aprender tanto com suas experiências recentes. Ela o aceitaria de volta, ou talvez não. De qualquer modo, tudo isso será apenas um pesadelo (heroico?) para ser lembrado, e seletivamente, Deus queira.

– Ponha o cinto – disse Joshua. Stagger agarrava o volante com a mão que não estava quebrada, os nós dos dedos brancos de excitação.

– Acho que não – disse Stagger. – Acho que botar o cinto é uma coisa que não posso suportar fazer agora.

Em pouco tempo, deixaram o Ambassador para trás, viraram uma esquina e avistaram o Honda de Bega, com os dados de pelúcia e um amassado na porta dianteira direita, estacionado na entrada de uma casa com varanda – uma casa minúscula com uma varanda minúscula, mas ainda assim uma casa. Um imigrante com tantos bens? Um babaca que reprova e se queixa o tempo todo do país onde mora, mas possui um carro japonês luxuoso e uma casa pequena e acolhedora? Vá se foder! Eles estacionaram na rua, bloqueando o Honda com o STAGmóvel. A rua dormia, exceto por um casal de pardais pipilando apopleticamente em um bebedouro semivazio no gramado de Bega.

– Eu tenho de mijar de novo – disse Joshua. Ele não precisava, na verdade, mas espantou os pardais, tirou o pau para fora e urinou no bebedouro. A selvageria arbitrária de seu ato foi de suprema satisfação: uma forma de liberdade. "Vá se foder!", ele disse para ninguém em particular. Os pardais pousaram nos galhos de uma árvore raquítica ao lado do bebedouro e observaram, inquietos, a urina amarelo-escura espalhar-se como derramamento de óleo naquela água límpida.

Stagger tocou a campainha, que soou como um laser num filme de James Bond. Na varanda, havia alguns vasos vazios rachados e um monturo de folhas de cupons tão encharcadas que deviam preceder as privações do último inverno. Joshua também enfiou o polegar na campainha, mas desta vez não houve som algum. Stagger encostou o rosto na janela fazendo parênteses com as mãos, mesmo que as cortinas o impedissem de ver qualquer coisa lá dentro. Seu nariz ainda sangrava e ele deixou uma mancha de sangue na vidraça.

– Ele não deve estar em casa – disse Joshua. – Acho que devíamos ir embora.

– Não acho, não – disse Stagger, e bateu na porta com tanta veemência que Joshua receou que a qualquer momento a vizinhança inteira estaria encostando o nariz nas janelas. Foi uma sorte

Esko ter quebrado a espada de Stagger; caso contrário, cabeças e membros estariam voando.
— Ele não está em casa – disse Joshua.
— Faremos com que esteja em casa – disse Stagger.
Bega abriu a porta de cueca, que estava meio virada de lado nos seus quadris, fazendo com que ele parecesse ter torcido o tronco em um ângulo esquisito. Seu peito era cabeludo e os mamilos, do tamanho de cerejas, assomavam em suas dobras abdominais gelatinosas. Joshua não tinha previsto aquele gato branco de rosto largo nos braços de Bega.
— Josh – disse Bega. – Bom dia.
— A garota está aqui? – perguntou Stagger.
Bega o ignorou completamente, perguntando a Joshua: – O que aconteceu?
— A garota está aqui? – perguntou Joshua. O gato o observava atentamente, como se soubesse tudo o que havia para saber de Joshua. Parecia um irmão de Bushy: a mesma pelagem bege macia, o mesmo nariz rosado, o mesmo olhar, o mesmo egocentrismo.
— Entre – disse Bega. – *Mi casa su casa*.
O gato ronronava alto, o que perturbou Joshua. Bega nunca mencionara seu gato. Bushy estava morto enquanto Bega tinha um gato vivo e ronronando. Ele acariciava o gato entre as orelhas pontudas, como se nada tivesse acontecido. *Estou pensando em cortar o seu pau fora e colocá-lo na sua boca até você sufocar*, Bega tinha dito antes de Esko torcer o pescoço de Bushy.
— Gato bonito – disse Joshua.
— Obrigado – disse Bega. Como se nada tivesse acontecido. – O nome dela é Dolly. Ela é um doce.
Dolly decidiu descer dos braços de Bega e, continuando com seu ronronar profundo, afiou as unhas no tapete do chão, no qual

homens de turbantes e mulheres com longos vestidos balão se olhavam sob um dossel de folhas intricadamente tecido, enquanto cavalos se empinavam e pássaros celestiais abriam sua plumagem de um colorido esplendoroso. O gato contente e o tapete se destacavam na insipidez matinal da sala de estar de Bega: um sofá com uma pilha de cobertores e almofadas, e três cadeiras de plástico em volta de uma mesa de plástico, acima da qual pendia uma luminária de papel presa em um gancho proeminente.

— Esse tapete é a única coisa que tenho da Bósnia — disse Bega.
— E isto. — A outra coisa era um pequeno quadro na parede que retratava uma janela fechada. Joshua estudou a pintura com desprezo exagerado.

— Onde está a garota? — perguntou Stagger novamente, Bega ignorou-o novamente.

— Viemos buscar Alma — disse Joshua.

— Ela está tomando banho — disse Bega. — Você gostaria de um pouco de café?

— Se você colocou suas mãos nela — Stagger rosnou —, vou cortá-las em pedaços.

— Quem é esse? — Bega perguntou a Joshua.

— Esse é Stagger.

— Sim, tudo bem. Mas quem é? E o que aconteceu com a cabeça dele?

Joshua considerou Stagger: o rabo de cavalo desfeito, o nariz sanguinolento e o corpo tatuado, a cueca da bandeira americana.

— Ele é... — Era muito difícil de explicar. — Ele é meu amigo.

— E o que ele quer?

— Onde está a garota, seu filho da puta? — insistiu Stagger. Ele avançou pela casa para procurá-la. Dolly abandonou o tapete e escapuliu para algum lugar. Que tipo de pessoa permite que outra pessoa mate os gatos de outras pessoas? Que tipo de pessoa é esse tipo de pessoa?

– Ele quer Alma – disse Joshua. – Queremos levá-la de volta para casa.

Bega deveria ter oferecido seu gato como um substituto, ou pelo menos como retribuição. Seria justo. Olho por olho, dente por dente, gato por gato.

– Tudo bem, não tem problema – disse Bega. – Mas você e seu amigo batem na minha porta às seis da manhã. É assim que vocês fazem agora?

– Pelo menos não matamos gatos – disse Joshua.

Stagger bateu na porta do banheiro, depois tentou entrar, mas estava trancada.

– O que gatos têm a ver com isso?

– Os gatos têm tudo a ver com tudo. Você está aí com o seu gatinho bonito e nenhuma preocupação no mundo. Mas e os gatos das outras pessoas? Você já pensou nos gatos dos outros?

– Você não pede desculpas, você não dá bom-dia, você vem falar de gatos e quer me encostar na parede. Você não pode fazer isso – disse Bega.

– Ah, é? Foda-se! Eu vou te encostar na parede o quanto eu quiser – Joshua gritou e se aproximou de Bega, que mantinha-se impassível. – Podemos fazer o que quiser. Você foi na minha casa e matou meu gato! E onde está a garota?

– Garota! – gritou Stagger.

– Alma! – gritou Joshua.

– Alma! Saia! – Stagger continuou. – Você está segura agora! Estamos aqui para levá-la para casa!

Alma saiu do banheiro com uma toalha enrolada na cabeça e outra enrolada no peito. Ela agora parecia uma versão florescente de sua mãe, muito mais dela ainda por vir, muito mais estrago a ser feito. Alma Exceto, uma debutante nas dores de amor. Os dedos de seus pés estavam recém-pintados de rosa, chumaços de algodão ainda separando uns dos outros. Ela olhou para Stagger confusa.

— Você está bem? — perguntou Stagger. Ele estava preocupado; ele era um bom sujeito, um verdadeiro cão de resgate, meio maluco, mas bom sujeito. Cuidar das pessoas e de gatos era de sua natureza.

— Sim — ela disse. — Estou bem. Eu posso cuidar de mim mesma.

Bega falou com ela em bósnio e ela olhou para Joshua, balançou a cabeça e riu.

— Fale inglês! — Stagger exigiu. — Isto aqui é a América!

Ela entrou no quarto, fechando a porta.

— Ela tem 15 anos, pelo amor de Deus — disse Joshua.

— Ela tem quase 16 anos. E ela pode ter a idade que quiser — disse Bega. — De qualquer forma, você não tem nada com isso. Não estamos no Iraque.

E então Joshua ergueu a mão e empurrou-o bem entre os mamilos de cereja. Bega reagiu com uma cabeçada, fazendo com que Joshua perdesse o equilíbrio e caísse, o ponto entre seus olhos latejando com uma dor que lhe cegava. Nesse exato momento, Stagger veio correndo do outro lado da sala e lançou-se sobre Bega, derrubando-o no chão com o peso do corpo e uivando de dor e fúria. Joshua, caído, ficou um tempo ali parado, recuperando-se o suficiente para testemunhar Bega e Stagger lutando grotescamente no tapete, até que Stagger, ainda uivando, acabou sentando no peito de Bega, enquanto Bega lutava para tirar a mão de Stagger de sua cara e arrancá-lo de cima do seu peito. "Segure as mãos dele aqui, Jonjo!", gritou Stagger, e Joshua agarrou um dos pulsos de Bega e o prendeu com o joelho; depois agarrou o outro e puxou a mão para baixo, liberando Stagger para bater na cara de Bega com o gesso, o que lhes deu imenso prazer. Alma saiu do quarto e ficou paralisada, emoldurada pela porta, nua, a toalha ainda na cabeça. Joshua estava segurando os dois braços de Bega, permitindo que Stagger, gemendo de dor e prazer, infligisse golpes duros no rosto de Bega com cuidado e precisão, abrindo primeiro o lábio, depois as sobrancelhas, depois arrebentando o nariz até que o bósnio gorgolejou sangue e Alma pulou nas costas de Stagger, que só teve o trabalho de girar os ombros para arrancá-la dali. Ela então voltou-se para Joshua para arranhar-lhe o rosto, e ele teve que soltar os braços de Bega, que felizmente já não se moviam, para empurrá-la e livrar-se dos seus ataques, mas não antes de ela deixar uma linha vermelha em seu queixo. Ela voou longe e aterrissou duro, batendo com a cabeça no chão. Stagger parou de bater em Bega e olhou com uma perplexidade lunática para Alma. Ela não estava se mexendo. Eles prenderam a respiração. Stagger ainda estava sentado em cima de Bega, seu gesso todo vermelho. Bega parecia perigosamente pacífico; seu rosto estava empapado, o sangue escorrendo por todos os buracos, perdendo-se entre seus pelos faciais, descendo até a orelha. Quando Alma ofegou, Stagger esmurrou o rosto de Bega mais uma vez, talvez para comemorar o retorno dela ao mundo dos vivos.

— Eu tenho algemas — disse Joshua, puxando-as do bolso da calça.

O tapete exótico estava manchado de sangue. Stagger saiu de cima de Bega e o virou, puxando seus braços para colocá-los nas costas. Joshua o algemou com destreza, como se fosse uma rotina em sua vida, e, antes que Stagger esticasse a mão para cumprimentá-lo, ele jogou a chave no outro lado da sala. Que Bega rastejasse de cara no chão para encontrá-la.

Após breves soluços, Alma voltou a si. Eles fizeram-na se sentar no sofá, suas mãos cobrindo o colo nu, uma toalha sobre os ombros. Seus pequenos seios caídos como uma massa líquida.

— Vá se vestir — disse Joshua enquanto Stagger chutava as costelas de Bega uma última vez. — Nós vamos levar você para casa. Alma não se moveu nem disse nada. Joshua tirou a capa de uma das almofadas.

— Eu quero o gato também — disse ele. — Vamos pegar o gato.

Eles viraram o lugar de cabeça para baixo, muito mais do que o necessário para se encontrar um gato. Joshua sentiu o efeito da droga voltar dando-lhe uma sensação de força e poder: ele rasgou a luminária de papel, chutou a mesa, arrancou o quadro da parede, viu Stagger quebrar a pouca louça que havia na cozinha. Em seguida, Joshua fuçou armários, atirando longe camisas, roupas de cama e caixas de fotos, enquanto Stagger chutava o computador de Bega de uma mesa e depois demolia o banheiro, quebrando o espelho.

— Está bom pra você, filho da puta? — gritou Stagger, inclinando-se sobre o inconsciente Bega. — Está gostando? Você não sabe? Não? Que pena, foda-se!

Encontraram Dolly encolhida debaixo da cama desarrumada, o quarto agora cheirando ao suor deles. Fecharam a porta do quarto e levantaram a cama para empurrá-la contra a parede, expondo meias velhas espalhadas e cuecas sujas. Desesperada de medo, Dolly conseguiu escapulir deles, mas correu para o beco sem saída da porta fechada. Stagger saltou habilmente para pisar em seu rabo e Joshua agarrou a gata pelo pescoço. Ela berrou como uma alma penada.

— Alô, Dolly — disse ele, enfiando-a na capa da almofada.

Ele jogou para Alma as roupas que encontrara no quarto. Ela olhou para ele, rangendo os dentes, a raiva borbulhando em seus lábios, ainda atordoada demais para dizer qualquer coisa.

— Vamos nessa — disse Joshua.

* * *

A camiseta que ela usava era de Bega e ficava enorme no seu corpo: SE DEUS NÃO EXISTE, QUEM PUXA A PONTA DO PRÓXIMO KLEENEX? Stagger colocou o cinto de segurança desta vez e ofereceu sua mão boa a Joshua para um cumprimento e Joshua bateu nela sem pensar.

– Isso aí, cara! – gritou Stagger. – Tropa de elite!

Seu gesso estava completamente vermelho de sangue. O que era uma ferida transformara-se em uma arma. A testa de Joshua estava machucada e ele tocou no inchaço onde levara a cabeçada, agora também tinha um bócio. Bega tinha recuperado a consciência e rolado no chão antes de eles saírem da casa, tentando pateticamente cuspir na direção deles, mas o bolo de saliva sanguinolenta acabou caindo no seu próprio rosto. Joshua e Stagger deram uma gargalhada.

– Missão cumprida! Sem baixas! – Stagger gritou de novo. – Eu tenho que te dizer uma coisa, Jonjo. Eu iria para o combate com você a qualquer hora. Sem nem pensar. Afeganistão, Rogers Park, Iraque, qualquer lugar. A qualquer hora, a qualquer lugar. Eu lutaria com você ao meu lado.

Eles podiam ouvir Dolly uivando no porta-malas do carro, rolando de um lado para o outro dentro da capa de almofada, para a frente e para trás enquanto faziam curvas, paravam e voltavam a andar. No caminho para o Ambassador, eles se perderam num labirinto de ruas de mão única. Em silêncio, Alma olhava pela janela as crianças esperando em um ponto de ônibus, a luz do sol refletida na vitrine de uma loja de bagels, o letreiro de néon de um posto de gasolina, pálido na luz da manhã. Tudo o que aconteceu, aconteceu tão antes deste momento que na verdade não aconteceu. O Senhor fez um balanço de tudo o que havia feito e, pasmem, ele não conseguiu lembrar-se de porra nenhuma.

– Você viu *que* operação a nossa, garota? – Stagger virou-se para perguntar a Alma, que se recusou a olhar para ele.

– Vá se foder! – ela disse em vez disso.

– Por que está tão zangada agora? – disse Stagger. – Você está livre.

– Eu devo dizer que entendo por que você está com raiva. Com toda franqueza, eu entendo – Joshua disse.

Alma bufou e suspirou; ela não iria desperdiçar seu tempo pensando no que Joshua tinha a dizer, agora ou quando fosse; ela nunca mais dirigiria a palavra a ele. Para ela também, ele sempre seria uma salmonella. O que se pode fazer?, pensou Joshua. Não posso querer que todo mundo goste de mim. Um homem deve tomar decisões, as pessoas não gostam de tomar decisões, então não gostam de quem as toma.

Eles pararam quando o sinal vermelho acendeu, os carros se amontoando no meio do cruzamento. O Ambassador ficava no fim da rua.

– Quer saber de uma coisa? Foda-se tudo – disse Alma calmamente, em seguida abriu a porta e saiu do carro.

– Ei! – Stagger chamou. Joshua virou-se a tempo de vê-la saltitando através da multidão. Teria sido de bom-tom entregá-la em domicílio. Stagger tirou o cinto para segui-la, mas quando conseguiu sair do carro, ela já estava correndo, leve, ligeira, viva e irreprimível. Ela parou no próximo sinal para esperar por uma brecha no fluxo do tráfego acelerado, depois correu a passos largos como um antílope. A jovem Sra. Exceto. Ninguém iria pegá-la. Ela era a primeira pessoa, e seria a última pessoa. Na clara luz do dia, Joshua compreendeu que era hora de deixar tudo e seguir em frente – entendeu que nunca mais voltaria a ver Ana, entendeu que já não era noite. Ele agora era forte demais para todo esse drama. Talvez até forte o suficiente para Kimiko.

Correndo atrás de Alma, Stagger empurrou para o lado o coitado de um transeunte, um velho com um caftan e um gorro muçulmano, que girou num círculo completo e deu de cara com Joshua, aparvalhado.

Eles voltaram para o STAGmóvel e passaram por policiais anotando multas na frente de espeluncas de hambúrgueres, restaurantes vegetarianos e lanchonetes de kebab; passaram por ônibus resfolegando fumaça sobre buracos de esgoto; passaram por caixotes de manga e de tubérculos monstruosos apodrecendo sob toldos verdes; por bebês em carrinhos arrastados por suas mães; por quadros de bicicletas enferrujando anonimamente; por meninos de casaco preto a caminho da yeshivá; por mulheres cansadas vestindo saris e ainda trôpegas no atordoamento da manhã; por homens raivosos escaldando sua carne podre com café em seus zumbimóveis; passaram por tudo o que havia para ser passado. Ao passo que Alma voava para longe intocada, deixando para trás Joshua, Stagger e todos os outros zumbis, já se esquecendo de tudo o que precisava esquecer. Não havia nada a fazer, nada mais restara. Esta é a porta do Senhor, por ela os justos entrarão. É assim.

– Vamos terminar com isso – disse Joshua. – Vamos cuidar do gato.

INT. CASA EM WILMETTE – NOITE

Noite do Seder. A mesa está posta segundo a antiga tradição: cordeiro assado, um ovo cozido, harosset, carpás, maror, matzot, os nove metros inteiros. À cabeceira da mesa, está Bernie em uma cadeira de rodas tão baixa que só sua cabeça fica visível. Ele está babando no peito, nocauteado por analgésicos. Na extremidade oposta está Janet, que é realmente quem conduz todo o espetáculo. Rachel e Noah estão sentados lado a lado. Joshua e Stagger estão do outro lado da mesa, com os rostos desfigurados de hematomas, arranhões e calombos. Rachel olha para seu filho com temor e preocupação. Stagger mordisca uma matzá. Joshua balança a cabeça em silêncio sinalizando que ele deve colocá-la na mesa, mas Stagger não entende. Come o último bocado e lambe os beiços. Ninguém mais viu o que ele fez, então Joshua não se importa.

                    JANET
                  (para Noah)
      Muito bem, Noah: pergunte!

                    NOAH
Eu não quero!

RACHEL
Vamos, Noah!

NOAH
Eu não quero fazer isso! Eu não ligo pra esse tipo de comida.

JOSHUA
Oh, por favor, Jan! Deixe o menino em paz! Eu farei a maldita pergunta.

RACHEL
Joshua! Modere suas palavras.

JANET
Faça a pergunta, Noah, ou haverá consequências!

NOAH
Eu não quero fazer a maldita pergunta!

RACHEL
Viu o que você fez, Joshua?

JOSHUA
Por que esta noite tem de ser diferente de todas as outras noites? Digam-me qual é a grande diferença entre esta noite e todas as outras noites. Mal posso esperar para descobrir.

Stagger observa a tudo com um leve espanto, não ficando claro para ele se aquela briga também fazia parte do bizarro ritual judaico. Ele pega mais uma matzá.

> BERNIE
> (saindo de sua letargia)
> Chaim? É você?

MOMENTOS DEPOIS

Stagger se serve de outro copo de vinho, violando assim mais uma vez a antiga tradição, mas é tarde demais para alguém se importar com isso. De certa forma, os Levin lhe dispensaram do rito.

> JANET
> As escrituras dizem que a história deve ser contada de uma forma que seja entendida pelos sábios, pelos ímpios, pelos imbecis e pelos mudos. E eu vou contar a história mesmo que seja a última coisa que faço. Então, ouçam.

Joshua suspira com a impaciente antecipação de quem já viu as mesmas coisas milhares de vezes. Rachel o fuzila com um olhar de esguelha. Noah está em algum lugar, após derrotar, com a ajuda de Joshua, a pressão de sua mãe. Bernie está inconsciente. Stagger, no entanto, presta atenção, bebendo seu vinho.

> JANET
> Há muito tempo, no Egito, um novo faraó elegeu a si mesmo para governar por toda a vida. Os judeus foram escra-

vizados para construir pirâmides e outras obras. Mas em vez de sucumbirem à morte com toda aquela produção de cimento e tijolos, eles se reproduziram como imigrantes. Sendo relativamente novo em suas responsabilidades, o faraó assustou-se e disse, como muitos de sua corja: "Vamos acabar com os judeus antes que eles tomem o poder!" Se ele tivesse sido mais bombástico, teria sido fácil, mas seu plano idiota foi o de afogar todos os meninos. Ele não se importava com as meninas, vejam bem, apenas com os meninos.

Stagger toma outro gole de vinho.

>STAGGER
>(sussurrando para Joshua)
>Esse vinho é dos bons.

>JOSHUA
>(sussurrando de volta)
>Prime Bordeaux. Não é muito kosher.

Stagger dá um soquinho no ombro de Joshua para indicar que ele entendeu a piada, mas Joshua solta um gemido de dor.

>JANET (CONT.)
>(entrando na história)
>Bem, as meninas tinham planos. Felizmente para Moisés, sua irmã era uma mulher forte, inteligente e decidida que conhecia a filha do ditador. Tudo sempre foi uma questão de quem se conhece, de conhecer a pessoa certa, e

Miriam sabia que, no fundo, a princesa tinha um bom coração.

                STAGGER
                (sussurrando)
Quem é Miriam mesmo?

                JOSHUA
                (também sussurrando)
A irmã.

                STAGGER
Isso! Eu sabia. Está na Bíblia também.

                JANET (CONT.)
Bem, então Joquebede deu à luz Moisés e o escondeu por três meses, mas ela não podia escondê-lo para sempre. Agora, vocês podem estar se perguntando onde o pai de Moisés se enfiou naquele momento. Ele caiu fora, foi isso o que ele fez. Abandonou a família solenemente. Foi cuidar da própria vida, provavelmente correndo atrás de prostitutas por todo o Oriente Médio...

                RACHEL
Janet! Acalme-se. Não é hora disso.

                JANET
Eu sei. Não é hora disso. Tudo bem.

MOMENTOS DEPOIS

                JANET (CONT.)
Moisés diz: "Deixa ir o meu povo!" E o faraó diz: "Nem que a vaca tussa!" Então, o chefe de Moisés lança mão de dez armas de destruição em massa, coisa realmente da pesada: água virando sangue, rãs, piolhos, moscas venenosas, a peste, pústulas, granizo, gafanhotos, escuridão total, morte dos primogênitos. E o que acha disso agora, Sr. Faraó?

MOMENTOS DEPOIS

                JANET (CONT.)
Então Moisés organiza o Êxodo. Pensem nisso como uma Operação Liberdade dos Hebreus: uma transferência ordenada da escravidão para a Terra Prometida, um real desafio de liderança. Mas a história não acaba aqui: o faraó é um traíra inveterado, então ele muda de ideia e persegue os judeus por todo o caminho até o mar Vermelho.

Stagger parece fascinado. Ele lambe os lábios e dilata as narinas, o corpo retesado de atenção. Até Noah voltou para ouvir e consegue não perturbar o ambiente. Rachel, cuja atenção nunca hesita, massageia as mãos sobre a mesa. Bernie também parece atento à história – ou pelo menos acordado. Joshua os observa com um misto de enfado e amor.

                JANET (CONT.)
Agora a água está na altura dos seus tornozelos, depois na altura dos joelhos, e por fim cobrindo o nariz. O mar Vermelho é imenso e profundo, e eles não sabem nadar. Os egíp-

cios chegam, prontos para deslanchar a solução final. Os hebreus parecem condenados. Mas Moisés tem um chefe protetor que, por acaso, também criou o universo. Acontece que os egípcios também não sabem nadar. Eles se afogam como formigas na pia da cozinha.

MOMENTOS DEPOIS

JANET (CONT.)
Bem, Miriam morreu enquanto os judeus vagavam no deserto, uma sepultura anônima, esse tipo de coisa. Moisés teve uma vista panorâmica maravilhosa da Terra Prometida, mas o chefe não o deixou entrar lá, sabe lá Deus por quê. Ele morreu no deserto, sozinho também, como todo mundo acaba morrendo. Estava bem ali o seu sonho, ele pôde vê-lo, mas ainda assim estava além do seu alcance. Depois de toda a sua liderança, não teve chance. Estava lá sem estar. Ponderem sobre isso por um momento.

Todos ponderam.

JANET (CONT.)
Mas o resto dos judeus conseguiu.

Bernie baixa o queixo até o peito e começa a chorar. Rachel estica o braço na mesa para apertar a mão dele e Bernie aperta a dela também.

                    JANET (CONT.)
Enfim, bebam o vinho agora. Para Elias.

Joshua se levanta para abrir a porta.

                    STAGGER
Quem chegou?

Ninguém responde a ele. Todos ficam em silêncio, esperando.

O lugar costumava ser uma prisão de segurança máxima, com muros altos e espessos, portões duplos de aço reforçado e torres de vigia em cada canto do hexágono, além de uma no centro. O pátio da prisão estava agora repleto de humanos vivos em toda a sua variedade trágica: homens, mulheres, crianças, brancos, negros, azuis – todos emaciados e esgotados, após viverem com tanto terror por tanto tempo. Todas essas pessoas tinham visto seus entes queridos serem despedaçados ou transformados em mortos-vivos. Os sobreviventes estavam vivos apenas por não estarem mortos, uma condição que poderia mudar a qualquer momento. Estavam ficando sem comida, tinham pouca munição e a esperança era cada vez menor.

Jack, ainda não de todo recuperado, teve dificuldade para subir as escadas atrás do major K. Percebeu que fazia muito tempo que não subia escadas. Quando chegaram no alto da torre de vigia central, ele estava ofegante e teve que se sentar no chão resplandecente de cacos de vidro para recuperar o fôlego. Pela janela quebrada, via-se um pedaço de céu indiferente com uma nuvem em forma de pâncreas.

– Você está bem? – perguntou o major K. Seu corpo não parecia afetado por todas as recentes peregrinações. Ele estava tão forte e rijo como sempre, tendo desenvolvido uma capacidade de sobreviver sem comer e sem dormir. Mas Jack podia dizer que o espírito do major estava consumido, e o que costumava ser uma vontade de lutar era agora apenas uma incapacidade de parar. O corpo continua fazendo o que faz, o corpo sobrevive à alma. O major K conservava um semblante de esperança apenas porque não havia mais nada com que eles pudessem contar no futuro: não com a vacina, que funcionou em Jack e nele mesmo, mas não podia ser reproduzida; não com o exército, que agora estava dividido igualmente entre assassinos e zumbis; não com outros humanos, pois não havia comunicação com ninguém fora de seu grupo há muito tempo.

Retirando os cacos de vidro das palmas das mãos, Jack finalmente respirou fundo e levantou-se. Da torre central, ele podia ver muito além dos muros. Por toda a extensão até o horizonte, os campos estavam apinhados de zumbis cambaleando sem rumo, farejando no ar traços vagos de vida. Eles permaneceriam fora dos muros, uivando e apodrecendo até o fim dos tempos, imortais porque mortos-vivos. A prisão protegia as pessoas ali dentro do conhecimento de que o mundo tinha chegado ao fim. Ela proporcionava um espaço para a esperança, que, por mais débil que fosse, continuaria viva até que a última pessoa morresse. Até os zumbis tinham esperança, só que esperavam uma única coisa: forragem para sua fome sem fim.

O major K olhou para a massa lá embaixo no pátio, o fedor do apocalipse subindo até suas narinas. Mordeu o lábio, como se estivesse evitando dizer algo que não deveria ser dito. Ele olhou para Jack.

– Está pronto? – perguntou.

– Só um segundo – disse Jack.

– Não precisa pressa, não há nada a temer.

– Tarde demais para isso – disse Jack. – Merda! Vamos nessa.

Jack avançou na direção da janela quebrada e inclinou-se à frente para que pudesse ser visto pelas pessoas lá embaixo. Ele ergueu os braços e gritou, convocando cada partícula de energia, sua voz crescendo no vazio do pátio da prisão e mais além:

– Pessoal! Pessoal!

O major K viu a massa de zumbis além dos muros deslocando suas correntes aleatórias para se virar na direção da voz de Jack. As pessoas no pátio gemeram e rugiram de surpresa e antecipação. Os pais silenciaram seus filhos famintos. Alguns caíram de joelhos.

– Ontem à noite eu tive um sonho! – Jack baixou a voz, porque agora todos escutavam. – Um sonho angustiado e terrível. Mas também muito bonito.

O major K fechou os olhos e passou as mãos no rosto como se o estivesse lavando. Em seguida, seu rosto reapareceu sem carrancas ou rugas, despojado de desespero. Enquanto Jack falava, ele compreendeu que o que acabara de surgir no rosto do major K era a paz.

– Foi um sonho bonito, um grande sonho. Grande o bastante para todos nós – Jack continuou. Antes que ele pudesse dizer qualquer outra coisa, em algum lugar lá embaixo, em algum lugar na silenciosa multidão humana do pátio, soou um celular. Tocou uma vez, tocou duas. O silêncio entre um toque e outro era esmagador.

– Atenda! – gritou alguém, mas nada aconteceu. O mar de zumbis se afunilou lentamente na direção da entrada da prisão. A primeira onda a alcançar o portão fechado simplesmente parou. Eles não sabiam o que fazer, então ficaram parados, inquietos, roncando de fome.

Agradecimentos

Amor e gratidão para:

Etgar Keret (pela história do primo imortal);
Lana e Lilly Wachowski (por ler e rir quando necessário);
Jasmila Žbanić (por deixar que eu tentasse minha mão na comédia);
Velibor Božović (por ser ele mesmo, indestrutível);
Colum McCann (pela amizade e lealdade, e pelas canções);
Rabih Alameddine (por encontrar tempo para ler o livro, apesar de suas responsabilidades no futebolismo virtual);
Vojislav Pejović (por ser detalhista);
Catherine Peterson (pela ajuda nas pesquisas e pela história dos cães envenenados);
Duvall Osteen (pela recompensa de sua voz ensolarada ao telefone);
Agente Aragi (por muitas coisas, mas particularmente por não mover um músculo do rosto quando eu lhe disse que tinha escrito um livro do qual ela nada sabia);
Sean McDonald (pela paciência, amizade, e por apreciar o que diverte);

Deborah Treisman (por não permitir que eu escapasse pelo menor esforço);

Teri Boyd (por tudo, mas principalmente pelo amor eterno e risos de apoio);

e Ella e Esther (por existirem).

Impressão e Acabamento:
LIS GRÁFICA E EDITORA LTDA.